Chocolate
Confusion

Natsume Seiso

초콜릿 컨퓨전
세이소 나츠메

c o n t e n t s

illustration ♥ Kasuya Nagato
original design ♥ Kimura Design·Lab

초콜릿 컨퓨전

초콜릿 컨퓨전

세이소 나츠메 지음
윤재 옮김

소미미디어
Somy Media

일러두기
이 작품은 제22회 전격 소설 대상(電擊小說大賞)에서 〈미디어웍스 문고상〉을 수상한 〈초콜릿 컨퓨전〉에 가필 및 수정을 더한 것입니다.

이 작품은 픽션입니다. 실재하는 인물 및 단체 등과는 전혀 관계없습니다.

1장 35년 만의 미소

—뭐지? 대체 다들 왜 저러는 거야?

입춘이 지나고 벌써 2월도 중반으로 접어들었지만 뺨을 때리는 차가운 바람은 여전히 전철역 야외 승강장을 스쳤다. 막 도착한 전철에 몸을 실은 타츠오(龍生)는 위화감을 느꼈다.

평소라면 전철에 올라탄 타츠오의 눈앞에는 무겁고 어두운 공간이 펼쳐졌을 것이다. 아직 겨울의 지배가 다 가시지 않은 계절이라 문이 열릴 때마다 차내로 들이닥치는 한기에 잔뜩 몸을 움츠리는 승객들. 사람들의 마음속을 가득 채우는 '아아, 오늘도 또 회사에 가야 한다니' '또 학교에 가야 한다니' 하는 아침 특유의 노곤함. 하나같이 고개를 푹 숙이고 신문이나 스마트폰을 들여다보면서 작은 또는 커다란 한숨을 흘리는 사람들…….

그런데 오늘은 대체 어찌된 일일까. 왜인지는 몰라도 차량 내 분위기가 평소와 달랐다. 특히 여자 승객들. 예컨대 늘 같은 자리의 문 옆에 서 있는 대학생 같아 보이는 저 여성은 좌석 칸막이에 멍하니 기대는 습관이 있는데, 오늘은 유독 허리를 꼿꼿이 세우고 어떤 결의로 눈을 빛내고 있는 것처럼 보인다.

바로 옆 자리에 앉은 여자—언제나 잿빛 정장을 즐겨 입는 저 여성은 저혈압인지 퉁명스럽게 미간을 찌푸리며 앞머리를 계속해서 만지작대는 일이 잦았다. 하지만 오늘은 그런 권태로운 모습은 보이지 않고, 예쁘게 세팅한 머리를 더 단장하기 위해 손끝으로 머리를 빗고 있다. 얼굴에는 홍조가 올랐는지 평소 창백하던 얼굴에 반들반들한 윤기가 돌고, 혈색이 좋아 보인다.

아침마다 보는 이 두 승객, 그리고 그 밖에도 많은 여성들에게서 엿보이는 공통점은 어딘가 모르게 마음이 들떠 보이는 데 있었다. 차내에는 자칫하면 누군가 콧노래라도 부르기 시작할 듯한 싱숭생숭한 봄기운이 가득 차 있다.

그러나저러나 오늘이 무슨 날이었더라? 타츠오는 생각해 본다. 이렇다 할 기념일은 아닐 테고. 굳이 따지자면 오늘은 13일의 금요일. 하지만 그게 여성들에게 봄기운을 불러일으킬 요소라고는 도저히 생각할 수 없군. 오늘만 지나면 내일부터 주말. 아, 그래서 다들 기분이 좋은 건가? 아니야, 그러려면 매주 좋아들 했어야지. 그럼 대체 왜야?

도통 이해하지 못하던 타츠오는 앞에 앉은 여고생들의 대화 덕분에 겨우 답을 찾을 수 있었다.

"마나미, 마나미는 오늘 선배한테 줄 거야?"

"당연하지! 밤새워서 직접 만들었는걸. 유코는 쇼고한테 줄 거지?"

"주고 싶긴 한데…… 받아 줄지 모르겠어. 원래대로 내일 주면 좋을 텐데, 토요일엔 만날 수가 없으니."

소녀는 그렇게 말하고는 무릎에 올려 둔 가방을 꼭 끌어안는다.

"나도 직접 만들어서 가지고 왔어, 초콜릿 ―."

그런 거였군. 내일, 2월 14일은 밸런타인데이. 올해는 주말과 겹쳤기 때문에 소녀들은 전날인 오늘 전면 승부에 나설 모양이었다.

여자들만큼은 아니지만 남자들까지도 조금 들떠 보이는 까닭은 어쩌면 받을 수도 있을 초콜릿을 기대하면서 가슴 설레고 있기 때문일 것이다.

세간에는 봄이 오고 있는 모양이군. 응원하는 마음으로 여고생들을 향해 미소 짓자 그 모습을 본 소녀가 "히익!" 하는 나지막한 비명을 흘린다.

"어떡해, 무서운 사람이 우릴 보고 있어!"

"응? 키도 크고 몸도 호리호리한 게 아저씨 치고는……인 줄 알았는데 방금 한 말 취소! 잘 보니까 너무 험악하게 생겼어! 설마 위험한 사람은 아니겠지……?"

"와악, 그렇게 빤히 보면 어떡해! 눈 깔아, 빨리!"

아무래도 오해를 샀는지 소녀들이 수선을 피운다. 실례, 겁을 주려던 건 아니었는데……. 마침 적절한 타이밍에 전철이 내려야 할 역에 도착해 타츠오는 슬쩍 고개를 숙이고 허둥지둥 차내를 빠져나왔다.

"밸런타인데이라……."

그리고 다시 한 번 중얼거려 본다. 그러고 보니 요즘 편의점에서 유난히 선물용 초콜릿을 팔더라니……. '그렇지만 그건 나와는 상관없는 이야기'라고 타츠오는 생각했다. 세상에 태어난 이후로 서른다섯 해 동안 진심이 담긴 초콜릿 같은 건 단 한 번도 받아 본 적이 없었다.

입춘이 지나든 밸런타인데이가 다가오든 타츠오를 둘러싼 계절은 언제나 겨울이다. 슬프게도 키타카제* 타츠오라는 이름에 지지 않을 만큼 타츠오는 봄과는 인연이 없었다.

성격이야 나쁘지는 않다……고 생각하지만, 그래도 타츠오에게 초콜릿을 주려 하는, 뜨거운 마음을 고백하고자 하는 여자는 지금껏 단 한 명도 나타난 적이 없다. 이유는 아마도 이것일 것이다.

인파로 북적이는 혼잡스러운 개찰구에서 타츠오가 쓱 한 걸음을 내딛자 곧바로

──사아아악아악.

군중의 물결이 갈라지고 타츠오의 앞으로 뻥 뚫린 길이 열린다. 그야말로 바다를 가른 모세 그 자체다.

"꺅, 죄송합니다!" "미안해요, 미안합니다!" "머, 먼저, 먼저 가십시오!"

사람들의 입에서 저마다 겁에 질린 말들이 흘러나온다. 딱히 비키라는 위협을 한 적은 없다. 그러나 특징적인 타츠오의 외모에 저들이 멋대로 공포를 느끼고는 길을 양보하고 있는 것이다.

───────

* 北風, 북쪽에서 부는 바람

외모가 어떠하기에 주변인들을 겁에 질리게 만든단 말인가? 묘사하자면 그는 일본인답지 않은 조각같이 깊은 이목구비, 날렵한 턱선과 오뚝 솟은 코를 가졌다. 여기까지만 들으면 '뭐지, 자랑인가?' '완전 섹시한 남자 같은데?'라고 생각할 수도 있겠다.

하지만 문제는 눈이다. 심하게 움푹 팬 눈은 날카로운 삼백안이다. 마치 날카로운 칼날처럼 번뜩이는 눈의 길이는 좌우 합쳐 6센티미터 이상, 이 정도면 경미한 무기 소지법 위반이나 다를 바 없다. 그만큼 타츠오의 얼굴은 나쁜 의미에서 박력이 넘쳤다.

얼마나 무섭냐 하면 갓 태어난 타츠오를 안아 올린 조산사가 귀여운 아기네요—!라고 말하기를 주저했을 정도다. 그 후로도 그 얼굴은 순조롭게 날카로움을 더해 가며 어느덧 이처럼 매일 아침 불특정 다수가 움찔하며 자리를 피하게 만들 정도로 타고난 흉악함을 완성시키는 데 성공했다. 어디 뒷골목 조직에 속한 사람이 아니냐는 엉뚱한 의혹을 받는 일도 일상다반사다.

의도치 않게 남을 위협하지 않기 위해 앞머리로 눈가를 가리고 다니지만, 180센티미터를 훌쩍 넘는 키 때문에 어떻게 해도 결국 눈에 띄기 십상이다. 여동생은 종종 "눈만 감으면 그럭저럭 괜찮은데 말이야—. 잠든 얼굴이라든가—!"라는 농담 같은 말을 해 주지만, 언제나 수면 상태로 지낼 수는 없는 노릇이다. 하아, 짤막한 탄식과 함께 타츠오는 부자연스럽게 비워진 개찰구를 빠져나간다.

옛날부터 늘 이래 왔다. 가족이 아닌 여자로부터는 호의를 받아 본 적이 없는 타츠오에게 밸런타인데이 같은 건 딴 세상 이벤트로밖에는 여겨지지 않았다.

역을 빠져나온 타츠오를 기다리고 있던 것은 뼈에 스밀 것처럼 차가운 북풍이었다. 타츠오는 새까만 롱 트렌치코트의 깃을 세우고 바람을 가르듯이 걷는다. 중간에 자판기에서 블랙 캔 커피를 사서 손난로 대용으로 온기를 얻어 가며 회사로 향하는 발걸음을 서두른다.

타츠오가 일하는 곳은 국내에도 그럭저럭 잘 알려진 일용품 제조 회사로, 화장품부터 세제, 애완동물 용품, 건강식품 등 여러 방면의 제품들을 취급한다. 입사 당시 타츠오는 영업을 담당했으며, 매출도 결코 나쁘지 않았다. 그러나 고객이 무서워한다는 이유로 어느 날 갑자기 부서 이동을 당했다. 계약을 따 낸 회사에서 후일, 판매 방식이 흡사 공갈처럼 느껴졌다는 클레임을 걸어 왔던 것이다.

타츠오는 말솜씨가 없는 대신 성심성의껏 상품을 권했을 뿐인데, 거래처 담당자의 눈에는 피에 굶주린 늑대로밖에 보이지 않았던 모양이다. 극도로 근시인 탓에 눈을 마구 찡그리는 습관을 가진 것이 험악한 눈빛을 만드는 데 박차를 가해 버린 듯했다.

그 후 내근직으로 전환된 뒤에도 "키타카제 씨가 무서워서 일하기가 너무 힘들어요"라는 내부 고발로 몇 군데 부서를 전전하다가 현재는 경리부에서 청구 관련 업무를 맡고 있다. 팀워크보다 개인 작업이 많은 이 부서에서는, 아직까지는, 누구에게도 누를 끼치는 일 없이 직무를 해내고 있다.

출근 후 자리에 앉은 타츠오는 서랍에서 제균용 물티슈를 꺼내 모니터와 키보드, 마우스의 먼지까지 제거한 다음 컴퓨터 전원을 켰다. 부팅되는 동안에 아직 따지 않았던 캔 커피를 꺼내 입이 닿는 부분을 티슈로 깨끗이 닦은 다음 한 모금을 머금는다.

이 일련의 작업이 타츠오가 업무 개시 전에 행하는 습관이다. 두근두근 들떠 있던 전철 안과는 달리 이곳에서는 평소와 다를 것 없는 하루가 시작될 것이다.

—그때, 조금 멀찍이에서 말소리가 들렸다.

"이거 쉬실 때 간단히 드세요. 평소 감사드리는 마음을 담았답니다!"

"아, 고마워. 그렇구나, 내일이 밸런타인데이였네."

뒤쪽 부서에서 유사 설렘이 전개되고 있다. 아무래도 여성 사원들이 의리 초콜릿을 나눠 주고 있는 모양이었다. 여자들도 힘들겠네, 한 명 한 명 다 찾아가서 전해 주는 건가? 전 사원에게 돌려야 한다는 규칙도 없으니 결국은 주는 사람 마음인가—?

그런 생각을 하면서 업무 메일을 확인하는 사이,

"좋았어! 다음은 경리부를 돌…… 히익……!"

가까이까지 다가온 여성 사원들의 움직임이 멈춘다. 아, 저 친구들은 작년에 입사한 신입 사원들이지, 아마? 여성 사원들은 비틀비틀 뒷걸음질을 치더니 작은 소리로 무언가를 의논하기 시작했다.

"어떡해? 저기 키타카제 씨 있는데 표정 엄청 험악해. 이런 거 준다고 화내는 거 아니야?"

"뒤에서 보면 훈남이 따로 없는데 앞에서 보면 참담……이라고 해야 하나, 눈만 이상한 차원에서 박력이 넘친다니까─. 이상하게 여겨도 난감한데, 키타카제 씨만 건너뛸래?"

"아무리 그래도 그건 좀 그렇지 않을까? 다른 사람들한테는 다 주고 한 명한테만 안 주면 나중에 무슨 일을 당할지 모르잖아."

"맞다! 저 사람, 회식 자리에서 동료를 죽일 뻔한 적이 있다고 그러지 않았어……?! 뭐랬더라, 어둠의 루트에서 구한 수상한 흉기를 가지고…….."

"쉿! 너무 크게 얘기하면 다 들린다니까?"

다 들려. 그러나 타츠오는 아무것도 안 들리는 것 같은 얼굴로 메일 확인을 계속했다.

그건 그렇고 아직도 그 소문이 돌고 있었을 줄이야……. 타츠오가 한 짓은 맞지만, 죽이고 싶었던 건 그 동료가 아니었다. 하지만 이제 와서 변명할 마음은 없다. 그게 소용없는 일이라는 걸, 타츠오는 차고 넘칠 만큼 잘 알고 있다.

타츠오가 무슨 말인가를 꺼내려고 할 때마다 험악한 얼굴은 방해가 되었다. 겁에 질린 상대방은 늘 방어 태세를 취하

거나, 오버하면서 앞서 나가거나, 오해를 하곤 했다. 그럼에
도 불구하고 이야기를 꺼내려 한다면 상대방은 틀림없이 더
큰 두려움에 떨거나 자칫 잘못하면 울음을 터뜨려 수습 불가
능할 정도로 일이 꼬여 버릴 것이다—눈에 보일 만큼 빤한
결과다. 그런 인생을 살아온 만큼, 이제는 남의 오해를 풀려
는 시도조차 귀찮아지고 말았다.

타츠오는 원래 말수가 많은 편도 아니다. 마음속에서야 달
변가이지만, 실은 꽤나 말재주가 모자라다. 어렸을 때부터
이런 얼굴이었으니 말만 걸어도 상대방은 우선 겁부터 집어
먹었다. 부주의하게 남들을 위협하지 않도록 조심하면서 무
의식중에 발언을 자제해 온 결과, 자기가 하고 싶은 말도 남
에게 잘 전달하지 못하는 사람이 되어 버렸다.

"그래서, 우리 어떡해? 옆 사람한테 전달해 달라고 부탁
할까?"

"그것도 좀 노골적이지 않아? 갖은 수를 다 써 가며 당신을
피하고 있어요 같은 느낌인데……. 아~아, 키타카제 씨. 자
리에서 일어나서 잠깐만 어디로 좀 가 주면 안 되나……."

"그래, 그거야! 키타카제 씨가 화장실 같은 데 가면 그 틈
을 타서 초콜릿만 놓고 도망쳐 버리자!"

그만 됐어, 제발 그만들 해……! 귀를 막고 싶어진 타츠오
의 주변에서 신입 사원들은,

"자, 그렇게 결정했으니 경리부는 나중에 다시 오고! 위층
영업부 먼저 돌고 올까?"

재빠르게 목적지를 변경하더니 즐겁게 복도를 달려간다.

그러고 보면 작년에는, 다른 직원에게서 받은 거긴 하지만, 사내 택배 편으로 초콜릿을 받은 적도 있었다. 커다란 봉투 안에 작은 위스키 봉봉 단 한 알이 담겨 있었지. 같은 부서, 그것도 대각선으로 맞은편 자리에 앉은 사람이었는데…….
받는 입장에서 하긴 뭐한 말이지만 이 정도면 의리 초콜릿은 커녕 고문 초콜릿이 따로 없어. 마음은 고맙지만 그렇게까지 해야 할 정도라면 차라리 주지 마. 나야말로 필요 없어. 너무 슬프잖아.

이 얼굴이 그렇게 무서운가?

의리 초콜릿마저도 얼굴을 마주하고 받지 못한 타츠오는 멀뚱히 생각에 잠긴다. 얼굴 말고 나를 피할 이유가……. 헉! 설마…… 나도 모르는 사이에 악취를 풍겼나—?

그랬던 거로군, 벌써 서른다섯이니 말이야. 차고 넘칠 만큼 청결에 신경을 쓰고는 있지만, 어쩌면 그럼에도 다 억제하지 못한 아저씨 냄새가 사무실 안을 오염시키고 있었는지도 모른다.

이 무슨 추태인가! 그렇게나 강력했단 말인가, 나의 스멜이……!

킁킁. 타츠오는 조심스레 얼굴을 들이밀어 자신의 겨드랑이 냄새를 확인한다. 이런, 나이가 들어서인지 둔감해진 코로는 내 냄새를 확인할 수가 없군!

내일부터는 업무 시작 전 의식에 나에게 탈취 스프레이를 분사하기도 추가하자. 그래도 안 되면 머리를 아침에 감고 출근한 다음, 낮에는 회사 가까운 공중목욕탕에 가서 땀을 씻고 올까? 그러면 불쾌한 냄새가 사라져서 틀림없이 내년에는 거리낌 없이 의리 초콜릿을 받을 수 있겠지.

흠, 그렇게 해야겠다! 타츠오는 후련한 기분으로 업무에 집중한다. 지금 처리 중인 일은 거래처에 발행하는 청구서 작성 업무로, 사내 각 부서에서 내린 지시에 따라 전용 양식에 청구액을 타이핑하는 일이다. 일에 몰두한 사이에 오전 업무 시간이 종료되고, 점심시간이 시작된다. 평소 다니는 정식집에서 평소와 같이 오늘의 정식을 주문한 타츠오는 평소와 같이 식사를 싹 비우고 회사로 돌아왔다.

아까 그 신입 사원들이 놓아두었는지 자리에 앉아 시선을 내리자 책상 위에 작은 초콜릿 하나가 놓여 있었다. 이거 뭐, 여동생한테라도 먹으라고 할까. 타츠오가 고문…… 아니, 의리 초콜릿을 서랍에 넣으려고 한 순간, 부드러운 꽃향기가 날아들었다.

"키타카제 씨, 지금 잠깐 말씀드려도 괜찮을까요?"

귓가에 들려온 맑은 목소리에 고개를 들자 서류 뭉치를 들고 선 것은 미하루 치사(三春千紗)── 입사 5년 차, 해외 사업부의 젊은 에이스로 소문에 따르면 남들의 세 배 속도로 업무를 해낸다고 한다. 스마트한 그녀이지만 외모는 빠릿빠릿한 커리어 우먼의 전형적인 모습보다는 제법 여성스럽고 우아한 인상이다.

시원스러운 눈가를 꾸미는 속눈썹은 부드럽게 말려 올라가 있고, 생기가 도는 뺨은 그야말로 장밋빛이다. 가슴 부근까지 내려온 밤색 머리카락의 아랫부분은 풍성하게 말려 있고, 지나치게 화려하지 않은 블라우스의 프릴마저 청순함을 자아냈다.

장담컨대 대단한 미인이다. 그러나 그런 것보다도 그녀에게서 더욱 주목해야 할 점이 있다.

"이거, 청구서 작성 부탁드려요."

생긋 미소 지으며 손에 들고 있던 서류를 내미는 미하루.

그렇다, 미하루는 타츠오를 무서워하지 않는다. 상사조차도 두려워하는 타츠오의 그 공포의 삼백안을.

"네" 하고 대답한 타츠오는 정중히 서류를 받아 들었다. 안심하십시오. 이 키타카제, 서류 작성에는 언제나 완벽을 기하지만 당신이 주신 의뢰에는 한층 더 힘을 주겠습니다. 청구서 내용에 실수가 없도록 하는 것은 물론, 인쇄 시에도 단한 글자의 잉크 번짐도 허용하지 않을 겁니다. 회사 이름 옆에 직인을 찍을 때도 아주 조금의 빗겨남도 없도록 깔끔하게 마무리해 보이지요. 타츠오는 그런 열의에 가득 찬 뜨거운 눈빛으로 미하루를 바라본다.

열의가 전해졌는지 미하루는 작게 고갯짓을 하고는 다시금 생긋 웃었다.

"명확하지 않은 부분이 있으면 뭐든지 말씀해 주세요, 그럼."

전달을 마치고 발길을 돌려 본인의 책상으로 돌아가는 미하루. 가녀린 하이힐을 신고 우아하게 걷는 뒷모습도 탄식이 나올 정도로 한 폭의 그림 같다.

받아 든 서류를 살펴보니 주의점을 꼼꼼히 표시해 둔 포스트잇이 몇 개씩 붙어 있었다. 얼마나 세심한 배려란 말인가. 미하루의 의뢰서는 언제나 알아보기도 쉽고, 일을 하기에도 쉽다.

―역시 대단한 사람이야.

미하루가 소속된 해외 사업부는 타츠오가 소속된 경리부에서 한 부서 더 건너편에 자리한다. 근시가 심한 타츠오의 눈에는 뿌연 그림으로밖에 보이지 않지만, 그래도 언제나 척척 일을 잘 해내는 미하루의 모습은 충분히 엿볼 수 있는 거리다. 상사에게 시원시원하고 스마트하게 업무 보고를 하고, 다정하게 후배의 업무를 돕고, 때로는 영어로 전화 대응에 열중하는 미하루―그런 미하루의 또랑또랑하고 아름다운 목소리는 타츠오의 귀에까지 들려온다. 타츠오는 그런 그녀를 자기보다 열 살 가까이 어린데도 참 야무진 사람이라고 늘 감탄했다.

무엇보다 미하루는 타츠오를 무서워하지 않고 미소까지 보여 주는, 친인척이 아닌 유일무이한 존재였다. 미하루와 대화를 나누는 순간은 아무리 짧아도 타츠오에게 있어 최고로 행복한 시간이다. 미하루의 상냥한 웃음 앞에 나잇값도 못하고 사랑에 빠져 버린 것이다.

다시 시선을 아래로 떨어뜨리자 활짝 열려 있던 서랍 속에 아까 받은 고문 초콜릿이 보인다. 타츠오는 잠시 설령 고문 이라 하더라도 미하루에게서 초콜릿을 받을 수만 있다면 얼마나 행복할까 하는 꿈에 젖는다.

하지만 그런 일은 일어날 수 없지. 미하루 씨와 업무 외 대화를 나눌 일은 전무하니까. 두 사람은 업무 중에나마 지금처럼 한 마디, 두 마디 나눌 뿐인 관계에 지나지 않는다.

그저 멀리서 볼 수 있는 것만으로도 충분히 행복한 일이 아닐까─.

현실로 돌아온 타츠오는 서랍을 닫고 다시 업무로 돌아간다. 묵묵히 컴퓨터 화면을 향해 앉아 전용 양식에 청구액을 기입하고, 기입하고, 기입한다. 기계처럼 담담하게 같은 작업을 반복한다.

그렇다, 세간에 봄이 찾아온들 타츠오와는 상관없는 일이다. 키타카제 타츠오는 언제나와 같이 조용히 업무를 수행했다. 그저 그럴 뿐인 남자이니까.

벌써 시간이 이렇게 되었나……. 작업 도중 손을 멈추고 벽시계를 확인하자 시간은 벌써 저녁 8시를 지나 있었다. 정신을 차려 보니 경리부 사람들은 벌써 다들 퇴근한 후였다.

몇 시간이나 연달아 화면을 봤더니 역시나 눈이 피로하다. 타츠오는 눈을 몇 차례 깜박거린 다음 오른쪽, 왼쪽, 위, 아래 순서로 안구를 이동시킨다. 시력 저하 예방을 위한 눈 근육 스트레칭이다.

여기서 더 근시가 진행되면 안경 없이 일상생활을 하기가 힘들어지고 말 것이다. 안 돼, 그것만은 어떻게든 막아야 돼. 안경에도, 콘택트렌즈에도 의지하지 않겠다고 굳게 마음먹은 타츠오는 눈 근육 이완을 위해 고개를 들고 먼 곳을 바라본다.

금요일 저녁이어서인지 같은 층에는 직원들 거의 대부분이 남아 있지 않았다. 그러나—타츠오는 멀리에서 여신을 발견한다. 저기에 있는 건 미하루 씨 아닌가?

눈을 찡그려 확인하니 형광등 빛보다도 성스럽게 빛나고 있는 것은 아아, 역시나 미하루 치사였다. 진지한 표정으로 모니터를 향해 있는 미하루. 주변에 사람이 없는 것을 보니 저 부서에서도 홀로 남아 있는 듯하다.

그때 전화벨이 울렸다. 경리부 전화가 아닌, 미하루가 있는 저편—해외 사업부로 걸려 온 전화였다.

손을 뗄 수 없는 상황인지 미하루는 전화를 받을 기미가 없고, 이미 영업시간이 지나 보통은 전화가 올 리 없는 시간인데도 호출음은 좀처럼 멈추지 않았다.

"전화 이쪽에서 받을까요?"

타츠오는 엉거주춤 자리에서 일어나 물었다. 미하루가 지금 온 전화를 받지 않으려는 생각이더라도 시끄러운 호출음 속에서 업무를 계속하는 것도 큰일 아닌가. 내가 받아서 해외 사업부 직원들은 이미 다 퇴근했다고 전하면 되겠지. 타츠오는 그렇게 생각했지만,

"아뇨, 괜찮아요. 시끄럽게 해서 죄송합니다."

난처한 듯 웃은 미하루는 풍성하게 말린 머리카락을 귀에 꽂고 후우, 크게 심호흡을 한 다음 수화기를 든다.

"네, 미모사 푸디카 주식회사입니다. Ah, speaking. Yes, ……ah, ……could you hold on, please?"

오오, 갑자기 영어로 바뀌었네. 아하, 해외 사업부는 시차 때문에 이 시간에 전화가 오는 것도 있을 법한 일이었군. 타츠오가 멀리에서 지켜보는 사이, 미하루는 옆 책상에서 파일을 꺼내 와 무언가를 찾았다. 본인의 담당이 아닌 건에 대한 문의인 모양이다.

미하루 씨가 전화를 받아 주어 다행이다. 타츠오는 한심하게도 영어에는 일자무식이었다. 막힘없이 대화를 이어 가는 미하루를 보며 타츠오는 또다시 감탄한다. 동시에 걱정도 되기 시작했다.

저렇게 젊은 아가씨가 이렇게 늦은 시간까지 일만 해도 되는 걸까. 밤길도 위험한데……. 아니, 그 전에 이런 주말 저녁, 그것도 밸런타인데이 전야에 회사에 남아 있어도 괜찮은 건가? 누구보다 사전에 밸런타인데이 데이트 약속이 잡혀 있을 것 같은 사람인데 괜찮은가? 지각하면 어쩌지? 상대방은 기다려 주고 있을까?

주제넘은 오지랖이지만 걱정이 되었다. 그렇지만 미하루를 대신해 일을 해 줄 수도 없는 노릇, 딱하게 생각하면서도 잠시 멈췄던 데이터 입력을 다시 시작한 타츠오는 우선 일단락

할 수 있는 부분까지 작업을 마친 다음 컴퓨터 전원을 끄고 책상 주변 정리를 시작한다. 아침과 마찬가지로 모니터와 키보드, 마우스를 닦는 일도 잊지 않았다.

평소와 같은 출근, 평소와 같은 업무, 평소와 같은 업무 종료 시에는 평소와 같은 퇴근 의식을 빼놓을 수 없는 법이니까.

청소를 끝내고 탈의실로 향한 타츠오는 로커에 걸어 두었던 코트를 걸치고 엘리베이터 앞까지 걷기 시작했다. ──복도를 걸어 휴게실을 지나치던 중 "정말?" 하며 놀라는 남자 직원의 목소리가 들린다. 휴게실 입구는 문이 아닌 파티션으로 가려져 있어서 안에서 난 소리가 흘러나온 것이다.

"그래서 이렇게 늦은 시간까지 남아서 기다려 준 거야? 나한테 이걸 주려고……?"

"네, 혹시 실례가 안 된다면 받아 주세요. 입사했을 때부터 쭉, 선배가 너무 멋져서……. 이건 의리 초콜릿이 아니에요……."

이 목소리는 틀림없이 아까 고문 초콜릿을 주었던 여자 신입 사원 중 한 명! 낮과는 다른 의미로 떨고 있는, 애절함이 묻어나는 목소리에 상대방 남자는 다정하게도

"기쁘다. 나도 네가 늘 귀엽고 신경 쓰였었어."

더 이상 들어선 안 되겠군. 저도 모르게 멈춰 섰던 타츠오는 가슴이 쓰릴 만큼 달콤해진 공기를 느끼고 다시금 걷기 시작했다.

진심 초콜릿이라……. 젊구나, 설마 회사 안에서 진짜 설렘을 마주치게 될 줄이야. 그러고 보니 아침에 전철에서 본 그 아이들은 초콜릿을 무사히 전해 주었을까? 받은 남자들은 지금쯤 틀림없이 이 세상의 봄을 만끽하고 있겠지.

부럽다……. 아니, 부럽긴 뭐가 부러워. 단건 잘 먹지도 못하면서. 초콜릿 같은 거 받아 봤자 어차피 먹지도 못할 건데, 뭐. 센 척하는 것처럼 들릴지는 몰라도, 사실이다.

타츠오는 아아, 그래도 어머니에게서는 매년 받았었는데—라며 다른 생각에 빠졌다.

밸런타인데이의 혜택을 무엇 하나 받지 못하고 집으로 돌아오는 애처로운 아들에게, 어머니는 언제나 비터초콜릿을 준비해 주셨다. 어릴 때부터 매년, 그리고 그것은 사회인이 된 뒤로도 계속되었다. 여러 모로 씁쓸하니까 그만해 달라고 말했지만 통하지 않았고, 그런 어머니를 귀찮다고 생각한 적마저 있었지만 이제는 그 어머니도 병으로 돌아가셨다.

"언젠가 멋진 여자가 타츠오에게 진심이 담긴 초콜릿을 줄 그날까지 이건 엄마의 역할이니까 절대로 그만두지도 않을 거고, 누구에게도 양보하지 않을 거야."

3년 전, 타츠오는 병실 침대에서 어머니가 내밀어 준 초콜릿을 시시한 고집을 부리며 저버리고 말았다. 왜 그 초콜릿을 감사히 받지 못했을까. 뒤늦은 후회에 가슴이 아프다.

이제 곧 기일이구나—. 지금 생각하면 그거야말로 사랑이 담긴 진심 초콜릿이었어. 두 번 다시 그런 초콜릿은 받을 수 없겠지만…….

이런, 묘하게 감상적인 기분에 빠져 버렸군. 슬쩍 고개를 들자 이제 일이 끝났는지 엘리베이터 앞에 미하루의 모습이 보였다. 게다가 난감한 듯 바닥에 무릎을 붙이고 있었는데, 아무래도 펌프스의 뒤축이 부러진 모양이다.

미하루는 부러진 힐을 손에 들고 어찌할 바를 모르고 있다. 10센티미터 가까워 보이는 하이힐이니 한쪽 굽이 부러진 상태로는 걷기 어려울 텐데. 딱하게 생각하던 타츠오는 문득 무언가를 떠올리고는 미하루의 곁으로 달려갔다.

"미하루 씨이! 부디…… 이걸……!"

긴장해서 손을 떨면서도 그녀에게 내민 것은 휴대하고 다니는 일회용 슬리퍼였다.

"키타카제 씨……?"

뒤를 돌아본 미하루는 당황한 기색이다. 당연한 일인가? 갑자기 슬리퍼를 들이밀어 왔으니 당황하지 않는 편이 더 이상한 거겠지.

원래 이 슬리퍼는 병원처럼 신발을 벗어야만 하는 곳을 방문할 때 등 긴급 상황에 대비해서 타츠오가 늘 가방에 상비해 두는 물건이다. 어디 사는 누가 신었는지 모를, 심지어 다양한 세균들이 날뛰는 곳에 놓여 있는 슬리퍼 따위는 도저히 신을 수가 없지 않은가. 의사가 아무리 괜찮다고 달래도 타츠오의 신조가 허락하지 않았다. ─하지만 다행히도 오늘 밤엔 병원에 갈 일도 없을 듯하니 망가진 신발 대신에 이 신발을 신어 주었으면, 하고 생각했을 뿐인데…….

"긴급사태 슬리퍼…… 세균이 날뛰고…… 용서할 수 없어
서 ……을…………."

큰일이다. 말주변이 부족해서 얘기를 잘 못하겠어. 이렇게
문장 구사가 어눌해서야 외국인과 다를 게 뭐란 말인가. 에
에잇, 답답한 설명은 그만 됐어. 미하루 씨에게 도움을 주고
싶다는 마음보다 더 중요한 건 없으니까.

"어쨌든 이거 신으십시오!"

생각을 고쳐먹은 타츠오는 다시 기운을 내서 슬리퍼를 내
밀었다. 파일지여서 신으면 폭신폭신합니다. 당연히 미사용
제품, 믿을 만한 국산이지요. 그 근사한 펌프스에는 전혀 미
치지 못하겠지만 급한 대로 쓸 만할 겁니다. 자, 자, 어서요.
사양 말고 사용해 주세요. 타츠오는 그런 마음을 담아 미하
루를 바라본다.

"감사합니다……."

당혹하면서도 자리에서 일어나 고개를 숙인 미하루는 타츠
오에게서 받아 든 슬리퍼로 갈아 신었다. 늘씬하고 키가 큰
인상을 주는 그녀였지만 신발을 벗으니 155센티미터도 안되
어 보인다. 갑자기 키가 훅 작아지자 평소와의 갭이 느껴지
며 왠지 사랑스럽다.

"죄송해요……."

부끄러운지 고개를 숙인 미하루가 엘리베이터 버튼을 누
른다.

단 둘이 되어 버렸네……. 엘리베이터에 탄 타츠오는 옆에 서 있는 미하루의 존재가 신경 쓰여 견딜 수 없었다. 이 일을 계기로 더 자연스럽게 이야기할 수 있는 사이가 되면 좋을 텐데. 업무적으로든 업무 외적에서든—.

그렇게 생각은 했지만 결국 붙임성 있는 말은 단 한마디도 건네지 못했다. 평소 여동생 말고는 누구와도 대화하지 않는, 아니 대화하지 못하는 타츠오에게 있어 그보다 한 발 더 나아간 프리토크의 허들은 너무도 높다. 모처럼 찾아온 기회임에도 불구하고 아까부터 이어지는 것은 오직 침묵의 랠리뿐이다. '우선은 대화를 시작할 거리를 찾아야 하는데' 하는 생각에 타츠오는 머리를 풀가동한다.

화제가 마땅치 않을 때는 날씨 소재가 가장 적당하다지만 벌써 날도 다 저문 이 시간에 "오늘은 날씨가 좋군요" 같은 말을 꺼내는 건 이상하잖아. 그럼 내일 날씨 얘기를 꺼내 볼까?

흠흠 타츠오가 목소리만 가다듬는 사이, 1층에 도착한 엘리베이터의 문이 열린다.

결국 타츠오는 한마디도 말을 꺼내지 못하고 절호의 기회를 놓쳐 버렸다. 안심이 되는 듯도 하고, 아쉬운 듯도 한 복잡한 기분에 사로잡힌 채로 엘리베이터에서 내리는 타츠오의 뒤에서

"저……!"

내내 입을 다물고 있던 미하루가 갑자기 입을 열었다.

"이거…… 괜찮으시면 받아 주세요!"

눈을 질끈 감은 미하루가 가냘픈 두 손을 떨며 내밀어 온 것은 빨간색 포장지로 예쁘게 포장된 작은 상자였다. 패키지에 붙은 하트 모양 스티커, 거기에 인쇄된 문구는 무려——Happy Valentine's Day!

서, 설마 이건——?

타츠오의 머리가 다다른 하나의 가능성. 너무도 엄청난 일에 온몸이 떨린다.

"미하루 씨, 이건…………."

작은 상자를 받아 들면서도 그 진의를 알고 싶어 미하루를 빤히 바라보자 촉촉이 젖은 애처로운 눈동자가 글썽글썽 흔들린다. 부끄러운지 고개를 휙 돌린 미하루는

"실례, 할게요……."

한마디 말만 남기고 달려 떠났다. 그녀의 발에는 너무 큰 슬리퍼를 바닥에 착착 때리면서.

엘리베이터 앞에 남은 것은 달콤한 꽃——미하루 치사의 향기다.

"바, 받아 버렸어……. 오오오, 받아 버렸다고…………!"

놀람과 기쁨과 당혹스러움과——여러 감정이 뒤섞인 마음으로 타츠오는 초콜릿이 들어 있을 것으로 예상되는 상자를 가볍게 흔들어 본다.

밸런타인데이 따위 연애 상급자들이나 즐기는 사치스러운 축제일 뿐이라고, 세상 모두가 아무리 들떠 있더라도 자신만은 평소와 다름없는 하루를 보낼 거라고…… 그렇게 생각했

었는데—.

기적이다. 기적이 일어났어. 서른다섯 해 만에 일어난 단한 번의 기적. 지금까지의 인생에서 연애에 관해서는 단 한 번도 미소를 지어 주지 않았던 신이 갑작스럽게 태도를 바꿔 온 것이다.

이 내가 초콜릿을 받다니! 그것도 저 미하루 씨로부터!

오오, 신이시여, 감사합니다! 당신은 이날을 위해 미소를 애써 참으셨던 거군요! 분에 넘치는 행복감에 타츠오는 순간 비틀거리며 중심을 잃었다. 아아, 지금이라면 하늘도 날 수 있을 것만 같다. 미하루의 모습을 떠올리자 자연스럽게 얼굴에는 웃음이 터진다—그러나

아냐, 아냐, 아니야. 진정해. 냉정을 되찾아, 키타카제 타츠오! 이 초콜릿에 특별한 의미 따위는 없어. 의리 초콜릿이라고, 의리 초콜릿! 타츠오는 급히 스스로를 진정시킨다.

아니, 설사 의리 초콜릿이라고 하더라도 그 미하루 치사에게서 받았으니 차고 넘칠 만큼 영광스러운 일이기는 하지. 그렇지만 어쨌든 진정해. 이상한 기대는 하지 말라니까? 지금이 청춘이었다면 아련한 기대에 가슴 설레 하는 그런 어리석은 행동도 용서가 되겠지만, 이미 나이깨나 먹은 어른이잖아. 젊은이라기엔 이제 곧 중년. 인생의 단맛 쓴맛을 다 본…… 아니, 기본적으로 쓴맛밖에 본 적이 없는 것 같은 기분도 들지만…… 서글프군. —어쨌거나 이제는 어린애가 아니라고.

말도 안 되는 꿈을 꾸는 일은 관둬. 그 미하루 치사가 열 살 가까이 나이 차이가 나는 말라비틀어진 아저씨에게 진심 초콜릿 같은 걸 줄 리가 없잖아.

그래, 이건 단순한 의리 초콜릿이야. 평소에 신세를 지고 있으니까 준 거지. 다른 부서 사람에게, 그것도 거의 어울린 적 없는 나까지 챙기다니 젊은 에이스는 역시 다르군. 너른 배려와 자비의 수준이 보통이 아니야.

흥분해 날뛰는 마음을 잘 타이른 타츠오는 가방에 초콜릿을 집어넣고 평소처럼 귀갓길에 올랐다.

아아, 또 전철역 개찰구에서 부자연스럽게 인파가 갈라져서 길이 생겼잖아. 이것 봐. 넌 역시 이런 별 아래에서 태어난 놈이야. 들떴다가 너만 우스운 꼴을 당할 거라고. 눈을 떠, 키타카제 타츠오.

야외 승강장에 서서 차가운 바람을 맞으며 타츠오는 몇 번이고 그런 마음의 소리를 반복했다.

귀가 후, 여느 때처럼 꼼꼼하게 손을 씻고 양치를 마친 후 거실 문을 열자

"아—, 타츠오. 어서 와—."

소파에 엎드려 뒹굴거리고 있던 리이나(莉衣奈)가 스마트폰에서 눈을 떼지 않은 채 말했다.

건방지게도 오빠를 오빠 소리도 떼고 이름으로만 부르는 녀석은 현재 스무 살, 현역 여대생으로 타츠오와는 열다섯

살이나 나이 차이가 나는 여동생이다. 부모님이 두 분 다 돌아가신 지금, 남겨진 집에서 두 남매는 비교적 사이좋게 지내고 있다.

다만 리이나는 타츠오를 귀찮게 생각하고 있는지도 모른다. 그도 그럴 것이―

"야, 텔레비전 틀어 놓고 뭐하는 거야. 안 보면 꺼. 그리고 테이블 위도 여전히 정신없잖아, 빨리 정리해."

"텔레비전 보진 않아도 듣고 있어! 테이블은 나중에 정리할 거고― ."

"어제도 그제도 그 전에도 나중에라더니 너의 나중에는 대체 언제야? 다음 생이냐!"

스마트폰을 만지작거리며 건성건성 내뱉은 대답에 타츠오의 말이 세진다. 소파 옆 테이블에는 읽다가 뒤집어 둔 책, 활짝 열린 DVD 케이스, 전원 코드를 빙빙 감아 둔 게임기 등 다양한 물건들이 조금의 질서도 없이 뒤섞여 있다. 보기만 해도 마음이 꼬여 버릴 것 같은 광경이다.

"괜찮아! 책이나 DVD나 놔둬서 썩는 것들 아니니까―!"

"아니, 썩어! 공기가 썩어! 에에잇, 환기다, 환기!"

끈적끈적 들러붙는 눅눅한 공기에 불쾌감을 느낀 타츠오는 커튼을 열고 창을 활짝 연다. 훅 불어온 차갑고 신선한 바람이 얼굴을 닦아 준다.

"아우, 진짜― . 그렇게 화만 내다가 무서운 얼굴 더 무서워진다―?"

겨우 스마트폰에서 고개를 든 리이나가 보브쇼트 머리카락 끝을 만지작거리며 말했다.

내 얼굴이 무서운 거면 너도 마찬가지야 하고 반격해 주고 싶은 상황이지만 리이나는 오빠의 눈이 아닌 객관적인 시점에서 보아도 예쁘다. 귀엽고 커다란 사랑스러운 눈과 살짝 통통한 볼. 마치 새끼 다람쥐처럼 애교 넘치는 이목구비는 타츠오와 피로 이어진 사이라는 인상을 전혀 주지 않았다.

타츠오가 부모님의 날카로운 부분을 모조리 물려받아 그 날카로움을 한층 더 발전시킨 외모인 데 반해 리이나는 부모님의 둥글둥글한 부분만을 물려받아 그 귀염성을 한층 더 발전시킨 외모를 가졌다. 이렇게까지 안 닮은 남매도 드물 것이다.

"타츠오는 있잖아――, 옛날부터 아빠 역할을 하느라 융통성이 없긴 했지만 요즘엔 잔소리까지 늘어서 엄마 역할까지 겸임하는 것 같아졌어. 진짜 지겨워――."

아니나 다를까, 리이나가 성가시다는 듯한 목소리로 말했다.

아버지는 타츠오가 중학교 2학년이던 무렵――리이나가 아직 어머니의 배 속에 있을 때 사고로 돌아가셨다. 타츠오는 아버지를 모르는 리이나에게 언제나 아버지처럼 엄격하고 동시에 다정하게 대하고자 했다. 그런 자세는 앞으로도 계속될 것이다. 3년 전 돌아가신 어머니 역할까지 더해서, 여태껏 이상으로 더욱 견실하게.

"네가 훌륭한 어른이 될 수 있도록 감독하는 게 내 임무니까."

"엥—! 나 스무 살이거든—? 이미 훌륭한 어른이야! 옛 날이면 몰라도 이젠 보호자 노릇 안 해 줘도 된다니깐—."

"그럴 수는 없어. 아, 정말 아무리 방학 중이라도 그렇지, 대학생이 돼서 맨날 칠칠치 못하게. 저녁밥은? 제대로 챙겨 먹었어?"

"응, 먹었어. 저기 봐 봐!"

그렇게 만년 어린애 취급 안 해도 된다는 듯 키친 카운터 쪽으로 시선을 향하는 리이나. 불길한 예감이 드는데, 설마—!

타츠오가 뛰어 들어가 보니 결과는 예상 적중, 눈앞에 펼쳐 진 풍경은 흡사 지옥의 형상과 다를 바 없었다. 기름과 조미 료가 여기저기 튀어 있는 가스레인지 위에는 다 쓴 냄비와 프 라이팬이 방치되어 있고, 그리고 싱크대에는 아아……. 지저 분한 조리 도구와 식기가 산더미처럼 쌓여 있다. 저 양 은…… 설마 아침부터 안 치우고 쌓아 둔 건가……?

"우와아아아악! 이게 무슨 무시무시한 짓이야, 너!"

그날의 사건을 잊은 거냐, 리이나! 책이나 게임기는 둘째 치더라도 이것만은 안 돼! 흉측한 과거의 기억을 떠올리고 온 몸을 떤 타츠오는 곧장 소매를 걷어붙였다. 본인의 식사도 잊고 설거지에 매달리는 오빠를 향해 리이나는

"그냥 둬, 나중에 내가 할게—."

"그러니까 네가 말하는 '나중에'가 대체 언제냔 말이야! 임

종 직전이야? 죽기 전에 문득 떠올리고 정리하기 시작할 거냐고? 너도 이제 방학 마지막 날에야 밀린 숙제를 시작하는 어린애가 아니란 말이야."

이런 꼬락서니로 이미 어른입네, 보호자는 필요 없네 하는 말은 누구 입에서 나오는 말이야?

수세미에 세제를 듬뿍 짜 거품을 낸 타츠오는 식기를 손에 들고 재빨리, 동시에 빈틈없이 때를 닦아 내기 시작했다.

"대체 넌 왜 미리 만들어 둔 건 먹질 않고. 다 조리해서 냉동실에 넣어 둔 음식들 있잖아. 요리만 하고 정리는 하나도 하질 않으니 이 모양 아니야."

"타츠오가 한 반찬들은 죄다 고만고만하니까 그렇지 —. 톳 조림에 우엉조림에 토란 조림에 —. 죄다 검정색 아니면 갈색뿐이야. 메인 요리도 무 조림 아니면 두부 햄버그에 —."

"엄마가 남겨 주신 레시피다, 너?"

타츠오가 카운터 너머로 얼굴을 살짝 내밀며 항의하자 리이나는 소파 위에 누워 발을 파닥거리면서

"엄마는 젊은이들이 좋아할 만한 거랑 균형 있게 로테이션 해 줬었거든 —! 매일 할머니 같은 식단은 질려! 가끔은 100% 고기로 만든 햄버그도 먹고 싶단 말이야 —! 입에 넣는 순간 육즙이 쭈우우욱 흘러나오는 그런 거 —!"

아, 가스레인지 주변을 더럽힌 건 햄버그를 구울 때 튄 기름이었군…….

"부모님이 두 분 다 일찍 떠나신 만큼 네가 더 오래 살아

주기를 바라는 마음으로 일부러 건강 식단을 준비해 줬더니만…… 게다가 고기반찬도 만들어 둔 거 있잖아."

"고기반찬이라니, 삶은 닭 가슴살이랑 삶은 닭 가슴살이랑 삶은 닭 가슴살 말하는 거야?"

"삶은 닭 가슴살 말고도 네가 질리지 않게 토리소보로•도 해 놨어."

"아우, 진짜, 그런 거 아니래도! 내가 먹고 싶은 건 같은 닭이라도 튀김이나 테리야키, 그리고 부위로 치면 탱탱하고 육즙이 풍부한 다리 살이라고! 타츠오가 한 요리는 입안이 바싹바싹 마르는 것들뿐이라 그것만 먹다간 마음까지 까슬까슬하게 말라 버릴걸—……. 아, 맞다!"

갑자기 무언가를 떠올렸는지 리이나가 허둥지둥 거실 밖으로 나간다.

침착하지 못한 녀석. 어깨를 떨군 채로 설거지를 마치고 뽀득뽀득 소리가 날 때까지 가스레인지를 닦아 낸 타츠오가 완벽해! 하며 달성감에 취해 있을 때

"자! 해피 밸런타인데이!"

거실로 돌아온 리이나가 한 손에 든 비닐봉지를 내밀었다. 안에 들어 있는 것은 딱히 밸런타인데이용으로 나온 것도 아닌 지극히 평범한 민트 껌이다. 방금 편의점으로 달려가서 사 온 건가. 밸런타인데이에 리이나에게서 무언가를 받은 건

• 鶏そぼろ. 닭고기를 갈아 매콤하게 볶은 것. 흰밥 위에 올려 덮밥 등으로 먹는다.

이번이 처음인 것 같은 기분이 든다. 이건 대체 어떻게 된 현상이지?

곤혹스러워 이맛살을 찌푸린 타츠오를 향해 리이나는 생글생글 웃으며

"초콜릿은 달아서 못 먹잖아? 그래서 오빠도 먹을 수 있는 껌으로 준비했어——!"

오, 오빠——?! 징그러워, 평소에는 이름으로만 막 부르면서 왜 이래?

이건 반드시 무슨 꿍꿍이가 있는 거로군.

"이번엔 뭐야?"

속내를 간파하고 되묻자 "들켰나——"라며 리이나는 빼꼼 혀를 내민다.

"미셸 로잘리라는 브랜드의 봄 신상 구두가 있잖아, 완——전 예뻐! 라이트핑크색 에나멜이 반짝반짝 빛나고 탈착 가능한 리본도 달려 있고, 근데 가격이 좀 안 귀여워. 3만 엔이 좀 넘었던가……?"

"화이트데이에 그걸로 갚으라고?"

"와우, 명답이네요! 역시 우리 오빠야! 아니, 오라버님!"

기도하듯 두 손을 모으고 고속으로 두 눈을 깜빡거리며 올려다봐 오는 리이나. 아아, 이건 의리 초콜릿을 넘어 새우로 도미를 낚는 청탁 초콜릿……. 아니, 청탁 껌인가.

"잠꼬대는 자면서 해라."

"어어——, 못됐~다! 아무에게도 초콜릿을 받지 못하고, 식

단도 잘 못 짜고, 정신적으로도 메마른 가여운 오빠에게 조금이나마 정을 나누어 주고자 하는 동생의 기특한 마음을 내동댕이칠 셈이야?"

이거 받아, 응? 자, 이것도 줄게 하며 냉장고에서 꺼내 온 요구르트를 건네는 리이나. 그만해, 그거 내가 사 온 거잖아. 게다가—

"초콜릿은 뭐, 회사에서 받았어. 의리 초콜릿보다 못한 고문 초콜릿이긴 하지만⋯⋯."

"아하하, 또 엄청 무례하게 받았나 보네—? 작년에는 회사 택배 편으로 위스키 봉봉이 왔었지, 아마? 올해는 뭐였어? 어디 그늘진 데 숨어서 바람총에 아몬드 초콜릿이라도 날려 보내왔어?"

아니, 그렇게까지 무례하지는 않았는데. 뭐, 비슷한 느낌인가⋯⋯. 차마 그 말에 부정하지 못하고 고개를 끄덕이려던 타츠오는 카운터 위에 걸린 난(蘭)을 보고 퍼뜩 기억을 되살렸다.

"아냐⋯⋯. 그래, 올해는 제대로 된 걸 받았어⋯⋯⋯⋯!"

머릿속에 떠오른 기억은 공기 중에 살포시 떠돌던 달콤한 꽃의 향기—.

그래, 맞아. 멋대로 꿈꾸지 말라고 스스로를 타이르며 평소처럼 귀가한 후에 평소처럼 동생과 아웅다웅하느라 싹 까먹고 있었지만, 분명히 받았어. 의리 초콜릿이긴 하지만 또 하나, 월등히 스페셜한 초콜릿을! 만약 그게 한낮의 꿈이 아니었다면—!

타츠오가 확인하기 위해 가방을 놓아 둔 방으로 서둘러 가는 뒷모습에 대고

"허세 부리지 마, 허세 부리지 말라니깐. 아무한테도 초콜릿을 못 받았더라도 난 오빠를 사랑해! 미셸 로잘리의 펌프스를 사 준다면 더 더 사랑할 거고~!"

질리는 일도 없이 외치는 리이나의 목소리가 거실을 울린다. 타츠오가 아랑곳하지 않고 방으로 들어가 확인해 보니

"역시…… 꿈이 아니었어…………."

가방에서 빨간 포장지에 싸인 작은 상자가 나왔다. 상자를 두 손에 꼭 쥐고 거실로 돌아간 타츠오는 "이걸 봐라!" 하며 암행어사 마패 꺼내듯 상자를 머리 위로 치켜들어 보였다.

"이걸 직접 받았어? 페이스 투 페이스로? 방어구 너머가 아니라?"

믿을 수 없다고 중얼거리며 두 눈을 휘둥그레 뜬 리이나. 무리도 아니다, 받은 타츠오 자신도 아직까지 믿기지 않았으니. 자, 함께 이 기적에 감사하자꾸나, 동생아!

"뭐, 어느 쪽이든 무슨 상관이야. 초콜릿이면 내가 먹을게!"

감개무량해하는 타츠오와는 대조적으로 금세 냉정을 되찾은 리이나가 작은 상자를 빼앗아 든다.

"야, 누가 준대! 그건 내 마음의 오아시스 미하루 씨에게서 받은 특별한 초콜릿으로……."

"그래도 타츠오 단거 못 먹잖아? 그러면 내가 맛있게 먹어

주는 편이 초콜릿이나 그 미하루 씨라는 사람이나 당연히 더 기뻐하지 않겠어—? 타츠오가 무리하는 것보다는—."

당연하다는 듯 말한 리이나가 포장지 위 스티커를 거칠게 북 뜯는다.

"와악, 야! 멈춰! 조금 더 감사한 마음을 가진 후에! 우선은 불단에 먼저 모신 다음에……. 그래, 부모님께 보고드려야지!"

"나이도 먹을 만큼 먹은 성인 아들이 의리 초콜릿 받아 왔습니다 하는 보고? 아냐, 그건 아니야. 진심 초콜릿이라면 또 몰라도 의리 초콜릿으로 그런 보고를 올리면 천국에 계신 분들이 한숨밖에 더 쉬시겠어?"

찍찍, 북북! 만류하는 타츠오를 무시하고 포장지를 찢는 리이나. 그 손에 찢긴 빨간 포장지가 팔랑팔랑 공중에 흩날린다. 아아아, 어떻게 해야 그렇게까지 지저분하게 개봉할 수가 있는 거냐, 야생미 넘치는 녀석아!

더없이 무참한 광경에 타츠오는 핑그르르 현기증이 인다. 그런 오빠를 거들떠보는 일도 없이 천하태평하게 큰 소리로 잘 먹겠습니다~! 하며 상자를 연 동생—은 다음 순간

"뭐야, 이거…………?"

외마디를 내뱉고는 굳어 버렸다. 안 그래도 동그란 눈을 더욱 휘둥그레 뜨더니 넋이 나간 채 움직임을 멈춘 리이나.

명백히 이상한 분위기의 동생을 보니 타츠오의 가슴이 불안으로 요동친다.

"리이나……?"

조심스레 다음 말을 재촉하자 리이나는 마치 유령이라도 본 것처럼 놀란 목소리로

"타, 타타타타츠오! 이, 이거 진심 초콜릿이야! 의리 초콜 릿 같은 거 아니야……!"

아무래도 이 오빠를 놀릴 작정인 모양이군. 청탁 껌이 실패한 데 대한 역습인가.

"의리 초콜릿이 아니라니 네가 그걸 어떻게 알아?"

이 오빠가 그런 수에 걸릴 줄 아느냐. 냉정하게 반응하는 타츠오를 보고도 리이나는 꺾이는 일 없이 "왜, 왜냐면 봐 봐, 이거!" 하며 초콜릿이 든 상자를 들어 보였다.

"뭐, 뭐야, 이거…………!"

콰과광! 벼락에 내리꽂힌 듯한 충격!

찌르르한 전류가 온몸을 가르고, 심장은 말로 설명할 수 없을 만큼 들썩거린다. 숨조차 제대로 쉬어지지 않지만 그래도 타츠오의 눈은 초콜릿에 못박힌 채로 단 한 번의 깜빡임도 허용하지 않았다.

왜냐하면 상자에 든 하트 모양 초콜릿에는 이렇게 적혀 있었기 때문이다.

'사랑해요'

뭐가 잘못된 거 아닌가? 하는 생각에 타츠오는 리이나에게

서 초콜릿 상자를 빼앗아 들고 아래, 위, 왼쪽, 오른쪽, 모든 각도에서 확인을 계속했다. 그러나 어떤 자세로 보아도 그 말은 분명히 거기 있었다. 한 글자도 틀림없이 똑똑히, 초콜 릿 위에 핑크색 데코펜으로 적은 그 말.

'좋아해요'도 '너무 좋아요'도 '내 니 좋다'도 아니고 '쥬뗌므' 도 '요 쏘 베리 굿'도 아니다. '사랑해요'라는 너무나도 직설적 이고 뜨겁고 그러면서도 어딘가

참된 사랑의 말이―.

"설마…… 이런 일이, 정말…………?"

도무지 예상하지 못했던 상황에 온몸에서 힘이 빠졌다. 도 저히 서 있을 수 없어 타츠오는 바닥에 두 무릎을 꿇고 주저 앉았다. 감격의 눈물을 참아 낼 수 없어 뚝, 뚝뚝뚝― 커다 란 눈물방울이 떨어지며 바닥을 적신다.

"세상에, 타츠오 울어?"

걱정스러운 얼굴의 리이나가 허리를 굽혀 타츠오의 얼굴을 들여다본다.

"아무도…… 알아주지 못할 거라고 생각했었어……. 얼굴 이 이러니까. 무서운 놈이라는 오해를 받아 회피당하기만 하 는 인생이었어. 그런데―."

뚝뚝뚝. 또다시 흘러넘치는 눈물. 얼마나 사랑에 굶주렸던 건지 떨어지는 눈물방울은 멎을 줄을 모른다.

하지만 어쩌겠는가. 의리 초콜릿일 거라고 계속해서 스스 로를 진정시켜야 했던 초콜릿에, 그 아름다운 마돈나 미하루

치사에게서 받은 초콜릿에 특별한 마음이 깃들어져 있었다니 감격하지 않을 수가 없다.

"오오오. 봐라, 리이나! 정말 '사랑해요'라고 적혀 있어! 아아아, 신이시여! 서른다섯 해 동안 연애에 관해서는 미소 짓는 일을 잊었던 신이 드디어 나에게 진심을 보여 주기 시작했다! 오랜 세월에 걸친 공백을 상쇄시켜 주기 위해서 연속 기술로 초고속 미소를 방긋, 방긋, 방긋——끊임없이 지어 주고 있어! 크으으, 이 엉뚱한 신 같으니라고! 아주 내일 뺨에 근육통 생기시겠습니다?! 미소의 대 바겐세일, 미소의 가격 파괴! 넘쳐흐르는 이 행복, 심상치 않아, 우와아아아아악!"

흥분한 탓인지 몸이 후끈후끈 뜨거워진다. 안 돼, 이 열기 때문에 초콜릿이 녹아 버리겠어!

위험을 감지한 타츠오는 기세 좋게 상자에서 초콜릿을 꺼내서 본능에 따라 입에 덥석 물었다.

"와악, 뭐야 타츠오! 그거 내가 먹으려고 했는데에——!"

"안 돼. 의리 초콜릿이면 몰라도 진심 초콜릿은 양보 못해! 으어억, 식도가 쓰라려, 으어어억——!"

여신이 내린 선물은 예의상으로라도 맛있다고 말하기는 힘든 물건이었다. 끈적끈적하니 도통 소화될 줄 모르는 과도한 단맛에 타츠오의 몸은 거부 반응을 일으켰다. ——그러나 타츠오는 솟구치는 욕지기를 필사적으로 삼켜 가며 한 입 더, 다시 한 입 더, 끊임없이 초콜릿을 탐했다.

"미하루 씨의 사랑, 단 한 조각도 헛되게 만들 수는

없다……! 으어억!"

"타츠오, 그만, 그만해! 초콜릿은 그렇게 울면서 먹는 거 아니야! 정신 좀 차려 봐, 벌써 몸이 경련하고 인간이 내보여서는 안 될 얼굴이 되어 버렸단 말이야, 타츠오!"

"날 막지 마라, 사랑이란 때로 괴로운 법이지! 그래, 이건 바로 사랑의 맛이야! 보인다, 보여 저기 천국이! 아아아아아!"

솟구치는 욕지기와 용솟음치는 위액, 이 모두가 사랑의 스파이스가 아니겠는가. 이미 창백해진 얼굴로 남은 초콜릿을 한꺼번에 입안으로 밀어 넣은 타츠오는 그 기세를 몰아 손에 든 상자까지 물어뜯기 시작했다.

"으어어어어어~! 사랑의 스파이스! 으어어어어어—!"

"정신 차려, 타츠오! 그건 못 먹는 거야. 그만 인간으로 돌아와!"

냉정한 리이나가 발작적인 기행을 부리는 오빠를 꾸짖는다.

"─자, 그래서 이 초콜릿을 주면서 그 미하루 씨란 사람은 무슨 말 안 했어? 대답을 기다리겠다거나 뭐 그런 거."

"아니, 딱히 별말은 없었는데. 괜찮으시면 받아 주세요, 그 말만 하고 달려가 버렸어……."

미하루는 별말 없이 초콜릿을 내밀어 왔다. 가냘픈 손은 떨렸고, 동그란 눈은 애처롭게 글썽글썽 빛났더랬다. 지금 생각해 보니 고작 의리 초콜릿 하나 건네면서 그런 표정을 지을 리가 없었군.

맞아, 미하루 씨는 직접 사랑을 고백하고 싶은 마음이었지만——아무래도 용기가 나지 않아 말을 꺼내지 못했던 거야. 그 마음을 이 초콜릿과 그 뜨겁던 눈빛에 담아 나에게 필사적으로 전하려 했던 걸까!

아아, 그런데 정작 나는…… 최악이군, 나란 녀석. 어찌나 세심하지 못한 남자란 말인가. 예측하지 못한 사태에 감사 인사는커녕 그저 멍청히 서 있기만 했다니…… 일생일대의 불찰이다!

"미안합니다, 미하루 씨! 초콜릿에 담은 당신의 뜨거운 순정, 늦었지만 똑똑히 접수했습니다! 당신의 그 애처로운 마음, 결단코 무용지물로 만들지 않겠습니다!"

서른다섯 해 만에 찾아온 기적이 녹슬어 있던 마음의 스위치를 켰다——이제껏 한 번도 돌아간 적 없었던 긍정적 연애 회로에 드디어 전기가 흐르기 시작했다.

"오오, 신이시여! 이 못난 키타카제, 미하루 씨의 사랑에 온 몸과 마음을 다 바쳐 응하겠노라 이 자리에서 맹세합니다!"

잇자국이 남은 작은 상자를 손에 꼭 쥔 타츠오는 지금까지 취해 왔던 소극적인 자세에 종지부를 찍겠노라 결심했다.

밸런타인데이 다음 날, 평소와는 다른 가슴 설레는 월요일 아침. 발걸음이 너무 가벼운 탓인지 평소보다 빨리 도착한 타츠오는 한 타임 이른 전철을 타고 평소보다 빨리 출근, 회사 빌딩에 발을 내딛자마자 가련한 처녀 —— 미하루 치사의 모습을 발견했다.

이건 이제 운명이랄 수밖에 없군. 이렇게 바로 미하루 씨를 마주치게 되다니 ——.

이 기회를 놓칠 수는 없지. 그렇게 생각한 타츠오는 성큼성 큼 빠른 걸음으로 미하루에게로 다가갔다.

"미하루 씨, 잠깐 시간 괜찮으십니까?"

좋은 시작이다. 타츠오는 더듬는 일도 없이 또박또박 잘 말 해 냈다.

"키타카제 씨……?"

놀란 미하루의 보석 같은 눈동자가 흔들린다. 그래, 이런 이야기가 다른 사람들 귀에 들어가는 건 낯부끄러운 일이지.

"일단 남들 눈에 띄지 않는 곳으로 갑시다."

엘리베이터와는 반대 방향에 있는 비상구 근처로 미하루를 이끈 타츠오가 말했다.

"저도 같은 마음입니다……."

부끄러운지 고개를 숙인 미하루를 안심시키기 위해 긴장해 서 높고 날카로워진 목소리로 간신히 자신의 마음을 전했다. 그런 다음 슈트 안주머니에서 미리 준비한 물건을 꺼내 의기 양양하게 내밀었다. 불타는 사랑의 마음을 표현한 심홍색 수 첩이었다.

"자세한 내용은 이 안을 참조해 주세요. 앞으로 모쪼록, 잘 부탁합니다!"

서로의 마음이 통한 것에 감격했는지 미하루는 으으……
하며 입가에 손을 대고 들릴 듯 말 듯한 소리를 흘렸다. 두근
거림이 여기까지 전해질 것만 같은 모습, 떨리는 손으로 수
첩을 받아 든 미하루는 멋쩍은 듯 살짝 고갯짓해 인사하고는
살며시 생긋 웃어 보였다.

아아, 이것이 바로 사랑의 결실을 맺는 순간이란 것인
가—.

첫 경험인 만큼 감격도 더욱 컸다. 초대형 행복에 현기증이
일 것만 같았다. 오랜 기간에 걸친 겨울의 시대가 막을 내리
고, 드디어 타츠오에게도 봄바람이 불어왔다.

지금까지와는 전혀 다른 나날의 막이 열린 것이다. 타츠오
의 마음은 마치 신이 나 방방 뛰어 대는 토끼와 같았다. 당장
이라도 날아올라 빙글빙글 돌며 공중 5회전 점프도 해낼 수
있을 만큼 높이 떠올라 있었다.

2장 사랑은 아직 시작되지 않았다

"말도 안 돼, 거짓말일 거야. 이건 꿈……이 아닌가……?"

비상구 옆에 홀로 남은 치사는 키타카제로부터 받은 새빨간 수첩을 펼쳐 내용을 확인한 후 깊은 한숨을 흘렸다.

'미하루 씨,

오늘 예사롭지 않은 애정이 담긴 초콜릿을 주셔서 감사합니다. 당신께 이런 멋진 선물을 받을 줄은……. 아아아, 더없이 기쁩니다. 외람되지만 저도 당신을 사랑합니다—.'

격정 넘치는 서두로 시작된 문장에 치사는 글썽글썽 눈가를 적신다.

믿을 수 없어……! 내가 그 키타카제 씨와 같은 마음이라니……!

어떡하지, 떨림이 멈추질 않아. 이젠 눈물까지 나올 것만 같아.

그렇지만 이건 너무 행복해서 어쩌면 좋담, 감격의 눈물이 터져 나올 것 같은걸, 그런 게 아니야. 새빨간 수첩을 가슴에 꼭 안은 채 치사는 간절히 바랐다.

아아, 차라리 꿈이라면 좋겠어……!

하지만…… 하지만 있잖아요, 난 기억이 없어요. 키타카제 씨, 전부 오해라고요.

내가 키타카제 씨를 사랑한다니, 그런 일이 있을 리가 없잖
아—!

진짜 싫다, 정말 어떡하지? 어쩌다 이런 오해를 해 버린 거
예요, 키타카제 씨?

"전부 착각하신 거예요"라고 말하고 싶어. 하지만 그런 말
을 했다가는 틀림없이 살해당해 버릴 거야.

"싫어어, 아직 죽고 싶지 않아아아~!"

주위에 아무도 없는 틈을 타 치사는 한심한 꼴을 숨김없이
다 내보인다. 거의 울상이 되어 자리에 주저앉아서는 "역시
이건 악몽일 거야" 하며 뺨을, 팔을, 한 가닥 희망을 안고 발
등까지 꼬집어 보지만 슬프게도 모든 곳이 아프다.

슬프지만 이건 현실이구나. 지난 주말부터 전혀 운이 따라
주질 않네…….

"신 같은 건 어디에도 없는 거 아니야……?"

레이디의 갑옷인 하이힐 펌프스를 바라보며 치사는 나약한
말을 중얼거린다.

어쩌다가 일이 이렇게 되어 버린 거지? 그 까닭은 밸런타
인데이 전전날까지 거슬러 올라가는데—.

"죄송해요, 미하루 씨. 지금 잠깐 괜찮으실까요? 남미 건에
살짝 문제가…….."

"앗, 이따가 저도 좀 부탁드려요. 거래처에서 갑자기 발송

도착지 변경을 의뢰해 왔는데요…….”

잠시 자리를 비웠던 치사가 부서로 돌아오자마자 입사 2, 3년 차인 후배들이 연달아 말을 걸어왔다.

“응, 그럼 일단 사사이(笹井) 씨 얘기부터 들을까?”

치사는 의자에 앉은 다음 자세를 다잡은 다음 생긋 미소를 지으며 후배들의 상담에 응했다. 늘 있는 일이었다.

해외 영업 파트의 지시에 따라서 고객과 연락을 주고받고 상품 수출을 위한 모든 절차와 준비 업무를 수행하는 것이 치사가 소속된 수출 업무과의 역할이다. 해외 사업부 중에서도 젊은 직원이 많은 이 부서에서 과장 다음 책임자로 여겨지는 사람이 바로 아직 입사 5년 차인 치사였으니, 무슨 일이 생길 때마다 후배들을 서포트하는 역할로 동원되는 것도 무리가 아니었다.

“아하. 이건 거래처와 교섭이 꼭 필요한 일인데 사사이 씨에게는 아직 어려울 테니까 이번에는 내가 할게.”

솔직히 귀찮은 건이었다. 그래도 “나한테 맡겨 둬” 하며 웃음을 지어 보였다. 황송한 듯 고개를 숙이는 후배의 어깨를 다정하게 토닥이고는

“교섭 메일 CC로 넣어 줄 테니까 순서 잘 외워서 다음부터는 직접 해 봐. ―그리고 다음은 마츠자와(松沢) 씨지? 아, 이 건은…………. ”

신속하고 명확한 판단으로 문제점을 찾아내서 돕는 치사. 어깨에 걸린 머리카락을 삭 넘겨 치우면서 여유로운 대응을

이어 간다.

"괜찮아, 지금부터 준비하면 충분히 시간에 맞출 수 있어. 옛날에 비슷한 일이 있었는데, 그때 서류 꺼내 놓을 테니까 필요하면 참고용으로 한번 읽어 봐. 또 뭐 있는 사람 있어?"

자리에서 일어나 묻자 후배들은 입을 모아 괜찮습니다 하며 고개를 가로저었다.

좋아, 이제 당분간은 내 일에 집중할 수 있겠네. 꽤 쌓여 있으니까 지금 시간이 될 때 정리해 둬야지! 치사가 이렇게 기합을 넣고 자리에 앉아 키보드에 손을 올린 순간,

"미하루 선배—, NCV 인보이스• 어떻게 만드는 거였져?"

옆자리의 문제아 모모하라 미호(桃原 ミホ)가 회사원으로서 있을 수 없는 양 갈래 금발 머리를 흔들며 치사의 얼굴을 바라본다.

야, 내가 방금 뭐 있는 사람 있냐고 물어 봤지? 너 그때 멍 때리면서 일 없는 사람처럼 스마트폰 만지작거리고 있었잖아. 심지어—.

"모모하라 씨, 그거 벌써 몇 번이나 만들어 본 서류잖아? 이젠 슬슬 외울 만한 때도 되지 않았을까—? 전에 만들어 뒀던 자료, 안 남아 있어?"

치사는 후배를 향해 웃는 얼굴과 부드러~운 말투를 유지하며 물었다.

• no commercial value invoice, 수출 전 견본품을 보낼 때 작성하는 송장.

"에이, 그런 건 벌써 한참 전에 다 버렸져~. 미호는 책상 주변이 지저분하고 정신없는 걸 못 참거든여."

모모하라가 양 갈래 머리의 끝부분을 손가락으로 빙글빙글 돌리며 말했다. 우와아~, 나도 너 한 대만 치고 싶어여~.

"음~. 그래도 있잖아, 조금씩이라도 스스로 찾아보면서 해야지, 남들한테 묻기만 하면 업무 능력이 오르기 힘들지 않을까? 메모를 좀 해 보면 어떨까—?"

치사는 얼굴을 실룩거리며 모모하라의 컴퓨터 화면을 엿보았다. 모모하라가 작성 중이던 통관 서류 내용을 보니

"어머. 이거 부탁한 지 꽤 된 서류잖아. 게다가 이거 도착지가 틀렸어. 타이중(臺中)이 아니라 타이베이(臺北)로 보내야 돼. 평소랑 도착항이 다르니까 부킹할 때 주의하라고 말했지?"

"어? 그랬었나여? 까먹었네여."

메모를 안 하니까 그렇지, 메모를!

"이 배는 타이베이에 기항하지 않는 배일 거야. 지금 당장 예약 다시 잡아. 본선명이랑 스케줄 변경해야 하니까."

"어—! 벌써 이 스케줄로 고객한테 연락해 놨는데여? 아 그렇지, 둘 다 대만이니까 그냥 이렇게 가게 해 버리져! 변경도 귀찮고 헷갈리기 쉬운 항구명이 잘못한 거니까여."

"너 말이야, 후쿠오카(福岡)로 보낸 짐을 누가 후쿠이(福井)로 가져다 놓으면 어떻게 할래? 문제 맞지? 본선 변경한 다음에 고객은 물론 우리 배송 파트한테도 연락하는 거 잊지

마. 차량 확보해야 하니까. ──그리고 여기, 왜 인보이스랑 패킹 리스트에 개수가 다르지?"

치사가 화면상에서 또 다른 실수를 발견해 지적하자

"아, 진짜. 한꺼번에 그렇게 많이 말씀하시면 어떡해여. 의욕 팍 꺾이네여."

모모하라는 삐죽 입을 내밀고 불만스러운 표정을 지었다.

"네가 지적받을 데 없이 준비했다면 아무런 문제도 없지 않았겠어?"

"아이고야, 그렇게까지 말할 거 있습니까? 모모하라 씨는 아직 1년 차예요──. 귀엽기만 하구먼."

두 사람의 대화를 듣고 있었는지 모모하라의 말에 참지 못하고 거칠게 쏘아 대던 치사의 말에 와타누키(綿貫) 과장이 끼어들었다. 자그마한 체격 때문에 와타누키보다는 코타누키•에 가까운 인상을 가진 그는 작년 가을 해외로 취임한 전 과장을 대신해 부서에 배속된 지 얼마 안 된 사람으로, 무역에 관해서는 문외한이어서 엉뚱한 발언이 잦다.

"이 친구 이제 곧 2년 차가 됩니다. 귀엽기만 해선 안 되죠. 이렇게 사소한 실수들이 언젠가는 큰 문제로……."

"그러면 안 되지, 미하루 씨. 여자는 애교가 있어야 돼──. 화만 내면 쓸데없이 잔주름만 늘어. 주름만 자글자글해지면 누가 자네를 데려가겠어요──."

• 子狸. 새끼 너구리라는 뜻.

앞머리 라인이 점점 후퇴해 가는 이마를 정기적으로 탁탁 때리는 와타누키. 내버려 두라지. 그 말을 들은 체 만 체 넘기는 치사에게 와타누키는 이어서

"아이고, 어쩔 수 없어요. 요즘 애들은 다들 헤이세이 시대• 에 태어난 유토리 세대••들이니까. 유·토·리!"

나왔다, 유토리 세대 비판! 나이든 사람들은 우리가 유토리 세대라는 것만으로 툭하면 바보 취급한다니까.

"과장님, 저도 유토리 세대입니다. 유토리 세대라서 모자라다는 편견은 갖지 마세요."

"어어~? 미하루 씨는 쇼와 시대•••에 태어나지 않았나? 쇼와에 태어났는데 유토리라! 하하하, 그것 참 참담하네요."

과장은 자신의 이마를 찰싹찰싹 때리며 재미있다는 듯 웃었다. 대체 뭐가 그렇게 웃겨?

옆에서는 본인도 유토리 세대인 모모하라마저 "미하루 선배 쇼와에 태어나셨군여. 아, 그래서……"라며 푸푸거리며 웃음을 터뜨리고 있었다. 뭐야, 그거 무슨 뜻이야!

"어쨌든 미하루 씨, 신입에게는 상냥하게, 아주 상냥하게

• 平成時代. 1989년 1월부터 현재(2019년까지로 예정 중)까지 사용 중인 일본의 연호.

•• 여유 교육이라는 뜻의 유토리 교육제도하에서 의무교육을 받은 세대를 일컫는 말로, 해당 교육제도는 기존의 입시 및 암기 위주 교육 방식에서 벗어나 학생의 인간성과 사고력, 표현력 등을 중시해 키우고자 하는 목적으로 실행되었다. 그러나 학업 수행 능력 저하 및 국가 경쟁력 하락 우려 등에 따라 교육제도가 재개정되어 사실상 폐지되었고, 유토리 세대는 종종 끈기가 부족하고 가장 배움이 적은 세대로 취급받기도 한다. 1987년생부터 2003년생까지가 이 세대에 해당하며, 그 이후 세대를 유토리 교육 시스템을 벗어났다는 뜻으로 '탈脫 유토리 세대'라고 부른다.

••• 昭和時代. 1926년부터 1989년 1월까지 사용된 일본의 연호.

대해야 해요. 안 그러면 금세 관둔다고, 요새 애들. 내가 전에 있던 지점의 신입 영업자는 아주 살짝 화를 냈더니 회사를 안 나오더라니까. 외근 갔다가 바로 퇴근하겠다면서 화이트보드에 NR● 표시를 붙이더니 노 리턴을 넘어 네버 리턴이 됐지 뭡니까. 유토리니까!"

와하하하하. 와타누키 과장이 복식 호흡으로 웃는다. 유토리 세대를 완전히 우습게 보시는군요. 그럼 좋아요, 쇼와 전성기 시절에 주입식 교육을 받은 분의 실력을 한번 볼까요?──라고 말하고 싶은 마음은 굴뚝같았지만…….

"그보다 미하루 씨, 이 컴퓨터가 이게 어떻게 된 건가? 전에 있던 컴퓨터가 고장 나서 새 걸 받는데 말이지, 화면을 건드리니까 자기 맘대로 움직이네요. 아니, 마우스는 쓰고 있단 말이지. 근데 이게 이렇게 글씨를 짚어 가면서 확인하려고 하면 화면이 제멋대로 훅훅, 이렇게……. 내 말 무슨 말인지 알겠죠? 그러니까 이렇게, 이렇게! 우와아, 이거 또 움직이네! 화면이 제멋대로 막 바뀌고 이거, 못 쓰겠어 이거──."

대체 누가 과장한테 터치패널 컴퓨터를 지급했어! 난 못해, 저런 과장에겐 의지할 수가 없어. 치사는 과장의 책상으로 총총 가서 말없이 문제의 터치 조작을 무효화하고 곧바로 제자리로 돌아가 옆자리의 모모하라에게 말했다.

● NO RETURN. 외근 후 사무실로 복귀하지 않고 바로 퇴근한다는 뜻.

"아까 그 건 아직 기억나지? 너~무 미안하지만 부킹 변경 열심히 한번 도전해 봐 줄래~? 일단은 그것만 하면 되거든. 그래, 그럼 어디 같이 해 볼까~?"

치사는 본심을 숨긴 간살스러운 목소리로 마치 유치원생을 상대하듯이 상냥~하게, 상냥~하게 부탁했다. 영혼이 꽤 두툼히 깎여 나갔지만, 그래도 난 굴하지 않아. 나는 유능한 어른 레이디니까.

치사는 고개를 숙이고 자신이 신은 하이힐 펌프스를 바라본 다음 "좋아!" 하고 읊조리며 기분을 전환했다.

괜찮아, 난 아직 더 싸울 수 있어.

"미안, 급한 출고 건이 들어오는 바람에 좀 늦었어."

일을 마친 치사는 단골 다이닝바로 달려왔다.

어둡고 잘 들어가기 힘든 분위기 때문인지 좁은 가게 안은 언제나 텅텅 비어 있다. 카운터 자리에 앉아 치사를 기다리던 사람은 난죠 에리코(南城恵理子)— 대학 시절부터 친구이자 국내 영업부에서 일하는 치사의 회사 동기다.

"그 부서는 여전히 바쁜가 보다. 나 먼저 시작하고 있었어."

술잔을 든 에리코가 매혹적으로 말린 머리카락을 흔들었다. 가슴께가 파인 라벤더색 니트에 타이트한 검정색 슬릿 스커트, 몸에 딱 붙은 복장은 에리코의 풍만한 몸매를 더욱 매력적으로 부각시켰지만 결코 경박한 인상을 주지는 않았다.

외모와 마찬가지로 인맥 역시 화려한 에리코는 시원시원한 성격을 지녀 치사와도 마음이 잘 맞았다. 그 증거로 일주일에 한두 번씩은 이렇게 함께 술을 마셨다. 둘의 술자리에서 치사는 오로지 논알코올 음료밖에 마시지 않지만 말이다.

에리코 옆자리에 앉아 주문한 진저에일을 단숨에 들이켠 치사는 하아 하며 한숨을 토했다.

"고생 많네, 또 후배들 치다꺼리했지? 술 좀 마시면 좋을 텐데. 그래도 좀 풀린다니까?"

"안 돼, 내일도 출근해야 되잖아. 숙취 때문에 업무에 지장 생기면 어떡해. 난 술도 약하고."

치사가 고개를 가로젓자 에리코는 여전하구나 하며 기가 막히다는 듯한 눈빛과 함께 동정의 시선을 보내왔다.

"그러고 보니까 나 오늘 낮에 카페에서 걔네 봤어, 사사이랑 마츠자와. 둘이 너 엄청 칭찬하더라. 항상 든든하고 똑 부러진 선배래. 후배도 잘 챙기고 일은 물론 외모를 잘 꾸미는 것까지 완벽하다고. '어른 여자란 느낌이라서 너무 멋있어—!' 그러더라고. 좋겠다, 엄청 사랑받고 있네."

목소리까지 흉내 내 가며 후배들의 수다를 재현해 준 에리코. 후배들이 그렇게 말해 주고 있다니 나쁜 기분은 들지 않았다. 덕분에 기분이 나아진 치사에게

"근데 곧 서른이라며? 나이도 제법 있는데 결혼은 안 하나? 갑자기 결혼과 동시에 퇴사한다고 하면 우리가 힘들어지긴 하겠다~라고도 하대."

풀썩. 어깨 힘이 빠진다. 다행인지 불행인지 그럴 예정은 전혀 없습니다요.

"뭐, 걔들은 괜찮아. 귀염성도 있고 사람 얘기를 귀담아듣거든. 수고는 들지만 귀여운 후배들이지. 문제는— ."

문제는 그 녀석이지. 치사의 머리를 스친 것은 회사원에게는 있을 수 없는 양 갈래 금발 머리를 한 모모라 미호다.

"걔 진짜 너무 너무해. 메모도 안 하지, 실수하고도 사과를 안 하지. 그러면서 불평하는 능력 하나는 누구보다 뛰어나다니까. 적당히 좀 해라 싶어."

"아— , 그 피부도 머릿결도 탱글탱글하고 부드러워 보이는 신입? 우리 회사에 잘도 들어왔네."

"아무래도 낙하산 같아. 그래서 그런지 예전 과장님이 너무 받아 주니까 더 기어오르더라고. 그런 애가 있으니까 다 같이 묶여서 이래서 유토리는~ 하는 바보 취급을 당한단 말이야. 얼마나 버릇이 없는지."

"요즘 신입들은 완전 헤이세이 유토리구나. 이 녀석들, 태어났을 때부터 이미 푸시폰• 세대인 녀석들."

"우린 쇼와 끄트머리 유토리라서……. 오늘 과장이 그거 갖고 비웃더라."

"유토리이긴 해도 아직 제도 시작 단계일 때라 그렇게까지 편했던 기억도 없는데 말이야. 난 원주율 소수점 아래 스무

• 누름 단추식 전화기.

자리까지 외울 수 있어."

"우리 학교는 사립이라서 매주 토요일에도 수업이 있었어. 그런데도 유토리 세대에 속했단 것만으로 깔보다니. 진짜 지긋지긋해."

"차라리 '저 유토리잖아요~' 하면서 대충 일하면 어때? 상대가 먼저 만만하게 봐 왔으니 우리도 '네, 그렇죠~' 하고 즐기면 되잖아."

"그래도 그건 바보 같잖아……."

"바보가 아니라 바보인 척만 하는 거지. 오히려 현명한 처세술이야. 나를 우습게 보는 사람을 마음대로 휘두르다가 오히려 바보로 만들어 되갚아 주는 거."

한순간 오, 말 되네~라는 생각은 들었지만 안 돼, 내가 바보짓을 했다가는 우리 과는 명명백백 제대로 돌아가지 않을 테고, 그 이전에 내 자존심이 그걸 용납할 수 없어.

그런 면에서 에리코는 능수능란하다는 생각이 들었다. 직접 할 수 없을 것 같은 일은 적임자에게 가볍게 돌릴 줄도 알고, 못하는 일은 못한다고 솔직하게 말하고 응석 부릴 줄도 알고, 야근도 거의 하지 않았다. 뭐든지 혼자 다 떠맡는 치사와는 전혀 다르다.

"아무리 열심히 하더라도 내가 못하는 일은 나는 못하는 일이야. 내가 못하는 일은 남한테 해 달라고 하고 내가 할 수 있는 일은 전력으로 해내면 되지. 그래야 일도 사생활도 그럭저럭 즐길 수 있어."

그렇게 말하고 벌써 몇 잔째인지 모를 칵테일을 쭉 들이켜는 에리코. 치사 역시 좋은 의미에서 어깨 힘을 빼고 싶다는 생각을 하지만, 에리코처럼 요령 있게 사는 법을 몰랐다.

　"그래도 남들이 날 바보 취급하면서나마 봐주는 것도, 응석을 귀엽게 받아 주는 것도 다 20대 전반까지 아니야? 서른 가까운 사람한텐 좀 빡빡하잖아. 게다가 이제 곧 또 생일이 올 텐데……."

　"넌 연초에 생일 지난 거니까 아직 괜찮지 않아? 난 4월에 먼저 스물여덟 된다. 멍청히 정신 놓고 있다간 눈 깜짝할 사이에 서른 돼."

　"진짜 조금만 더 늦게 태어났어도 헤이세이 출생이었을 텐데……. 그럼 모모하라 불평 들을 일도 없었을 테고. 걔 90년대생이기도 하잖아. 부럽다……."

　"바보야, 좀만 있어 봐라. 90년대생이 다 뭐야, 2000년대생들—신세기에 태어난 어린애들이 우르르 들어올걸? 그러면 헤이세이 모모하라까지 죄~다 통틀어서 '이러니까 구세기 사람들은~'이란 말을 듣게 될 거야."

　"히익! 무서워, 에리코, 살려 줘—!"

　메탈릭한 사이보그 신입 사원들을 상상하자 소름이 돋는다. 새로운 시대가 어떤 자객을 보내오더라도 끄떡없을 수 있게 더 부지런히 수련해야겠어!

　그렇게 각오는 하지만, 사실 지금 이상으로 더 열심히 하는 건 힘든데 하는 생각도 든다. 솔직히 치사는 지금 단계가 자신의 한계라고 느꼈다. 매일매일이 버겁고 숨이 가빴다.

치사는 아직도 자신이 어른이 되었다고 실감하지 못했다. 회사도 다니고 투표도 한다. 술도 마실 수 있고 흡연도 합법인 나이다. 그런데도 왠지 어릴 때 상상했던 어른이 된 자신의 모습보다 실제로 어른이 된 지금의 모습이 훨씬 더 어린 것처럼 느껴졌다. 진짜 어른이 아닌 어린아이가 필사적으로 어른인 척을 하고 있는 것처럼 느껴지는 것이 솔직한 심정이다.

하지만 상사에게나 후배에게나 의지할 수 없는 지금은 유능한 어른인 척 열심히 연기를 할 수밖엔 없었다.

유토리 세대라고 바보 취급당하는 건 더 싫으니까.

"아~아. 그나마 선배들이라도 있어 주면 좋을 텐데."

"다들 그만뒀던가?"

"응. 다들 너무 듬직하고 멋있고, 평생 같이 일하고 싶은 사람들이었는데. 결혼에 출산에, 라이프스테이지가 바뀌니까 그만두지 않을 수가 없었나 봐."

"결혼에 출산이라……. 커리어냐, 가정이냐. 여자라면 반드시 직면하게 되는 문제지. 회사는 기본적으로 여자에게 우호적인 곳이 아니니까. 특히 우리 회사처럼 사상이 고리타분한 곳은 더더욱."

딱 잘라 말한 에리코의 말에 치사는 끄덕끄덕끄덕, 끝도 없이 고개를 끄덕였다.

"결혼을 안 하면 또 안 한다고 노처녀가 어쩌고저쩌고 놀려

대잖아. 남자들은 좋~겠다. 여자에겐 '벌써 서른'인데 남자에겐 '아직 서른'이라서. 남자는 독신이어도 별로 안 놀리잖아, 남들이. 여자는 무슨 일에서든 젊은 게 최고라는 풍조, 이거 어떻게 좀 안 될까?"

더 이상 젊지 않은데 완벽한 어른도 되지 못한 자신에 대한 초조함이 더해져 기분은 더욱 훅 가라앉는다.

"아~아, 차라리 나도 남자였으면 좋았을걸 ─ ."

"너 그런 말 하는 것 치고는 항상 여성스럽게 잘 꾸미잖아? 힐도 그렇게 높~은 거 신고. 여자이기를 포기할 마음 같은 건 요만큼도 없어 보여."

치사의 발을 내려다본 에리코가 날카롭게 지적한다.

"그야 남자로 태어났으면 좋았겠다는 생각은 하지만 이번 생에선 실현 불가잖아. 어떻게 변해도 난 결국 여자니까. 남자들한테 맞춰서 일할 수밖에 없는 게 현실이라도 남자처럼 슈트를 입고 비즈니스용 구두를 맞춰 신은들 무슨 소용이 있겠어. 여자로 태어난 이상은 여자로서 즐길 수 있는 일은 즐기는 게 낫지."

"그렇긴 해. 잘 꾸미면 그것만으로 기분도 업되고."

"맞아! 잘 꾸미는 게 나만의 중무장 방식이야. 그중에서도 하이힐만은 절대 놓을 수 없어."

치사는 그 말을 마치고 고개를 숙여 신고 있던 펌프스를 황홀하게 바라보았다. 오늘 신은 것은 앞코가 날카롭게 잘 빠진 샤프한 형태가 아름다운 구두다. 검정색 레이스 무늬에 사랑스러움과 우아함이 겸비된 점도 마음에 들었다.

"어릴 때는 굽 높은 구두가 되게 멋있어 보이잖아? 어른 여자—레이디의 상징이란 느낌이라서. 이 나이에 하긴 좀 민망한 말이지만 지금도 내 눈높이를 한층 더 높여 주는 아이템인 것 같아."

"그 무장은 화장으론 안 돼? 난 하이힐은 저녁에 너무 힘들어서 근무 중엔 로힐로 갈아 신는데."

신기하게 보는 듯한 에리코를 향해 치사는 "안 돼"라고 바로 답했다.

"화장은 거울을 안 보면 까먹잖아, 내가 어른이란 걸."

나이도 먹을 만큼 먹고서 아직까지 어린애 같은 자신이 믿음직하지 못한 상사와 후배들 앞에서 허세를 부리기 위해서는 눈에 보이는 어른의 증거가 필수였다. 기가 죽을 것 같을 때는 항상 자신이 신은 하이힐을 바라보면서 '똑바로 해야지, 난 어른이니까'라는 주문을 떠올렸다.

"더 이상 소녀가 아니라면 늠름한 레이디이고는 싶어. 나이, 교육, 성별, 나를 둘러싼 모~든 게 내 발을 붙잡더라도 이것만 있으면 아직 더 싸울 수 있을 것 같은 기분이 들거든."

씩 웃어 보이는 치사를 보며 "그거 너무 힘들지 않니?"라며 어이없는 표정을 짓는 에리코.

너무 힘들지 않냐고? 그야…………

"당연히 너무 힘들지~! 힘들어 죽겠어, 살려 줘, 누가 날 좀 위로해 줘~!"

우와앙. 치사는 우는소리를 하며 에리코에게 매달렸다. 아무리 중무장을 했더라도 절친한 친구 앞에서는 모든 것이 싹 해제되고 만다. 코알라처럼 팔에 꽉 매달린 치사에게 그래그래 하며 에리코는 건성으로 대답했다.

"상냥하게 위로해 줄 사람이 필요하다면 남자 친구라도 만드는 게 어때? ……그래! 여자로서의 삶을 오롯이 누리기 위해서는 연애를 빼놓을 수는 없지!"

에리코는 무언가 결심한 듯 갑자기 목소리 톤을 높였다.

"연애. 그거 어떻게 하는 거였더라."

"메말랐네……. 너 빈말 아니고 진짜 미인이야. 나 다음이긴 하지만."

치사는 그거 고맙네요 하며 야채 스틱을 씹으며 어깨를 으쓱 들어 보였다.

"설마 너…… 아직도 극복 못 한 거야?"

한쪽 눈썹을 치켜올린 에리코가 날카로운 시선을 던지며 물었다.

"그런 건 아닌데……. 누구랑 사귀어도 오래가질 않아. 아무래도 믿음이 안 간다고 해야 되나. 자꾸 의심이 들더라고."

치사에게 첫 남자 친구가 생긴 때는 대학교 1학년 시절. 같은 테니스 동아리에서 만난 한 살 많은 선배였다. 밝고 말주변도 좋아 동아리 안에서 늘 중심에 있는 사람이었다.

중고등학교 모두 여학교를 나온 치사는 성장하는 동안 또래 남자들을 접할 기회가 거의 없었다. 치사가 남자에 대한 정보를 얻은 소스는 대부분 남자 친구를 사귀는 친구들이 꺅꺅거리며 떠들어 대던, 과도하게 미화된 그들만의 시시콜콜한 연애 이야기들이었다. 거기다가 달콤~한 첨가물을 잔뜩 올린 순정 만화나 러브스토리를 더하면 현실과는 동떨어진 반짝반짝 빛나는 완전무결한 왕자님상이 완성된다. 지금 생각하면 남성상에 대한 이상이 너무 높았던 거다.

동아리 선배와 사귀기 시작한 지 며칠도 채 되지 않아 설렘이 최고조에 달했을 때 치사는 물었다.

—내 어디가 좋아?

친구들의 시시콜콜한 연애 이야기나 만화나 드라마 속 '그 남자'는 꼭 살짝 당황한다. 그런 걸 어떻게 한마디로 설명해, 굳이 말하자면 전부—난 너의 모든 것이 좋아. 그렇게 말하고는 여자 친구를 부드럽게 끌어안는다. 그러니까 내 남자 친구도 틀림없이—!

당시 치사는 초콜릿과 캐러멜과 벌꿀 섞은 것에 메이플시럽을 끼얹은 만큼의 다디단 기대로 부푼 가슴을 안고 있었다.

그러나 선배는 주저 없이 바로 "얼굴"이라고 대답했다. 아, 아니, 얼굴도 좋아해 주니까 좋긴 한데 좀 더 다른 거 있잖아? 그렇게 생각하는 치사를 보며 그는 "예쁜 여자 친구는 자랑하고 다닐 수 있어서 최고야—"라거나 "스타일도 마음에 들어—! 가슴이 작은 게 흠이지만!" 따위의 성실치 못한 보충 답변을 웃으며 추가했다.

충격과 동시에 그에게 정이 뚝 떨어진 치사를 갑자기 밀어서 쓰러뜨리려 하는 그를 보며 없던 정까지 더 뚝 떨어졌다. 거부하는 치사에게 "뭐 어때, 네가 좋아서 이러는 거야"라며 멈추지 않는 그에게 다시 한 번 거절 의사를 전하자 이번에는 적반하장으로 화를 내기에 또다시 정이 뚝뚝 떨어졌다. 헤어질 때, 미운 정마저 남지 않은 상황에서 "그럼 한 번만! 딱 한 번이라도 되니까 마지막으로 하게 해 주면 안 돼?"라고 졸라오는 그를 보며 없는 정이 떨어지다 못해 내핵의 끝까지 구경할 뻔했다.

"걔는 남자애들 중에서도 전형적인 저질 최고봉이었어. 여자를 소모품이나 장식품으로밖에 생각하지 않는 스타일. 너 내가 분명히 걔랑 사귀지 말라고 충고했었다? 네가 안 들었거든?"

"알아챌 수가 없었어. 남자애들한테 면역이 없을 때라서……."

"대학생 때야 다들 확실히 좀 그랬지만 이제는 남자들도 다들 좀 진정이 되어 있단 말이야. 지금이라면 좀 더 좋은 의미로 어른스러운 만남을 가질 수 있지 않겠어?"

"하지만 이 나이엔 그때보다 그런 걸 더 피해갈 수가 없잖아? 중고등학생도 아닌데 플라토닉러브가 훨씬 더 당겨. 근데 첫 남자 친구가 그런 사람이었다 보니까 다른 사람을 만나도 다들 어차피 목적은 몸이 아닐까 의심하게 된단 말이야. 그래서 나도 모르게 피하게 되고 오늘은 좀…… 하면서 계속 거절하는 사이에 점점 불편해져서 차츰 연락이 줄어들고, 결국 자연 소멸—."

"뭐, 너한테 접근하는 남자들은 기본 스펙이 높아서 자기들한테 접근하는 여자들도 많으니 여자가 부족할 일은 없겠지. 관계가 발전하지 못할 것 같다 싶으면 다른 데로 흘러가는 것도 무리는 아니야."

"그건 즉 그게 목적이란 말이잖아. 그런 거 안 하는 나랑은 못 사귀겠다는 얘기잖아?"

"근데 너 나 다음으로 좋은 여자라서 도저히 처녀일 거라고 생각되질 않아. 경험도 많으면서 조신한 척한다는 오해라도 받는 건 아닌가? 자유분방한 내 친구라는 것 때문에 괜히 더. 쓸데없이 미인이어도 귀찮다니깐."

자기 입으로 저런 말을? 하여튼 역시 남자들은 믿을 수가 없어. 사람의 겉모습이 아닌 내면을 더 잘 봐 주면 얼마나 좋을까.

치사는 떨칠 수 없는 의심 때문에 누구와 사귀어도 오래가질 못하고, 어느새 묘한 결벽마저 생겨 버렸다. 이제는 남자에게 가슴 설레는 일 자체도 사라졌고, 누군가가 유혹해 오더라도 마음이 전혀 동하지 않았다.

"아마도 연애 회로가 망가져 버린 거겠지, 나? 벌써 설레지 않은 지 몇 년은 됐어. 남자랑 얘기할 때보다 아이쇼핑할 때 훨씬 더 가슴이 뛰어."

"야, 그거 위험해. 너 너무 메말랐어. 꽃도 잎도 가지도 다

썩어 문드러져서 이제 흙밖에 안 보인다."

이마에 손을 올린 에리코가 믿을 수 없다는 말을 중얼거리며 고개를 가로저었다.

"난들 할 수만 있다면 연애하고 싶다니깐? 뭐랄까 이렇게, 가슴속 아기 고양이가 냐아냐아 울어 대는 그런 달콤하고 애절~한 마음에 푹 빠져 보고 싶다는 생각을 한다고."

"미안한데 무슨 소린지 전혀 모르겠어. 너 설마 소프트드링크 마시고 취했니?"

"잉~ 왜 몰라? 가슴속 아기 고양이가 응석을 부리면서 다가오는 거 있잖아. 요새는 날 외면만 하고 꿈쩍도 안 하는 중이지만."

"너 가끔 엄청 소녀소녀한 말 하는 거 알아? 술이 취한 것도 아니고 도저히 못 들어 주겠네. 너무 창피해서 소름 돋았어. 무 정도는 거뜬히 갈리겠는데?"

에리코는 홀로 팔짱을 끼고는 양 팔뚝을 비벼 댔다. 치사의 마음을 아는 에리코조차도 이런 반응이었다. 어쩌면 이런 말을 치사가 아닌 본인의 후배에게서 들었다면 에리코는 당장 후배를 병원으로 데리고 갔을지도 모른다.

머리로는 없다는 걸 알면서도 마음 한구석에서는 기대하게 된다. 바들바들 떠는 아기 고양이에게로 높은 굽의 유리 구두를 살며시 내밀어 줄 왕자님을──. 겉모습만 어른이지 알맹이는 여전히 어린애인 한심한 치사를, 그래도 괜찮다면서 마냥 꼭 안아 줄 사람을. 물론 이상한 꿍꿍이는 없이.

"나도 가끔은 누군가에게 응석 부리고 싶어. 뻗대지 않는 진짜 나를 잘 한다 잘 한다 쓰다듬어 주면 좋겠어. 나이가 있으니 이런 말도 큰 소리로 할 수는 없지만."

"미팅이라도 할래? 운명적인 만남이 생길지도 모르잖아."

일단 참가자를 좀 모아 볼까 하며 에리코는 재빨리 스마트폰을 만지작거리기 시작했다. 남녀불문하고 인맥이 넓은 에리코다. 에리코가 마음만 먹는다면 내일 당장이라도 대규모 미팅이 열릴 것이다.

"제안은 고맙지만 미팅은 좀……."

찜찜해하는 치사에게 "그러면 안 돼, 이런 건 공격적으로 나가야지"라며 에리코는 왠지 신이 나 보인다.

뭔가 불길한 예감이 드는데? 경계하는 치사의 옆으로 슬그머니 몸을 붙여 온 에리코는 진지한 표정으로 물었다.

"주말에 밸런타인데이 일정은 어때? 누구 줄 사람 없어?"

"없는데? 있을 리가 있나."

"그래도 회사에 의리 초콜릿은 뿌릴 거지?"

"우리 과는 그런 거 안 해, 여자 비율이 높아서. 에리코네 부서는 매년 했었나? 영업부는 다들 사이가 좋아서 좋겠네―."

에리코는 그렇지 뭐 하며 왠지 말을 얼버무린다.

"저기, 이번엔 부서 같은 거 나누지 말고 가능성이 보이는 남자들한테 왕창 초콜릿 뿌려 볼 생각 없니?"

"뭐어? 왜 그런 짓을……."

"실은 너한테만 하는 얘긴데…… 좋은 물건이 있어. 이거야——."

사냥감을 노리는 암표범처럼 희번덕 눈을 빛낸 에리코가 스마트폰을 들어 웹페이지를 열었다. 기웃기웃 들여다보니 웬걸, 의리 초콜릿을 특가로 팔고 있는 평범한 통신판매 사이트였다.

커다란 하트 모양 초콜릿에 '늘 고마워요' 같은 메시지를 넣은, 심플하다고 표현하기보단 투박함마저 느껴지는 상품——하나에 300엔(소비세 별도). 사이트에는 '5천 엔 이상 구매하시면 무료 배송, 전국 배송 가능합니다'라고 적혀 있었다.

"대체 이게 뭔데?"

"이게 정가는 500엔 정도 하는 것 같거든. 합리적인 소비 찬스라고 생각하지 않니? 잔뜩 사서 좋은 싱글 남자를 찾아 마구 뿌리고 다니자, 응? 떡밥을 뿌려 뒀다가 단숨에 낚아채는 거지. 왕자님이 한두 명쯤은 걸려 올라오지 않겠어?"

"운명의 상대를…… 그렇게 조잡한 방법으로 낚고 싶지는 않은뎁쇼……."

"괜찮아, 나도 도울게. 정 뭐하면 지금 당장 잘나가는 남자들 리스트업부터 할까?"

가볍게 흘려들으려 했지만 의욕에 가득 찬 에리코는 스마트폰의 연락처 앱을 열고 고속으로 스크롤을 내리고, 광대한 수의 인명들이 단숨에 화면을 스쳐 갔다.

"탄력과 윤기! 영원히 있을 거라고 생각하지 마. 있을 때

즐겨 두지 않으면 눈 깜짝할 사이에 노년이라고! 싸우려면 지금이다, 미하루 치사의 연애 혁명!"

"자, 잠깐 기다려 봐! 아까부터 왜 그래? 에리코 오늘 완전 이상해!"

평소에는 이렇게 강요하는 스타일이 아닌 에리코가, 굳이 따지자면 남의 연애사에는 무미건조하게 관심을 두지 않는 그 에리코가 부자연스러운 열의를 불태우고 있다니. 이건 뭔가 꿍꿍이가 있네. 오랜 세월 사귀어 온 사이인 만큼 싫어도 알 수 있었다.

"자백해."

치사는 학생을 나무라는 선생님처럼 위엄을 담아 물었다. 쳇 하며 혀를 찬 에리코는

"사실은 이 초콜릿, 회사에 뿌릴 생각으로 주문했는데 잘못해서 좀 많이 시켜 버렸어. 치사가 좀 사 주면 너무 고마울 것 같아서 말이지……."

"좀 많이가 얼만데?"

"500개. 14만 엔 가까이 적자야—."

먼 곳을 바라보던 에리코가 담배를 피우는 듯한 손짓을 하며 짙은 한숨을 내뱉었다. 아니, 지금이 먼 산에 지는 노을이나 바라보는 척할 때가 아니잖아. 어쩌다가 그렇게 된 거야?!

"그게 말이야—, 텔레비전 보면서 밥을 먹으면서 한 손으로 스마트폰을 들고 문자랑 트위터랑 하면서 잡지를 획획 넘기면서 캔 츄하이 마시면서…… 컴퓨터 안 켜고 의리 초콜릿

을 후루룩 주문했더니 개수가 한 자리 틀려 버렸더라고. 아, 그때 스카이프도 했었다."

초콜릿 싼 거 찾았다고 좋아했더니 상상도 못한 대손실을 봤지 뭐야! 하며 에리코는 다시 담배를 피우는 듯한 표정과 손짓을 꾸민다. 뭐야, 그건 완전 본인 부주의잖아?

"오늘 웬일로 연애 얘기를 엄청 꺼낸다 했더니 그런 거였어……."

"뭐 어때, 해피 밸런타인데이잖아! 50개, 아니다, 30개라도 되니까 좀 사 줘! 그걸로 왕자들을 일망타진하는 거야! 응? 부탁해!"

평소 치사에게는 내보이지 않는 고혹적인 목소리로 호소하며 눈빛을 보내는 에리코. 요염하게 올려다봐 오는 눈빛에 저도 모르게 가슴이 뛴 치사는 에리코에게 남자가 끊이지 않는 이유를 알 수 있을 것 같은 기분이 들었다.

"그럼…… 그래, 20개 정도라면 사 줄게. 왕자님 포획용이 아니라 내가 먹을 용이지만. 초콜릿 좋아하니까 천천히 먹으면 되지, 뭐."

"나이스, 치사! 고마워! 이제 나머지 80개 정도만 더 팔면 어떻게든 되겠다."

좋았어! 혼잣말을 중얼거리며 에리코는 스마트폰에 띄운 집계표에 개수를 입력했다. 꽤 많은 수의 초콜릿을 팔 수 있다는 건 역시나 발이 넓다는 증거다. 이번에도 본인 장기인 트위터에서 호소하기 중이겠지. 보통이 아니야.

"그럼 초콜릿은 내일 회사로 가져갈게. 조금이라도 신경 쓰이는 사람이 있으면 줘 버려. 새로운 만남이 그리 흔한 일은 아니니까 적당한 시점에서 손을 써 둬야 하는 거 잊지 마. 아무리 발버둥 쳐 봤자 젊은 애들의 탱탱한 피부에는 못 이기는 거 알지?"

"걱정해 줘서 고마워. 그래도 초콜릿은 전부 내 위장행이야."

내 가슴속 아기 고양이는 이미 가사(假死) 상태거든. 꿈쩍도 하지 않아. 누군가에게 초콜릿을 주는 일 같은 건 만에 하나라도 있을 수 없어―.

자조 섞인 웃음을 지은 치사는 글라스 안 얼음을 달그락 울린다.

다음 날, 조금 일찍 출근한 치사가 탈의실 로커를 열자 초콜릿이 산더미처럼 담긴 종이봉투가 놓여 있었다. 에리코였다. 종이봉투 위에는 키스마크가 붙은 포스트잇이 붙어 있고 거기에는 '치사, 고마워 & 사랑해! 한 개 더 덤으로 둘게!'라는 메시지가 적혀 있었다.

벌써 출근했나? 평소에는 꽤 아슬아슬한 시간에 오는데. 한순간 의아하게 생각했지만 아하, 오늘은 에리코가 초콜릿 뿌리느라 바쁘겠구나 하고 납득한 치사는 코트와 머플러를 벗어 행거에 걸고 빠른 걸음으로 탈의실을 빠져나왔다.

오늘은 금요일―주말에 밀릴 분량의 일까지 가능한 만큼 해 두지 않으면 월요일에 지옥을 보게 될 것이다. 휴일 전날은 항상 평소보다 한층 더 바쁘다.

자리에 앉은 치사는 곧장 컴퓨터를 켜고 메일 확인을 마쳤다. 현시점에 큰 문제는 없는 듯했다. 치사는 안심한 다음 아직 업무 시작 시간은 15분이 남았지만 먼저 업무를 시작했다. 아이콘을 더블클릭해서 서류 작성 시스템을 열었을 때

"안녕~하세여~."

덜렁거리는 목소리가 들려와 뒤를 돌아보니 모모하라가 지나치게 화려한 금발 머리를 살랑거리며 들어오고 있었다. 오늘 무슨 일 있나? 트윈테일은 평소보다 높이 묶여 있었다.

"안녕, 오늘은 일찍 왔네?"

평소에는 에리코보다 더 늦게 출근하는 앤데. 설마 월요일에 대비해서 일찍 와 준 거니……? 라는 기대도 잠시 들었지만 그럴 리가 없지. 얘도 에리코처럼 의리 초콜릿을 뿌리러 일찍 온 건가……?

대답을 기다리고 있으려니 모모하라는 "선~배~" 하며 묘하게 애교 섞인 목소리로

"오늘 저 정시보다 15분 일찍 왔으니깐~ 정시보다 15분 일찍 퇴근해도 되나여?"

묻고는 벽시계를 가리키면서 만면에 미소를 지었다. 괜찮을 리가 없잖아! 거두절미하고 기각하자 입을 빼죽 내민 모모하라는 "쩨쩨하게"라고 중얼거리며 자리에 앉았다. 아마 데이트 약속이라도 있는 거겠지. 모모하라는 "그럼 정시 땡 하면 갈 거예요" 하며 치사에게서 고개를 돌렸다.

새삼스럽게 선언할 필요가 있나? 늘 그러면서. 야근은 거

의 해 본 적도 없잖아.

이러쿵저러쿵하는 사이에 시간은 흘러 다른 직원들도 출근을 시작했다.

"좋은 아침입니다, 미하루 선배. 오늘도 멋지시네요. 그 옷 정말 잘 어울리세요."

맞은편 자리의 후배가 고개 숙여 인사하고는 자리에 앉았다.

별말을 다. 입으로는 그렇게 말했지만 오늘은 정말 완벽하게 꾸미고 나왔다.

치사의 발을 장식해 주고 있는 건 당연히 하이힐. 오늘의 구두는 미셸 로잘리의 신상품으로 한발 먼저 봄을 맞이하고 있는 라이트핑크색 에나멜 펌프스다. 3만 엔이 넘는 결코 싸지 않은 가격의 신발이지만 불평할 수 없을 만큼 예쁘다. 10센티미터가 넘는 굽은 평소보다 조금 높아서 익숙지 않았지만 그런 하이힐을 신어 내는 사람이야말로 어엿한 레이디지.

오늘은 눈코 뜰 새 없이 바쁜 금요일. 소중한 구두의 힘을 받아 힘차게 일하자!

"미하루 선배, 잠깐 죄송해요. 이 건 말인데요……."

치사는 벌써부터 일을 물어 보는 후배의 질문을 평소처럼 시원하게 해결하고, 긴급 출하 준비에 통신 서류 작성, 클라이언트와의 통신문 등 물 흐르듯 순조롭게 업무를 하나하나 정리해 갔다. 그러나 그 움직임에도 갑자기 빨간불이 켜졌다. 원인은 옆자리의 문제아—모모하라 미호였다.

혹시 몰라서 확인해 본 모모하라의 담당 서류들에서는 실수들이 연달아 발견되었다. 아니, 실수밖에 없다고 말하는 게 맞는 말기 상태다. "모모하라!" 이름을 부르며 주의를 주었지만 여느 때와 같이 반성하는 듯한 기색은 전혀 없었다. 여전히 메모 한 줄 적지 않는 데다 심지어는 시건방진 표정으로

"그 서류 이제 질려여. 다른 거 뭐 없어여~? 전 저 아니면 못하는 일을 하고 싶거든여? 그건 굳이 제가 아니어도 할 수 있는 일 같은데."

네에—? 그렇게 질릴 만큼 다루고 있는 서류를 끊임없이 틀리는 건 어디의 누구신데요! 손만 까딱해도 문제를 일으키니 아무 일도 안 하고 가만히 앉아 있어 주는 게 가장 좋지만 그래도 일을 시키지 않을 수는 없는 노릇이니까 일부러 간단한 건들만 골라서 주고 있는 줄도 모르고……. 짜증이 치솟은 치사에게 모모하라는

"근데 어차피 이렇게 따로 확인하실 거면 처음부터 선배가 하시면 되지 않나여? 하나하나 검열하듯이 말씀하시면 의욕 떨어져여~."

난들 따로 확인하고 싶어서 하는 게 아니거든요?!

어린애 같은 모모하라의 양 볼을 호빵처럼 쭈욱 잡아당겨 주고 싶다는 충동이 치밀지만……. 참자, 참아. 어른이잖아, 여유로운 웃음을 보여 줘야지.

발아래 하이힐을 힐끗 보고 마음을 안정시킨 치사는 "어쨌

든 어서 고쳐 줘"라고 말하고 자신의 업무로 돌아갔다.

그 후에도 종종 모모하라의 업무 치다꺼리에 쫓기다가 정신을 차려 보니 벌써 정오가 지나 있었다.

주변 직원들이 점심 식사를 하러 나가 있는 동안, 출근하면서 사 온 빵을 입안 한가득 물고 작업을 이어간 치사는 점심시간이 끝날 무렵에 겨우 오전 업무를 다 마칠 수 있었다. 그러나 한숨을 돌릴 틈도 없이 오후 업무가 시작된다.

아, 이거 경리부로 보내야지. 책상 옆에 미뤄 두었던 청구서 작성용 서류 뭉치를 발견한 치사는 한 부서 더 건너편에 보이는 청구 담당자 키타카제 타츠오를 멀찍이에서 정찰한다.

입사 전에는 모 조직의 조직원으로서 일본의 지하 세계에서 암약했다느니, 탁월한 저격술로 해외까지 진출해서 동남아시아의 악명 높은 조직과 총싸움을 벌였다느니, 입사 후에는 영업부에 소속되어 공갈이나 다를 바 없는 세일즈를 강행했고 경리부로 옮긴 지금도 미지급 업자에게는 범죄적인 수법을 동원해서 지불을 재촉하고 있다느니……. 얼굴도 무서운 데다가 나쁜 소문밖에 들리지 않아 솔직히 불편한 상대였다.

"이거면…… 괜찮겠지……?"

치사는 서류 뭉치를 손에 들고 다시 확인한다. 소스 데이터도 꼼꼼히 확인을 마쳤고, 평소와 다른 항목이나 알아보기 힘든 부분에는 별도로 포스트잇을 붙여 설명해 두었다. 내용이 부족하잖아!라면서 갑자기 화를 낼 일은 없을 거……라고 생각하는데. 솔직히 말하면 말을 거는 것조차 무섭지만, 이건 일이고 마냥 내버려 둘 수도 없는 노릇이니까. 좋았어, 가자.

자리에서 일어난 순간, 역시 하이힐은 나의 갑옷이라는 생각을 했다. 평소보다 조금 높아진 눈높이 덕분에 용기가 솟구쳤다. 치사는 화려한 10센티미터의 하이힐을 신고서 키타카제가 있는 경리부로 향했다.

키타카제는 직원 누군가에게서 받은 듯한 의리 초콜릿을 책상 서랍에 넣고 있던 참이었다. 이 사람도 초콜릿을 받는구나……싶어 이상하게 감동스러운 기분이 들었다.

"키타카제 씨, 지금 잠깐 말씀드려도 괜찮을까요? 이거, 청구서 작성 부탁드려요."

치사는 겁나는 마음을 필사적으로 억누르며 최대한 잘 만들어 낸 웃음을 생긋 짓고는 서류를 내밀었다. 키타카제는 위협적인 목소리로 "네" 하며 무뚝뚝하게 서류를 받아 들었다.

무서워, 무서워, 무서워! 왠지 엄~청 노려보고 있잖아. 하지만 어른 레이디는 남들이 두려워하는 사람 앞에서도 기가 죽지 않는 법. 치사는 고갯짓으로 인사하고 여유로운 미소를 지어 보였다.

"명확하지 않은 부분이 있으면 뭐든지 말씀해 주세요, 그럼."

이 말을 남기고는 빙글 돌아 유턴. 레이디답게 우아한 발걸음으로 책상으로 돌아왔다.

자리에 도착한 후에도 치사는 닥치는 대로 일, 일, 일에 전념했다. 무시무시한 집중력을 발휘해서 바쁘지만 긴급한 건들까지 대부분 완수했다. 10분 후면 퇴근 시간이지만, 이 페이스대로라면 야근도 크게 하지 않아도 될 것 같네.

안도한 치사는 퇴근길에 DVD라도 빌려 갈까? 내일은 쉬는 날이니까 밤새우고 한낮이 되도록 뒹굴뒹굴 자고 싶다──이렇게 소소하고 사치스러운 주말을 마음에 그리며 가슴 설레했다. 그러나──

"선배~, 이거 월요일까지 꼭 통관에 보내야 하는 건데여. 아직 서류 완성이 안 됐어여~. 근데 전 오늘 저녁에 약속이 있어서 도저히 할 시간이 없는데~. 오늘 아침에도 선배한테 말씀드렸었잖아여, 오늘은 정시 땡 하면 퇴근하겠다고여!"

"그래서 그걸 나한테 하라고……?"

"네! 미호는 아직 젊어서 이런저런 할 일들이 많아여~."

모모하라가 쇼와 때 사람이랑은 다르답니다~ 같은 눈빛으로 바라봐 왔다. 시간 안에 다 못 끝낼 것 같은 서류가 있었으면 더 일찍 말해야지, 업무 종료 시간 직전에 갑자기 말하면 어떡해.

거절하고 싶은 마음이야 굴뚝같았지만 급하다는 이유로 평소보다 더 부실하게 일처리를 하게 내버려둘 수는 없는 노릇이다. 지금 모모하라에게 맡기는 것보다는 내가 직접 하는 편이 더 빠르고 정확하겠지.

"알았어, 거기 놔 둬."

슬프지만 나에겐 누군가와의 약속 따위는 없으니까. 포기하고 일을 떠맡자 모모하라는 "앗~싸! 고생하셨습니다~!" 하며 빨리도 퇴근 준비를 시작했다.

아 정말이지……. 치사가 한숨을 흘리면서 고개를 들자 문득 다른 후배들의 시선이 느껴졌다. 미하루 선배, 우리도 중요한 약속이 있단 말이에요. 도움의 손길을 바라듯이 글썽글썽 흔들리는 눈동자들. 아예 눈치채지 못한 척을 하고 싶었지만 모모하라만 특별 취급하는 것도 공평하지 않은 일이다.

"혹시 또 뭐, 급한 건 맡고 있는 사람 있어? 있으면 내가 해줄 수 있는데."

치사는 벌써 오늘만 몇 번째인지 모를 만들어 낸 웃음을 지으며 후배들의 업무를 모조리 떠맡았다.

모두가 떠난 수출 업무과에 홀로 남은 치사는 야근을 이어갔다. 돌아보니 해외 영업과 직원들도 남김없이 떠나 있었다. 평소라면 아직도 몇 명은 남아 있을 시간이지만 오늘은 금요일 밤, 그것도 밸런타인데이 전야다. 다들 이런저런 약속이 있는 거겠지.

타닥타닥 울리는 키보드 소리가 지독하게도 고독감을 부추겼다. 형광등은 밝게 켜 있지만 같은 층의 인구가 줄어든 것만으로도 왠지 사무실이 어두침침하게 느껴졌다. 게다가 기분 탓인지 몸도 으슬으슬 춥다. 바로 위에 있는 공기 조절기 바람 배출구에서는 미지근한 바람이 열심히 나오고 있으니, 난방이 안 되고 있는 건 아닌 것 같다.

뭘까 이 공허함은. 얼마 전에도 맛봤던 것 같은데……라고 생각하다 보니 그거네, 크리스마스이브. 그날도 치사는 이렇게 홀로 야근을 했다. 늘 함께 어울리는 에리코도 이벤트가 있는 날에는 치사를 상대해 주지 않는다. 남자 친구가 있고 폭넓은 인간관계를 가진 에리코와 달리 치사는 언제나 이런 날 고독했다.

밸런타인데이라……. 외국에서는 남자가 여자한테 고백하는 날이라고 하던데, 유리 초콜릿을 든 왕자님이 날 데리러 와 주지는 않으려나? 뭐, 나에겐 내 돈 주고 산 초콜릿이 로커에서 날 기다려 주고 있긴 합니다만. 덤까지 하나 더 받아 무려 스물한 개의 초콜릿이.

그런 생각을 하면서도 키보드를 치는 손은 멈추지 않았다. 외롭지만 아무에게도 방해받지 않는 만큼 일이 착착 진행됐다. 성가신 L/C 결제 건도 무사히 정리되었고, 이제 오늘의 업무 종료. 쭉 기지개를 편 다음 만일을 대비해 다시 한번 메일을 확인하는 순간──전화벨이 울렸다.

이런 시간에 전화가 오다니……. 급한 일인가? 아니면 클레임? 어느 쪽이든 받고 싶지는 않았다. 원래 이 시간은 업무 시간도 아니니까. 조금만 더 버티다가 그래도 안 끊으면 포기하고 받아야지. 그렇게 생각하면서 메일 확인을 계속해 가자 끝없이 이어지는 호출음이 불쾌했는지

"전화 이쪽에서 받을까요?"

경리부에 남아 있던 키타카제가 날카로운 삼백안으로 싸늘하게 노려보며 말했다.

"아뇨, 괜찮아요. 시끄럽게 해서 죄송합니다."

만들어 낸 웃음으로 얼버무린 치사는 거추장스러운 머리카락을 귀 뒤로 꽂고 귀찮은 일은 아니기를 바라며 심호흡을 한 다음 수화기를 들었다.

"네, 미모사 푸디카 주식회사입니다. Ah speaking. Yes……, ah……, could you hold on please?"

클레임이었다. 그것도 모모하라가 담당한 건에 관련한. 메일로 몇 번씩 독촉을 해도 선적 통지가 오지 않았다는 연락이었다. 치사는 "그 녀석—"이라고 중얼거리며 모모하라의 책상에서 해당 파일을 꺼내 와 수화기 너머 질문에 대답했다. 그걸로 끝났나 했더니 저쪽에서는 지금까지 모모하라가 해온 대응에 상당히 울분이 쌓여 있었는지 끝없는 불평을 이어 갔다. 답이 늦다, 실수가 많다, 정말로 준비가 되고 있는 거냐 등등. 아니, 그걸 왜 저한테…… 싶은 말에도 변명 없이 필사적으로 사과하고는 간신히 전화를 끊었다.

내 책임이 아닌 일로 혼이 나는 건 정신적으로 너무 힘들다고요…….

변명도 못하고 멘탈만 빡빡 깎인 치사는 이상한 전화가 또 오기 전에 도망치겠다고 결심하고 귀가 준비를 서둘렀다.

화장실에 들러 거울을 들여다보니 꺅, 좀비! 여기 좀비가 있어요! ……놀랍게도 좀비는 치사 자신이었다. 블러셔가 지워져 창백하고 초췌한 얼굴을 보니 화장을 고치자는 생각마저 들지 않았다.

어차피 누구 만나러 갈 일도 없는데 됐어, 그냥 집에나 가자. 치사는 탈의실 로커에 놓여 있던 직접 산 초콜릿을 꺼내 들고 엘리베이터로 향했다.

와, 진짜 기왕 이렇게 된 거 좀비처럼 손을 앞으로 내밀면서 우오오~ 소리라도 내 볼까? 밸런타인데이 전야에 들뜬 커플들 사이에서 좀비처럼 비틀비틀 몸을 부딪치면서 퇴근해 버릴까나.

그런 생각이 들 정도로 치사의 몸과 마음은 모두 한계에 다다랐다. 지금 치사를 지탱해 주고 있는 것은 오로지 미셸 로잘리의 10센티미터 하이힐뿐. 이 시간이 되면 발이 땡땡 부어서 불편하고 발끝은 저릿저릿할 정도로 아프지만, 집에 도착하면 당장 벗어 던지고 싶은 게 본심이지만 그래도, 회사 밖으로 나갈 때까지는 어엿한 레이디의 모습을 유지해야지.

치사는 어른의 정신력을 막판까지 쥐어짜 가며 엘리베이터 앞에 도착했다. 그러나 곧 문이 열린 엘리베이터에 올라타려고 했을 때, 갑작스러운 현기증이 일어 몸이 순간 비틀 한쪽으로 기운다.

안 돼! 필사적으로 버티려 한 그 순간

──빠각!

과하게 힘을 준 탓일까, 펌프스의 굽이 부러져 버렸다.

"말도 안 돼······."

몸을 구부려 발을 확인하자 오른쪽 뒤축이 깔끔하게 분리되어 있었다.

갑옷이······ 나의 갑옷이 부서져 버렸어······. 그것도 3만 엔이 넘는 미셸 로잘리의 신상. 매장에서 신어 본 것 말고는 오늘 처음 신은 구두인데. 아직 카드 값도 안 나간 구두인데······. 그런데 이렇게나 쉽게, 이렇게나 절망적인 타이밍에 망가져 버리다니······.

─다 끝났어. 난 더는 싸울 힘이 없어. 단 한 걸음도 더 걸을 수 없어······.

등 뒤에서 창에 찔린 기사처럼 치사는 그 자리에 맥없이 풀썩 주저앉았다.

더 이상은 무리야. 그야말로 백마 탄 왕자님이 날 데리러 와 주기라도 하지 않는 이상은······ 난 이제 일어서는 일조차 못하겠어. 울먹울먹하며 어깨를 떨군 찰나

"미하루 씨!"

돌연 들려오는 남자의 목소리에 치사의 가슴은 두근거렸다.

설마 진짜로 왕자님이─?

치사는 옅은 기대를 품고 돌아보았지만, 순간 싹 얼어붙고 말았다.

등 뒤에 서 있던 것은 하얀 장갑을 끼고 망토를 두른 왕자

님이 아닌, 검은 가죽 장갑에 롱 트렌치코트를 입고 청부 살인업자처럼 우두커니 선 키타카제였다.

"부디…… 이걸……!"

그가 내밀어 온 것은 유리 구두……가 아닌, 어, 뭐야? 일회용 슬리퍼였다. 호텔 같은 곳에서 종종 제공해 주는 하얀색 파일지로 만들어진 얇~은 슬리퍼.

"키타카제 씨……?"

부들부들 떨리는 그의 손을 보니 혹시 화가 났나 싶었다. 심지어 그는 낮은 목소리로 무슨 말인가를 중얼거리기 시작했다. "긴급사태"? "세균이 날뛰는"? 의미를 알 수 없는 단어들에 이어서 들려온 말은 너무 기가 막혀 귀를 의심하게 만들었다.

"용서할 수 없어……."

키타카제는 분노에 가득 찬 떨리는 목소리로 그렇게 말했다.

에에엥? 대체 뭐야? 지금 날 원망하고 있는 거야?

설마 아까 의뢰한 청구서 데이터에 무슨 치명적인 실수라도 있었던 건가? 아니면 아까 전화 소리가 너무 귀에 거슬려서 아직까지도 짜증이 가라앉질 않았다던가—?

치사는 머릿속이 새하얘져서 아무런 말도 할 수 없었다. 손가락 하나 꿈쩍할 수도 없었다.

그런 치사에게로 청부 살인업자……, 아니 키타카제는 박력 넘치는 길고 날카로운 눈을 번뜩 빛내며 "어쨌든 이거 신으세요!"라며 손에 들고 있던 슬리퍼를 다시금 내밀어 왔다.

용서할 수 없단 건 슬리퍼를 안 신으면 용서하지 않겠다는 거겠지……?

하이힐을 부러뜨려? 구두 손질 하나 할 줄 모르는 칠칠치 못한 여자 같으니라고! 그런 생각으로 화를 내고 있는 건가? 근데 아니에요, 이거 새 구두란 말이에요. 사서 신은 지 얼마 되지도 않은 새 구두! 그런데 저 혼자 빠각 부러졌다고요! 소비자 보호원도 깜짝 놀랄 퀄리티라니까!

그렇게 반론하고 싶었지만 할 수 없었다. 너무 무섭잖아. 키타카제의 몸에서는 건실한 사람에게서는 흘러나올 수 없는 기백이 흘러넘치고 있었다. 방심하고 있으면 칼로 찔러 버릴 것만 같은 기백이.

"감사합니다……."

떨리는 다리를 애써 가누어 일어난 치사는 실례가 되지 않도록 고개 숙여 인사하고 받아 든 슬리퍼로 갈아 신었다. 펌프스 안에서 답답해하고 있던 발가락들이 단숨에 자유를 되찾아 환호했다. 발바닥에 닿은 푹신한 파일지가 생각보다 편안해서 저도 모르게 쓴웃음이 지어졌다.

그나저나 키타카제의 화는 가라앉았을까? 확인하고 싶지만 얼굴을 보기가 두려워 치사는 고개를 숙였다.

"죄송해요……."

일단 사과는 했어. 치사는 엘리베이터 버튼을 눌러 옆에 치워 두었던 짐과 펌프스를 들어 키타카제와 함께 엘리베이터

안으로 올라탔다.

아까부터 키타카제는 한마디도 말을 하지 않았다. 슬리퍼로 갈아 신었으니 이제는 화가 풀린 건가? 대체 어떤 포인트에 화를 내는 사람인지 잘 알 수가 없었다.

뭐라고 말을 거는 게 더 나을 듯도, 그냥 이대로 입을 다물고 있는 게 더 나을 듯도 한 분위기…….

어쨌거나 키타카제의 도움을 받은 건 사실이었다. 구둣방들도 다 닫은 시간에 망가진 펌프스를 신고 집까지 가는 건 도저히 무리였을 것이다. 그렇다고 맨발로 집에 갈 수도 없는 노릇이고, 아까 가볍게 삐끗한 발목도 아팠다.

─그런 의미에서는 키타카제 씨한테 감사하는 편이 좋겠지? 갑자기 화를 내던 건 무서웠지만…….

시선을 훅 떨구자 손에 들고 있던 종이봉투가 눈에 들어왔다. 에리코에게서 산 대량의 초콜릿들이다. 전부 직접 먹을 생각이었지만 하나쯤은 원래 목적대로 써 주어야 초콜릿 입장에서도 의리 초콜릿의 역할을 다할 수 있어서 기쁘지 않을까.

그런 생각을 하는 사이에 1층에 도착, 결국 두 사람은 한마디의 대화도 나누는 일 없이 엘리베이터를 내렸다. 이대로 퇴근해도 별문제는 없겠지만, 키타카제 씨에게는 앞으로도 일로 신세를 질 일이 많을 테니까…….

결심을 내린 치사는 "저……!" 키타카제를 멈춰 세우고는
"이거…… 괜찮으시면 받아 주세요!"

종이봉투에서 꺼낸 초콜릿을 힘껏 앞으로 내밀었다.

질끈 눈을 감고는 에라잇! 하는 마음으로.

남들이 보면 의리 초콜릿을 건네는 게 아니라 검도 시합 중에 "머리—!" 하면서 앞으로 죽도를 내리치고 있는 것으로 보였을지도 모른다. 강적을 앞에 두니 초콜릿을 든 손이 바들바들 떨렸다.

감사는 하지만 그래도 무서운 건 무서워.

"미하루 씨, 이건…………."

어떡하지. 초콜릿을 받아 든 키타카제가 분노로 몸을 떨고 있다. 치사를 노려보는 삼백안은 뜨겁고 날카로워서 당장이라도 레이저 빔을 쏘아 댈 것만 같았다.

맙소사, 신성한 직장에 밸런타인데이 같은 경박한 풍습을 들여오다니! 같은 생각을 하는 건가? 사내 풍기가 문란해지고 업무에 방해가 되기라도 한다는 거야—?

뭔데 진짜, 학교 선생님도 아니면서 그렇게까지 화를 낼 필요가 어디 있어!

그쪽이야말로 다른 직원한테 받은 초콜릿 책상 서랍에 넣어 두는 거 다 봤거든요?

대꾸하고 싶은 마음은 굴뚝같지만 지금 치사는 마치 뱀의 사정권 안에 든 개구리나 다름없었다. 하이힐의 마법을 잃은 이상 더 이상 어른의 여유는 유지할 수 없었다. 치사는 가벼운 웃음도 만들어 내지 못한 채로 눈물만 그렁그렁 맺혔다.

어떡해 정말. 무서워, 무서워, 무섭다고! 키타카제 씨 얼굴을 똑바로 볼 수 있는 건 30초가 한계란 말이야~!

키타카제의 강렬한 눈빛에 져 버린 치사는 고개를 휙 돌리고는 나중에 후환이 남지 않도록 "실례, 할게요……" 인사만은 똑바로 한 다음 달려 도망쳤다.

철수야, 철수! 만약 키타카제 씨가 따라와서 또 화를 내려고 하면 밸런타인데이여서 초콜릿을 준 건 아니라고 하면 되지. 그래, 일회용 슬리퍼와 등가교환한 것뿐이에요라고 말하면 되잖아! 좋았어, 내가 떠올렸지만 나이스 아이디어!

신고 달리기도 힘든 슬리퍼를 땅에 탁탁 소리가 나도록 울려 가며 치사는 낼 수 있는 전속력을 다해 도망쳤다.

월요일 아침은 언제나 우울하다. 아니, 우울함은 이미 일요일 저녁 해가 질 무렵부터 시작된다. 해가 점점 저물어 어둠이 찾아오면 아침이 되도록 빛은 다시 뜨지 않았다.

주중의 하루는 길고도 바쁜데 휴일은 빈둥거리기만 해도 눈 깜짝할 사이에 끝나 버린다. 불공평해.

"아~아, 또 지긋지긋한 일주일이 시작되는구나……."

전철역을 빠져나온 치사는 회사 건물을 향해 걷다가 저도 모르게 중얼거렸다. 오늘도 주말 동안 밀린 일도 있을 테고, 후배들…… 특히 모모하라의 치다꺼리로 눈코 뜰 새 없이 바쁠 게 뻔했다. 생각만 해도 싫었지만 월요일부터 짜증스러운 얼굴로 출근하는 건 레이디 실격이다. 오늘도 반듯하게 꾸며 중무장하고 나온 치사는 여유로운 발걸음을 내보였다.

솔직히 이 시점에는 금요일 밤에 일어났던 일 같은 건 싹 까먹고 있었다. 물론 펌프스가 망가진 일은 너무 충격적이어서 기억에 각인되어 있었지만, 키타카제와 관련된 일은 망각의 저편으로 밀려나 있었다. 그래서 회사 건물에 발을 내딛자마자…….

"미하루 씨, 잠깐 시간 괜찮으십니까?"

등 뒤에서 이름이 불리자 심장이 쪼그라드는 기분이었다. 하마터면 호흡까지 멈춰 버릴 뻔했다. 이 목소리의 주인은 설마—

"키타카제 씨……?"

머뭇머뭇 고개를 돌리자 정면 현관에 아침부터 청부 살인업자 오라를 짙게 풍기며 검은 트렌치코트를 펄럭이고 있는 키타카제가 서 있었다.

말도 안 돼, 아직도 화를 낼 일이 더 남았단 말이야……? 키타카제는 벌써 눈물이 맺혀 버린 치사를 "일단 남들 눈에 띄지 않는 곳으로 갑시다"라면서 비상구 쪽으로 서둘러 몰아댔다.

무서워, 무서워, 무서워! 설마 날 협박하려고……? 힘이 부러져서 볼품없이 주저앉아 있던 좀비 꼴을 목격한 걸 구실 삼아 앞으로 날 공갈 협박하겠다는 뭐 그런 거야—?

광기마저 느껴지는 날카로운 삼백안 앞에서 한껏 꾸민 치사의 갑옷 따위는 아무런 힘도 없었다. 그저 눈이 마주치지 않도록 애쓰는 것이 치사가 할 수 있는 최대한의 방어였다.

"저도 같은 마음입니다……."

여전히 분노에 떨리고 있는 목소리를 들으며 역시 의미를 모르겠다고 생각하던 찰나, 키타카제는 냉엄한 얼굴로 슈트 안주머니 속으로 손을 넣었다.

─설마 권총……? 조직원 시절에 애용했던 총으로 날 협박할 생각인가……?!

그가 방어 태세를 한 치사의 앞으로 공중을 가르며 힘차게 내밀어 온 것은 예상외로 한 권의 수첩이었다. 피에 물든 것처럼 지독히도 붉은색의 수첩.

"자세한 내용은 이 안을 참조해 주세요. 앞으로 모쪼록, 잘 부탁합니다!"

"으, 으…………."

총 맞는 줄 알았네……. 손으로 입을 가린 치사는 아직 살아 있다는 사실에 안도의 한숨을 흘렸다. 근데 이 수첩은 대체 뭐야─?

설마 결투장? 에이, 아무리 그래도 그건 아니겠지?

치사는 공포에 떨리는 손으로 결투 수첩을 받아 들면서도 농담이라고 말해 주기를 바라는 마음에 고개를 갸웃해 보였다. 경련하는 얼굴에 애써 웃음을 지어 보이면서─.

그러나 키타카제는 아무런 추가 설명도 없이 "그럼" 하고 먼저 사무실로 향했다. 그의 뒤를 쫓을 수도 있겠지만 다리가 얼어붙어 그럴 수도 없었다.

일단은 내용물을 확인해 보자. 그런 생각에 피에 물든 수첩을 편 치사는 그 안에 적혀 있던 내용을 보고 권총에 맞은 것보다 더 큰 충격에 빠졌다.

"말도 안 돼, 거짓말일 거야. 이건 꿈……이 아닌가……?"

수첩에는 치사가 키타카제에게 초콜릿을 준 데 대한 감사 인사, 그리고 키타카제도 치사를 사랑한다는 의미 불명의 고백이 적혀 있었다.

무, 뭐, 뭐야 이게?! 난 키타카제 씨를 요만큼도 사랑하지 않는데? 근데 왜 우리의 마음이 통했다는 듯한 말이 적혀 있는 거야?!

치사는 실제로 눈알이 튀어나와 똑 떨어져 버릴 것만 같을 만큼 놀랐다.

이런 오해는 빨리 풀어야 돼! 빨리 풀어야 하는데, 어떡하지……. 그렇게 무서운 사람한테 뭐라고 말을 꺼내야 돼? 딱 잘라서 당신을 별로 좋아하지 않아요, 도리어 불편하다고요!라고 털어놓기라도 했다가는 격앙한 키타카제가 칼로 찔러 올지도 몰라. 금요일에도 그렇게 화를 냈었잖아…….

분노로 돌아 버린 키타카제가 날붙이를 손에 들고 자신을 덮쳐 오는 모습을 상상하자 온몸이 오들오들 떨렸다.

"싫어어, 아직 죽고 싶지 않아아아~!"

치사는 수첩을 안고 그 자리에 맥없이 주저앉았다. 악몽을 꾸고 있는 건 아닐까? 하는 생각에 몸 이곳저곳을 꼬집어 보았지만 유감스럽게도 모든 곳이 아팠다.

슬프지만 이건 현실이구나. 지난 주말부터 전혀 운이 따라

주질 않네……

"신 같은 건 어디에도 없는 거 아니야……?"

듬직한 하이힐을 바라보아도 우는소리만 터져 나왔다.

진짜 싫다, 정말 어떡하지. 그러니까 지금 키타카제 씨는 내가 지난주에 건넨 초콜릿을 진심 초콜릿으로 착각한 거지……? 하지만 내가 줬던 건 명백히 의리 초콜릿이었는데.

분명히 맛도 별로 없었을 것이다. 싸구려랄까, 실제로 가격도 싼 촌스러운 초콜릿에 안에는 '언제나 고마워요' 같은 감사의 메시지가 적혀 있었을 텐데…….

에리코가 보여 주었던 판매 사이트의 이미지를 떠올리던 치사는 고개를 갸우뚱했다.

설마 그거 외에 진심 초콜릿으로 오인될 만한 메시지가 있었던 건 아니겠지 —?

가방에서 스마트폰을 꺼낸 치사는 다급하게 에리코를 호출했다.

"웬일이야? 네가 점심시간에 날 다 불러내고?"

회사 가까이에 있는 세련된 카페의 창가 자리에 앉아 불만스럽게 손에 얼굴을 괴고 있는 에리코. 나른한 표정은 월요일 낮에 어울리지 않을 만큼 섹시하다.

"나 오늘 부장님이 런치 사 주시기로 했었는데, 초콜릿 답례로."

아무래도 밸런타인데이가 지나자마자 벌써 답례를 받기 시작한 모양이다. 귀찮은 이벤트를 반대로 활용해서 점심값을 보전하다니, 정말 빈틈없는 친구다.

"네가 준 초콜릿에 대해 확인하고 싶은 게 있어. 에리코가 샀던 초콜릿에 뭐 이상한 말 안 쓰여 있었어?"

"이상한 말이라니 무슨 소리야? '늘 고마워요' 아니면 '앞으로도 잘 부탁해요' 같은 가벼운 인사말만 인쇄한 초콜릿인데. 무료 서비스라고 해서 거기에서 알아서 하도록 맡겼어."

"진짜 그런 것들밖에 없어?"

의심의 눈초리를 보내자 에리코는 "아!" 하며 기억났다는 듯 집게손가락을 치켜들었다.

"내가 고른 메시지도 딱 하나 있어. 핑크색 데코 펜으로 '사랑해요'라고 써 달라고 했지. 딱 한 사람만 당첨될 수 있는 사랑의 러시안 룰렛. 자극적이지?"

뭐 그래 봤자 의리 초콜릿인 건 변함없지만 말이야 하고 덧붙인 에리코는 고혹적인 미소를 지으며 커피를 마신다.

틀림없어. 키타카제를 오해하게 만든 원인은 에리코의 초콜릿이었어.

창백해진 얼굴로 입을 다문 치사를 두고 에리코는 말을 이었다.

"근데 전혀 반응이 없지 뭐야. 내가 뿌린 것들 중에는 없었나 봐. 누군가 제비를 뽑고 동요하는 모습을 기대했는데 말이지—. 아쉬워라—!"

"아쉬워라—!는 무슨! 난 그 초콜릿 때문에 좋아하지도 않는 사람한테 오해를 사 버렸단 말이야!"

"오해라니, 설마 네가 그 초콜릿을 뿌렸어? 전부 혼자 먹을 거라고 고집부리더니."

"그게 그러니까…… 어쩌다 보니……."

"흐음. 그래서 누군데? 그 오해한 바보 씨는? 설마 과장은 아니지? 해외 영업 파트? 시마다나 무라카미 걔네야? 장래성으로 보면 난 무라카미 완전 추천해."

자기 일처럼 기뻐하며 캐묻는 에리코. 해외 영업 파트 최고 훈남들의 이름이 술술 나오는 걸 들으니 '과연 에리코야'라는 말밖에는 나오지 않았다.

"그게―. 키타카제 씨야, 초콜릿 준 사람…………."

"응? 미안, 잘 못 들었어."

뜬금없는 이름의 등장에 잘못 들었다는 생각이라도 한 것일까. 에리코가 다시 물어 왔다.

"―그래서 그 사람이 누구라고?"

"그러니깐 키타카제 씨라니까! 경리부의 키타카제 씨한테 줬다고!"

엉겁결에 큰 소리를 내 버린 치사에게로 주변 손님들의 시선이 일제히 쏠렸다.

"농담이지? 하필이면 왜 그런 남자한테 초콜릿을 줬어, 주기를? 경리부 키타카제라면 얼굴도 범죄자마냥 무서운 데다가 경력도 너무 범죄자 같다는 어둠의 소문이 끊이지 않는 사람이잖아."

상대가 그 키타카제라는 것에 적잖이 충격을 받은 모양이었다. 그렇게 즐거워 보였던 에리코의 얼굴에서 표정이 사라졌다.

"너…… 그런 타입이었어? 그래, 가끔 있지. 나쁜 남자한테 반하는 여자들. 아니면 뭐야, 무서운 남자한테 끌리는 마니 아니었니? 미안, 내가 지금까지 눈치가 없었네."

"그럴 리가 없잖아!"

이상한 말을 뱉어 대는 에리코를 향해 치사는 또다시 큰 소리를 내 버렸다. 주위의 시선이 온몸에 꽂히는 것처럼 따끔따끔했다. 이번에는 가까이에 있던 점원까지도 헛기침을 해 왔다.

"그래도 너—, 조금이나마 가능성이 있을 거라고 생각해서 미끼를 뿌린 거 아니야? 가능성 제로인 남자한테 의리로라도 초콜릿을 줬다고? 의리 초콜릿 주는 걸 그렇게 찜찜해했던 네가?"

"정말 그런 거 아니라니깐! 키타카제 씨한테 초콜릿을 준 건 그러니까 단순한 감사의 마음이라고 해야 되나, 단순한 물물교환이었다고 해야 되나……."

금요일 밤에 있었던 일을 이야기하자 에리코는 "우와아—, 엄청난 신데렐라네—. 웃겨!"라며 유쾌한 웃음을 터뜨렸다.

"하나도 안 웃겨! 난 오전 내내 완전히 오해한 키타카제 씨랑 눈이 마주치지 않게 하느라 힘들어 죽을 뻔했단 말이야!"

"미안, 미안. 그래서 그 사람이 뭐라고 말하디? 우리 사귑시다?"

"음, 그런 느낌……인가? 말을 한 건 아니고 써 있었는데……."

치사는 가방에서 꺼낸 새빨간 수첩을 에리코에게 보여 준다.

"이거…… 교환 일기야."

"교환 일기이?"

에리코가 괴성을 지른다.

그렇다. 오늘 아침 전달받은 수첩에 적혀 있던 것은 엉뚱한 고백만이 아니었다.

'그러므로 두 사람의 교제를 개시하면서 교환 일기를 시작하도록 합시다. 서로에 대해 알아 가기 위한 유용한 수단이 될 겁니다.'

이런 서론과 함께 키타카제의 일기가 엮여 있었다.

솔직히 말해서 무서웠다. 언제나 무뚝뚝하고 먼저 말을 걸어도 나지막한 한마디 답이 전부인 사람이 수첩에서는 엄청나게 공손하고 유창한 문장을 구사하고 있는 것이다. 심지어 그가 직접 썼을 거라고는 생각할 수 없을 정도로 동글동글한, 소녀들의 것 같은 글씨로.

"이거 혹시 무슨 음모가 숨어 있는 걸까? 날 놀리는 건 아닐까?"

"글쎄. 아무리 나라도 키타카제 씨랑은 면식도 없고, 무슨 생각을 하는 사람인지도 전혀 모르겠어. 그래도 그렇지 요즘 시대에 교환 일기라니……. 난 어릴 때도 해 본 적 없는 건데."

"우리도 블로그는 했을걸. 교환은 아니고, 공개 일기? 키타카제 씨 우리보다 나이가 꽤 많을 테니까 세대적으로 엇갈림이 있는 걸지도 모르겠어……."

"너 꽤 성가실 것 같은 남자한테 얽혔다."

웃긴 이야기를 좋아하는 에리코는 참지 못하고 품 웃음을 터뜨렸다.

"웃을 일이 아니라니깐! 사실 따지고 보면 애초에 에리코가 이상한 초콜릿을 팔면서 시작된 거잖아!"

울컥한 치사를 보며 에리코는 "알았어, 알았어" 하고 지갑에서 동전을 꺼냈다.

"책임감 느껴지니까 키타카제 씨한테 준 초콜릿 가격은 환불해 줄게. 자, 300엔."

"그런 문제가 아니잖아!"

"농담이야. 알아봐 줄게. 그 사람이 어떤 사람인지. 우선은 정보부터 손에 넣어야 하잖아?"

말을 마치자마자 스마트폰을 꺼낸 에리코는 익숙한 손놀림으로 화면을 만지작거리더니 키타카제에 대해 알 법한 멤버들을 불러냈는지 불과 몇 분 후, 수완 좋은 형사처럼 브리핑을 시작했다.

"에—, 본명 키타카제 타츠오. 나이 35세. 입사 당시에는 영업부에 소속되어 좋은 성과를 기록했으나 공갈 협박 같은 세일즈 방식이 문제가 되어 타 부서로 좌천됨. 그 후에도 다양한 대인 트러블을 일으켜서 사내를 전전하다가 뛰어난 징수 기술을 높이 평가받고 경리부로 스카우트되어 지금까지 소속 중. 참고로 입사 전에는 모 조직에 소속되어 일본의 어둠의 세계에서 암약했으나 더 큰 스릴을 찾아 해외로 진출. 특기인 저격술로 홍콩 마피아를 궤멸시키고 그 기세를 이어 세계 각지의 전쟁터에까지 난입, 묻지도 따지지도 않고 마구잡이로 사람을 죽여 댐. 이라네."

"으으, 다시 들어도 무시무시한 인물이야. 우리 회사엔 왜 들어온 걸까……. 사귀고 말고 하기 전에 가까이 다가가고 싶지도 않은 타입이야."

맛있다고 소문난 커피를 마시면서도 그 맛을 순순히 즐길 수가 없었다. 치사는 '아기 곰이 사랑한 베이글 샌드위치'라는 귀여운 이름의 런치 메뉴를 주문하고도 식욕이 없어 전혀 손을 대지 못했다.

"뭐, 아무리 그래도 키타카제 씨가 참전까지 했겠어? 홍콩 마피아를 궤멸로 몰고 갔다는 얘기도 스케일이 너무 큰 게 신빙성이 떨어지잖아."

"그, 그렇지?! 결국은 소문일 뿐이고 실제로는 그렇게까지 위험한 사람은 아니겠지?"

소망을 담아 묻는 치사를 향해 "아니, 조직원 출신 스나이퍼라는 것까지는 사실일 것 같아"라고 말하는 에리코.

"왜냐하면 그 눈빛, 너무 항쟁에 익숙한 느낌이야. 그리고 동남아시아의 조직과도 겨뤘다는 것도……. 앗, 신착 정보야! 키타카제 씨, 회식 자리에서 갑자기 분노하면서 옆에 있던 동료를 죽일 뻔한 적이 있대! 어둠의 경로에서 밀수한 수상한 흉기를 들고 덮쳐 왔다나 봐. 도망치는 동료를 뒤에서 두 팔로 제압하고 입고 있던 옷을 전부 다 벗긴 다음에 실신할 때까지 집요하게 계속 공격했대. 지문을 남기지 않기 위해 장갑까지 꼈던 모양이야."

"갑자기 분노하면서 수상한 흉기를 들었다니…… 대체 무슨 상황이야, 그게! 심지어 지문이 남지 않도록 했단 건 그 자리에 있던 목격자들을 모조리 죽여 버릴 작정이었던 거야?"

대체 어떤 사고 회로를 가지면 그렇게 되는 거지?! 그날 밤에도 부러진 구두 굽을 보면서 격노했는데. 진짜 화를 내는 포인트가 수수께끼야…….

"저기……, 에리코. 그런 사람한테 '그때 드린 초콜릿에 착오가 있었어요. 사실 전 당신을 좋아하지 않아요' 같은 말을 한다면──."

"살해당하겠지, 너."

스마트폰을 손에 든 채 주저 없이 말하는 에리코.

"역시…… 그렇게 되겠지…….”

초콜릿을 줄 당시에도 왠지 이미 화가 나 있었는데 심지어 그 초콜릿에 적은 문구는 거짓말이었어요──라는 걸 그가 알게 된다면……. 날카로운 눈을 번뜩이며 흉기를 휘둘러 오는 키타카제를 상상한 치사는 몸서리를 쳤다. 운 좋게 살해당하지 않는다고 하더라도 손가락 두세 개쯤은 거뜬히 한 마디씩 잘려 버릴 것 같아…….

"어, 어어어어어떻게 하지? 경찰에 상담……?"

"훗, 세상이 만만하니? 이렇게까지 범죄를 저지르고 다니는데도 아무런 제재가 없다는 건 높으신 분이 뒷배를 봐 주고 있을 게 틀림없지 않겠어? 경찰청장이라든가."

"그럴 수가. 그럼 난 어떻게 해야…….."

치사가 매달리는 눈빛으로 바라보자 에리코는 그러게 하며 턱에 손을 올렸다가 이내 생글생글 웃으며 말했다.

"우선은 교환 일기를 해 보는 수밖에 없지 않겠어?"

"뭐어어? 아무리 그래도 그건 무리야. 쓸데없이 더 착각하게 하면 어떡해."

"그럼 전 이런 거 못해요— 하고 퇴짜 놓으려고? 키타카제 씨는 화가 나면 무슨 일을 할지 모르는 타입이니까 이 시점에서는 신중하게 행동해야 할 것 같은데."

"그건 그렇지만…….."

독살스러운 빨간색 수첩을 앞에 둔 치사는 말이 나오지 않았다. 자칫 잘못하면 이 수첩은 자신의 피로 더욱 붉게 물들지도 몰랐다.

"뭐 어때, 적당히 세상 사는 얘기나 좀 써 두면 되지. 관계가 편해졌을 때 좋게좋게 고백해. 갑자기 진상을 밝히기보다 보호막이 한 겹 생겼을 때 얘기해야 변명할 여지도 생기니까, 안 그래?"

그거 안 먹을 거면 내가 먹어도 돼? 하며 에리코는 결국 손을 대지 않고 있던 베이글 샌드위치를 가로챘다.

"괜찮아. 층은 달라도 같은 회사에 있으니까 긴급사태 때는 내가 구하러 가 줄게. 아, 그래도 그렇지 청부 살인업자가 교환 일기라니……. 크하학, 최고야!"

"듬직한 말을 좀 해 주나 싶었더니 이거였구나. 완전 신나서 강 건너 불구경 중이었어! 누구 때문에 일이 이렇게 된 건 줄도 모르고……."

그래도 그렇지, 갸륵한 서른 즈음 신데렐라에게 왕자님은 커녕 청부 살인업자를 보내시다니요. 신은 정말 짓궂다. 일은 물론 사생활까지도 빨간불이라니.

하아. 식은 커피를 입에 머금은 치사는 온몸의 생기가 다 빠져나가 버릴 것만 같은 커다란 한숨을 흘렸다.

3장 오해가 거듭되는 첫 데이트

운명의 그날 밤—미하루 치사에게서 초콜릿을 받은 지 내일이면 벌써 일주일. 대강 야근을 마치고 돌아온 타츠오는 어질러져 있던—아니, 리이나가 잔뜩 어질러 놓은 거실을 정리한다. 환기를 위해 창가로 향하자 화분 선반에 올려 둔 화분들의 흙이 말라 있는 것이 보였다. 리이나 녀석, 또 물 주는 걸 까먹었군. 오늘은 친구랑 영화 보러 간다고 하더니…….

키타카제가에 있는 화초들은 돌아가신 어머니가 남긴 것들로, 돌보는 일은 리이나가 맡고 있다. 겨울에는 물을 너무 자주 주어도 뿌리가 썩어 버리기 때문에 리이나의 "나중에 할게—" 정신이 발휘되는 시기이다. 하지만 그러다가 말라 버리면 어머니에게 면목이 없어서 결국 타츠오가 손을 빌려 주곤 했다.

'이 녀석 구제불능이야'라고 생각은 했지만 마음이 여유로운 덕분인지 짜증이 치솟는 일은 전혀 없었다. 타츠오가 원예용 분무기를 꺼내 물을 주기 시작했을 때—

"다녀왔습니다~! 타츠오 벌써 집에 왔네—."

호랑이도 제 말 하면 온다더니. 외출에서 돌아온 리니아가 거실 문을 연다.

"아, 어서 와. 신발은 현관에 잘 벗고 정리했지? 손은 씻었어? 손바닥은 물론 손목과 손가락 사이사이까지 싹싹 잘 씻었겠지? 흐르는 물에 손끝만 살짝 갖다 대는 건 부족해. 제대로 닦아, 제대로!"

"네네. 신발은 잘 정리했고 손도 다 씻었어. 수술 전 집도의 버금갈 정도로 구석구석 완벽하게 씻고 왔지—."

반쯤 정형화된 귀가 후 질문에 적당히 대답한 리이나는 냉장고로 직행, 페트병 주스를 꺼냈다.

"앗, 야! 입 대고 마시지 마! 잡균이 증식하잖아! 아~!"

타츠오가 말리는 소리를 무시하고 페트병에 입을 댄 리이나. 여전히 지나치게 자유롭다. 타츠오 손에 들고 있는 분무기를 본 리이나는

"아, 지금 물 주려고? 미~안—! 나중에 하려고 생각은 했었는데—. 나중에—."

"그러니까 너의 '나중에'는 대체 언제냐, 이 난감한 녀석아."

조금 더 주의를 주어도 좋겠지만 지금 타츠오는 최고로 기분이 좋았다. 후후후 웃으며 용서해 주니 "뭐야 그 반응? 완전 징그러워~"라며 리이나는 얼굴을 찡그린다. 예의를 모르는 녀석 같으니라고.

이런 밤에 실외에 둔 꽃들에게까지 물을 주어서는 안 된다. 흙이 너무 차가워져서 가엽게도 동사하고 말 것이다. 타츠오는 베란다에 있는 화초들에게는 내일 아침에 물을 주기로 하고 창가에 놓인 카틀레야를 향해 슉슉 분무기를 뿌린다.

화려하면서도 당당한 모습의 꽃이다. 하얗고 커다란 꽃잎

을 자랑스럽게 펼친 꽃의 한가운데에는 선명한 핑크빛이 물들어 있다. 달콤하고 고급스러운 꽃향기가 부드럽게 코를 간질인다.

옆에 놓인 화분으로 시선을 옮기자 푸르른 이파리를 건강하게 펼친 풀이 보였다. 새의 날개처럼 양옆으로 쭉 뻗친 작은 이파리들이 모여서 하나의 큰 이파리를 만들어 내는 이 풀은 손가락을 살짝 대면 팔랑팔랑 움직여 이파리를 닫고 고개를 늘어뜨리는——함수초다. 이 함수초는 어머니가 남긴 것이 아니라 작년에 타츠오가 씨앗부터 키워 온 화초였다.

어머니가 남긴 화분들 중에는 타츠오가 이름을 알 수 없는 것들도 많았다. 이름을 모르니 비료나 분갈이를 어떻게 해 주어야 좋은지도 전혀 모르는 게 당연했다. 그래서 같은 식물을 찾아서 이름과 키우는 법을 알아내기 위해 종종 원예점에 드나들게 되었는데, 그때 발견한 것이 이 함수초의 씨앗이었다. 그리고 어릴 때 함수초 이파리를 갖고 놀던 그리운 기억이 떠올라 충동적으로 씨앗을 구입해 키우기 시작했다.

추위에 약해서 원래는 한해살이풀 취급을 받는 모양이지만 따뜻하게 해 주면 월동도 할 수 있다는 이야기를 듣고 이렇게 거실로 옮겨 두었다. 가지치기와 같은 관리도 게을리하지 않은 덕에 2월에 들어서도 마르는 일 없이 건강하게 지내고 있다.

"오늘도 착하게 있었니?"

화분 안쪽으로 물을 분사하자 말랐던 흙이 젖어 비 내리는 날의 냄새가 피어올랐다.

"우와—, 타츠오. 친구 없다고 화분이랑 대화하는 건 하지 마—."

옆에서 보고 있던 리이나가 질색한 듯이 바라봐 왔다.

"무슨 상관이야, 이 아이들은 날 싫어하지 않아."

슉슉. 다른 화분에도 계속 물을 준다. 화초들은 타츠오의 얼굴을 무서워하는 일도 없이 애정을 가지고 대하면 언젠가 예쁜 꽃을 보여 준다. 타츠오도 대타이기는 해도 식물을 대하는 일은 싫어하지 않았다. 그렇지 않았더라면 일부러 씨앗까지 사서 키워 보려는 마음을 먹지는 않았을 것이다.

게다가 그날 밤 이후 타츠오의 심경에 커다란 변화가 있었던 덕분에 예전보다 50%는 더 화초를 돌보는 일이 즐거워졌다. 저도 모르게 흥흐~응 하는 콧노래까지 나올 정도다.

"저기—, 타츠오 요새 이상해. 혹시 그 초콜릿 준 미하루 씨랑 잘되고 있기라도 한 거야?"

"훗, 후후후……. 눈치챘어?"

필사적으로 숨겨 왔던 마음의 흐름을 아주 사소한 행동 변화에서 읽어 내다니, 과연 내 동생이군. 화초에 물 주기를 마친 타츠오가 분무기를 정리하면서 감탄하고 있으려니 리이나는 "눈치채기 싫어도 눈치채겠다!" 하며 어이없는 얼굴로 고개를 가로저었다.

"지금 그 웃음소리도 이상하고, 잔소리할 때도 묘하게 목소리는 들떠 있고. 검정색 갈색 일색이던 식탁이 알록달록해지질 않나, 아침엔 소시지를 문어 모양으로 내놓질 않나, 아무 무늬도 없던 테이블보가 팝아트 같은 물방울무늬로 바뀌어 있질 않나! 완전 이상해! 타츠오, 초콜릿을 받은 그날부터 변했어!"

뭐라! 딴에는 잘 숨기고 있는 줄 알았던 들뜬 마음이 그렇게까지 겉으로 드러나고 있었을 줄이야! 전혀 자각하지 못했어. 하지만 그 미하루와 사귀고 있지 않은가. 기쁨을 철저히 감출 수 있을 거라고 생각한 게 착각이었다.

"후후후, 실은 말이야. 데이트 신청을 할 생각이야. 아, 말해 버렸네!"

"말해 버렸네……라니 뭐야, 그 소녀 같은 모습! 타츠오, 캐릭터 바뀌었어!"

우와아, 싫다 싫어. 아악, 재수 없어! 하면서 빈 페트병을 들고 팡팡 때려 오는 리이나. 야, 하지 마! 하며 팔로 막아 피하고 있자니

"근데 타츠오 말이야─, 대화는 제대로 되고 있어?"

페트병을 든 손을 거둔 리이나가 빤히 얼굴을 올려다봤다.

"타츠오가 평범하게 이야기할 수 있는 사람은 엄마가 돌아가신 후에는 동생인 나 정도밖에 없잖아? '엄청'을 붙여야 할 만큼 말주변이 부족한 타츠오가 여자 친구랑 대화하는 모습이 상상이 안 돼."

"걱정 마라, 동생아. 그 점을 고려해서 이 오빠가 명안을 떠올렸단다. 미하루 씨와는 구두가 아닌 교환 일기로 친목을

쌓아 가는 중이야. 후후후, 입으로는 못해도 문자로는 대화할 수 있어. 바로 이거닷!"

타츠오는 바지 주머니에서 정열 넘치는 색상의 수첩을 꺼내 짜잔 하며 자랑을 시작했다. 오늘 세 번째 턴이 돌아온 사랑의 캐치볼……. 아니, 캐치 다이어리라고 해야 맞을까. 포켓 사이즈로 고르길 잘 했어. 몸에 늘 지니고 다닐 수 있으니.

"교환 일기라니 그거 도시 전설 같은 거 아니야—? 더 좀, 다른 방법은 없었어? 전화가 싫으면 메일을 주고받는다거나."

"물론 그 생각도 했지만 메일 주소를 몰라서 말이야……. 그 초콜릿이 진심이 담긴 초콜릿이란 걸 알아차린 순간, 나 역시 당장이라도 사랑을 고백하고 싶었어. 하지만 연락할 방법이 없으니 주말 내내 아주 애가 타들어 갔지. 그러다가 도저히 뜨거워진 몸을 억누를 수가 없어서 한밤중에 편의점으로 달려가 사 온 이 수첩에 용솟음치는 내 마음을 절절히 적어 내려갔던 거야. 그리고—."

부끄러워서 말이 막힌 타츠오를 향해 "그리고? 그리고 뭐야? 타츠오, 빨리 말해 봐. 타츠오—!"라며 리이나가 다음 말을 재촉한다. 이런 말을 동생한테 하긴 좀 그렇지만—.

"순수하게 해 보고 싶었어! 내 꿈이었단 말이야, 여자 친구와 교환 일기 하는 게!"

"우에에에에에에엑—."

리이나는 이제까지 본 적 없는 표정으로 질색하고 있었다. 자기가 먼저 물어 보더니 뭐야, 그 태도는!

"리이나, 스마트폰 세대인 너는 모르겠지만 오빠가 어릴 때는 메일 같은 건 없었단다. 그리고 중학교 때 우리 반에서 교환 일기가 유행했었어."

처음에는 여자애들 사이에서만 시작된 가벼운 것이었지만, 점차 남녀 친구 사이—나아가서는 커플 사이에서까지 이루어지면서 우정과 사랑을 기록한 노트가 온 교실 안에서 돌아다니게 되었다.

무서운 얼굴 때문에 회피의 대상이었던 타츠오는 다이어리 네트워크에는 들어가지도 못하고 그저 즐거워 보이는 반 친구들을 보면서 남몰래 '눠어어, 부러워어! 언젠가 여자 친구가 생기면 나도 해 보고 싶다!'라며 부러워만 했었다. 그리고 20년 넘는 시간이 훌쩍 지나 드디어 그 소원을 실행에 옮긴 것이다. 그 생각이 들자 너무 부끄러워서 타츠오는 저도 모르게 얼굴을 감쌌다.

"우와아—. 미하루 씨, 잘도 어울려 주네. 그런 바보 같은 일에."

"막 시작한 단계라서 아직 두 번밖에 답을 받지 못했지만 현재는 꽤 반응이 좋아."

기념할 만한 첫 교환 페이지에는 미하루로부터 받은 고백에 대한 감사와 타츠오의 마음을 엮고, 교제를 즈음해서 교환 일기를 시작하고 싶다는 도입부로 일기를 시작했다.

가장 먼저 꺼낸 것은 역시 믿음직한 날씨 이야기였다. 주간 날씨를 확인한 타츠오는 이번 주 중순에 이맘때에는 흔치 않

게 눈이 내릴 수도 있다는 소식을 접하고는

"어차피 내린다면 비보다는 눈이 좋다. 진눈깨비가 내리더라도 조금은 신이 나는데 어쩌면 점잖지 못한 태도일까? 라는 말로 눈의 차가움과 악천후에 대한 생각을 이야기해 봤지. 미하루 씨는 '점잖지 못하지만 저도 그렇게 생각해요' 라고 상냥하게 대답해 주었어."

"어, 그것뿐이야? 두 번째 교환은?"

"두 번째 교환에서는 좀 더 사적인 내용으로 들어가서 하루의 행동 패턴을 기록해 봤어. 아침에 일어난 후부터 잠들기 전까지의 시간표를 알기 쉽게 원그래프도 곁들여서 설명했지. 미하루 씨의 하루도 알고 싶다고 적었는데—."

"답은 어떻게 왔어?"

"'저도 비슷해요'라면서 심플하게 공감해 주던데."

"엥—, 뭐야 그게. 이리 좀 줘 봐!"

타츠오의 손에서 일기를 빼앗아 든 리이나는 거칠게 훅훅 일기장을 넘겼다.

"엑. 진짜 한 마디씩밖에 안 돌아오고 있잖아. 근데 타츠오가 하루에 세 페이지씩 쓰는 거에 미하루 씨의 답은 고작 한 줄이라니, 명백히 비율이 이상해! 이건 완전 싫어하는 거야!"

"무슨 소리야! 한 줄이지만 글자 한 획, 한 획이 정성껏 적힌 얼마나 아름다운 서체냐! 싫어하는 사람의 글씨일 수가 없어. 게다가 미하루 씨에게는 샤이한 일면도 있어서 말이다. 교환 일기만으로도 수줍어하는 걸 거야."

그렇다. 업무 중에는 발랄한 미하루이지만 타츠오와 둘이 있으면 반드시 고개를 숙이고 얌전해지곤 했다. 부끄러워하는 걸까. 늠름한 평소 모습과 갭이 느껴져 그 점도 또한 사랑스럽다.

"단 한 마디에 남다른 마음을 싣는 사람이야. 그 초콜릿만 해도 그래. 사랑해요――얼마나 정열적인 울림이냐고!"

"들떠 있는데 미안하지만 그 초콜릿 말이야, 정말 진심 초콜릿이었을까? 잘 생각해 보면 진심으로 좋아하는 사람한테는 그런 거 안 줄 것 같아. 고사리손으로 만든 수제 초콜릿도 아니고 메시지가 인쇄된 초콜릿 같은 건 나이깨나 먹은 어른이 고를 만한 게 아니잖아――? 까놓고 촌스럽잖아."

"무슨 소리야, 너! 그 초콜릿은 전혀 촌스럽지 않았어! 둔한 나도 한 방에 이해할 수 있도록 심플 이즈 더 베스트를 고수한 명품이었어……!"

"미하루 씨란 사람, 나쁜 여자는 아닐까?"

"무, 무무무무, 무슨 근거로 그런 생각을 하냐? 근거, 근거를 내놔 봐!"

"그야―― 미하루 씨가 어떤 사람이랬지?"

"미하루 씨는 정말 대단한 사람이야. 늠름하면서도 우아하고, 상냥하고, 일도 잘하고, 동료들의 사랑도 한 몸에 받고, 패셔너블하고, 사랑스럽고, 배려를 할 줄 알고……. 도저히 한 마디로는 다 말할 수 없지만 어쨌든 멋있는 사람이야!"

"그렇지――? 그런 완벽한 사람이 어쩌다가 하필 타츠오 같은 걸 좋아하게 됐을까?"

"리이나, 너 네 오빠에 대한 평가가 너무 신랄한 거 아니야?"

"미~안. 근데 타츠오 얼굴은 단골손님 아니면 내쫓는 험악한 가게 주인처럼 샤프하고 성격도⋯⋯ 곱씹을수록 맛이 우러나는 진미(珍味) 계열이잖아—? 깊이 사귀어 봐야 비로소 장점이 보이기 시작한다고나 할까. 좀⋯⋯ 뭐랄까, 꽤 예사롭지 않으니까!"

"예사롭지 않지 않아!"

순간 타츠오가 셔츠 옷깃을 잡고 탁탁 각이 잡히게 정돈하자 리이나는 "네네, 예사롭지 않게 각이 잡히셨지요, 오라버니"하며 타츠오의 반발을 가볍게 흘린 다음 말을 이었다.

"어쨌든 그렇게 완벽한 미녀가 타츠오를 좋아하다니 말도 안 돼! 대화도 거의 한 적 없지? 고백 방법도 너무 별거 없고, 혹시 미인계 같은 거 아니야—?"

"미하루 씨만은 절대 그럴 리 없어!"

"아~아, 남자들이란. 요만~큼만 다정하게 대해 줘도 금세 사족을 못 쓴다니까. 혹시 타츠오도 초콜릿을 받고 나서 그 사람을 좋아한다는 착각에 빠진 건 아니야?"

리이나는 "적당히 하고 그만 눈을 떠!" 하면서 빈 페트병을 훅 들이밀었다.

"착각 아니야! 초콜릿을 받기 전부터 미하루 씨가 신경이 쓰이긴 했어. 그저 나는 이런 얼굴이고 미하루 씨는 너무 완벽하고, 나이 차이도 있으니 날 상대해 주지 않을 거라고 생각했을 뿐이야. 내 스타일인 여배우를 바라보는 것 같은, 그런 마음이었지."

"여배우라니……. 아무리 그래도 미화가 지나친데. 아, 사진 같은 거 없어?"

"사진? 그런 게………… 있다! 잠깐 기다리고 있어 봐!"

분명 이번 달 사내보에 미하루 씨의 기사가 실렸었지! 타츠오는 젊은 사원들 특집 페이지에 회사와 세계를 잇는 기대의 유망주로서 인터뷰에 답하는 미하루의 사진이 실린 것을 기억해 냈다.

방에서 사내보를 가지고 거실로 돌아온 타츠오는 해당 페이지를 펼쳐 리이나에게 보여 준다.

"어때, 아름답지? 그냥 예쁘기만 한 사람이 아니야, 이 반짝거림은 좋은 성격이 있어서 나올 수 있는 빛이야. 이런 사람이 미인계 같은 걸 할 리가 없잖아."

"음~, 뭐 진짜 미인이긴 하네ㅡ. 엄마를 좀 닮은 것 같기도 하고, 이 사진은."

사내보를 낚아채 소파에 뒹굴 누운 리이나가 부드러운 표정으로 미소를 짓고 있는 미하루의 사진을 바라본다.

"너도 그렇게 생각해? 어머니처럼 자애에 가득 찬 상냥한 사람이야, 미하루 씨는……."

"흐음……. 아, 그러고 보니까 곧 기일이다ㅡ."

돌아가신 어머니를 떠올리자 타츠오도 리이나도 묘하게 기분이 가라앉았다. 그러나 그런 고요함은 오래 이어지지 않았다. 리이나는 "하지만 그래서 더 수상해—"라면서 계속해서 의혹을 품었다.

"아무래도 사기 아니야? 조만간 타츠오 항아리 같은 거 강매당할 거야! 아……. 근데 쇼와 63년(1988년)생이면 의외로 아줌마네? 결혼 때문에 초조한가? 그럼 타츠오도 가능성이 있으려나—."

기사에 기재된 프로필을 보면서 연달아 폭언을 퍼붓는 리이나.

"야, 미하루 씨가 아줌마면 네 오빠는 이미 할아버지다."

"비슷하지, 불과 얼마 전까지만 해도 바싹 메말라 있었으니까—. 하지만 뭐, 나쁜 사람이 아니라면 응원할게. 나도 타츠오가 행복해지면 좋겠으니까—."

그렇게 말하고 소파에서 번쩍 몸을 일으킨 리이나는

"저기, 내가 둘이 잘될 수 있게 어드바이스해 줄까, 오빠?"

"오빠……?"

불길한 예감이 든다. 리이나가 이렇게 부를 때는 언제나—.

타츠오가 그 수를 읽은 순간, 리이나는 만면에 미소를 지으며 말했다.

"성공 보수는 미셸 로잘리의 펌프스면 돼!"

☆

"역시 돌아갈까……."

낡은 유원지 앞에 선 치사가 중얼거린다. 눈앞에 우뚝 솟아 있는 것은 동화에나 나올 법한 메르헨 느낌의 성문이지만, 이곳을 통과하면 꿈의 나라가 기다리고 있……을 거라고는 도저히 보이지 않았다.

드문드문한 싸구려 전광 장식이 둘러진 간판이 '어서 오세요!'라고 환영하지만, 칠이 다 벗겨진 글자는 안 그래도 무거운 마음의 치사를 더욱 기운 빠지게 만들었다.

오늘은 키타카제와 데이트를 해야 한다. 오전 11시에 유원지 앞에서 만나기로 약속이 정해졌는데 40분이나 일찍 도착하고 말았다. 물론 신이 나서 빨리 도착한 게 아니라 지각이라도 했다가 그가 또 분노를 터뜨릴까 불안한 마음에 그만 서둘러 집을 나서 버렸다.

빨리 왔는데 벌써 집에 가고 싶어. 치사는 커다란 탄식을 흘렸다.

애초에 데이트 따위를 하고 싶지 않았지만 내키는 대로 거절할 수도 없었다.

그저께인 금요일, 키타카제는 막 출근한 치사에게 "미하루 씨, 잠깐 괜찮으십니까?"라면서 다가와 휴게실로 이끌고 갔다. 교환 일기가 시작된 후로 정기적으로 이어지고 있는 아침 만남이었다. 업무 시작 전 휴게실에는 사람이 없기 때문에 최적화된 밀회의 장소라고 여기는 모양이었다.

아무도 없는 휴게실에서 날카로운 삼백안을 번뜩거리며 그가 항상 꺼내는 주제는 날씨 이야기였다. 남몰래 기상 캐스터를 꿈꾸기라도 하는지 그는 그날의 기상 정보를 웅얼웅얼 설명하다가는 갑자기 "오늘의 교환 일기 말입니다" 하면서 그 붉은 수첩을 제출 혹은 회수해 떠났다. 의미를 모르겠어.

그의 미스터리한 접근법은 매일 아침 하는 이 만남 중의 대화뿐, 근무 중이나 업무 후에 말을 걸어오는 일은 단 한 번도 없었다. 치사가 바라는 바는 아닐지언정 표면상으로는 분명히 사귀는 사이인 것을 감안하면 키타카제의 행동은 놀라울 정도로 건조했다.

교환 일기 내용도 비보다는 눈이 좋네, 자기의 하루 시간표는 이러저러하네, 조금 떨떠름하지만 기본적으로 어떻든 별로 상관없는 이야기들뿐이었다. 그래서 조금 방심했던 것일까. 키타카제를 화나게 만들지 않도록 적당히 맞장구를 쳐주다 보면 어느 순간 그도 질려서 아무 일 없었던 것처럼 자신을 해방시켜 주지 않을까 생각했었다. 그러나—.

금요일에 키타카제가 세 번째로 건네 온 교환 일기의 내용은 데이트 신청이었다. '일요일에 유원지에 갑시다'라고 적힌 다음 줄에는 집합 시간과 장소가 빨갛고 동글동글한 글씨로 큼직큼직하게 적혀 있었다. 틀림없이 또 평년보다 선선한 여름과 찌는 듯한 더위 중 어느 쪽을 더 좋아하냐는 실없는 이야기가 적혀 있을 거라고 생각했었는데.

게다가 데이트를 왜 일기로 신청해 오는 걸까나아? 이건 뭐 그냥 결정 사항 전달이잖아. 거절하고 싶어도 일기로 답하려면 월요일—데이트 예정일 이후에나 전할 수 있지 않은가. 생각해 보니 키타카제와 연락할 방법은 교환 일기뿐이었다. 서로의 전화번호나 메일 주소도 몰랐다. 직접 얼굴을 보고 거절하는 건 아무래도 무서웠고, 그렇다고 사내 메일을 보내 사무적으로 거절하는 방법도 선뜻 내키지 않았다.

업무 중에 몇 번인가 키타카제에게 시선을 보내 어떻게든 소극적인 자신의 의사를 짐작해 주기를 바랐지만, 왜인지 그는 오페라글라스를 들고 미하루를 바라보고 있었다. 심지어 섬뜩하게 씨익 웃으며 엄지손가락까지 세워 오니 도저히 데이트를 거절할 수 있는 분위기가 아니었다.

에리코에게도 상담해 보았지만 "죽기 싫으면 가야지, 어쩌겠어? 무슨 일 생기면 연락해"라는 답만 돌아왔다.

그렇게 맞이한 일요일, 키타카제가 지정한 집합 장소——유원지 입구 앞에서 40분이나 전부터 가만히 서 있게 된 치사였으나——.

"왜 하필이면 또 오늘이야……."

최악의 생일이다. 스물일곱 번째 생일 같은 거 그렇게까지 기쁘지도 않고, 누구와 만나 축하받을 예정도 없긴 하지만——.

하아. 치사는 오늘의 두 번째 한숨을 내뱉는다.

역시 집에 갈까? 다시 마음이 엉거주춤해질 무렵, 무시무시한 목소리가 "미하루 씨!"하고 부른다. 아, 진짜. 왜 당신까지 이렇게 일찍 왔냐고요!

짜증이 났지만 겉으로는 티를 내지 않고 돌아보니——

히익! 키타카제는 몸에는 화려한 스트라이프 무늬 슈트와 흰색 롱코트를 걸치고, 목에는 자줏빛 머플러를 길게 늘어뜨리고, 머리에는 중절모까지 쓰고 나타났다. 아무리 봐도 마피아로밖에는 보이지 않는, 과할 만큼 박력이 넘치는 행색이었다.

얼굴과 큰 키만으로도 충분히 위압감이 넘치거늘, 혹여 저기에 시가 같은 거라도 꺼낸다면 완전히 아웃. 불심검문이 필요한 수준의 수상함이리라. 평소에는 내리고 다니는 앞머리를 올백으로 올리고 온 덕분에 흉기 같은 삼백안이 고스란히 드러났다.

"좋은 아침입니다, 미하루 씨. 오늘의 날씨는 쾌청, 최고 기온은 13도, 최저 기온은 1도로 비교적 쾌적한 하루이지요."

키타카제는 자연 방목된 사나운 눈동자를 번뜩거리며 빠른 어조로 이야기했다.

"그럼 갈까요?"

갑자기 키타카제가 손을 붙잡아 와 치사는 저도 모르게 "꺄악!" 비명을 지르며 그의 손을 뿌리쳤다. 무섭잖아! 심지어 오늘은 눈도 엄청 충혈되어 있어!

"이런, 미안합니다! 어, 어서 가시죠? 붐비면 안 되니까요!"

키타카제는 기이하게 높아진 목소리로 얼버무리며 서둘러 입장 게이트로 향했다. 한눈에 봐도 손님이 전혀 없을 것 같은데…….

입장해 보니 유원지 안은 역시나 한산했다. 데이트에 적합

하지 않은 장소인 거겠지. 어린아이를 데리고 온 가족 단위 입장객들은 몇몇 보였지만, 커플 같은 입장객은 단 한 팀도 보이지 않았다.

이곳의 마스코트인 듯한 개인지 곰인지 너구리인지 알 수 없는 탈을 쓴 인형이 손을 흔들면서 종종걸음으로 다가왔다. '어른까지 상대하다니 어지간히 할 일이 없나 보네……' 생각하고 있던 찰나, 어라? 인형은 홀연히 복슬복슬한 발걸음을 돌려 마스코트 인형답지 않은 재빠른 스텝을 선보이며 도망쳤다. 원인은 틀림없이 내 옆을 걷는 마피아겠지.

"발은…… 괜찮으십니까?"

마피아 키타카제가 나직이 물어 온다. 혹시 또 힐이 부러지지 않을지 걱정해 주는 걸까?

마음이 동하지 않는 데이트에 잘 꾸미고 나오는 것도 내키지 않아 오늘은 레이디 레벨이 낮은 데님을 입었다. 아예 거기 맞춰 스니커를 신어도 좋았겠지만 어른으로서 무장하기 위해서는 하이힐이 불가결하기 때문에 캐주얼하면서 힐도 높은, 뛰어난 안정감을 자랑하는 웨지 솔을 선택했다.

그러니 안심해요. 구두창이 쑥 빠져 떨어지지 않은 이상 뒤축이 빠질 일은 없으니까요.

"뭐 타고 싶으신 거…… 있습니까?"

얇은 안내도 한 장을 보면서 조용히, 무뚝뚝하게 물어 오는 키타카제. 이렇게 낡은 옛날 유원지에서 뭘 즐기라는 말일까. 그래도 '굳이 말하자면 집으로 가는 전철을 타고 싶네요'

라고는 입이 찢어져도 말 못해.

"그럼…… 저런 거 어떨까요?"

치사는 하는 수 없이 전방에 보이는 커피 컵 어트랙션을 가리켰다. 놀이공원 탈것에는 약한 편이라 절규를 자아내는 어트랙션들은 무리지만 저 정도는 어떻게든 탈 수 있겠지. 빙글빙글 즐겁게 도는 컵 안에서라면 털어놓기 힘든 말도 의외로 선뜻 나눌 수 있을지 모를 일이야. 그렇게 판단한 치사는 마피아 키타카제의 에스코트를 받으며 커피 컵 입구로 향했다.

"어, 어린애조차 없어……?"

대기 시간 0분으로 바로 안내받은 커피 컵 놀이 기구의 승객은 치사와 키타카제뿐이었다. 아무도 타지 않은 컵들에 둘러싸이자 세계의 끝에 다다른 듯한 공허감이 솟구쳤다. 스피커에서 흐르는 더없이 경쾌한 음악은 쓸쓸함을 더욱 부채질했다. 이 지역엔 사람이 있긴 할까 문득 불안해질 정도다.

그런 와중에 눈을 부릅뜬 키타카제는 맹렬하게 컵 안을 점검하기 시작했다. 뭐지, 저건. 폭발물이 설치되진 않았는지 확인하는 건가? 설마, 테러 공격을 경계하고 있는 거야……?

"좋아, 이상 무. 미하루 씨, 앉으시죠."

후우, 작게 숨을 내뱉고 컵에 앉기를 제안하는 키타카제. 치사가 "네에" 하고 자리에 앉자 "그럼 저도" 하며 치사의 정면에 앉는다. 무시무시한 압박감이다.

천천히 컵이 돌기 시작하고 웬지 솔 펌프스를 슬쩍 보며 마

음을 다잡은 치사는

"저기! 전에 드린 초콜릿 말인데요……, 그게 사실은 ─ ."

드디어 말을 꺼내 본다. 키타카제가 눈이 돌아갈까 무섭지만 끝도 없이 오해가 이어지는 상황은 역시 싫었다. 전혀 즐겁지는 않지만 유원지처럼 비일상적인 공간에서라면 그도 분노를 억누를 수 있을지 모른다. 그런 생각으로 말을 꺼냈으나.

"그 초콜릿 ─ 한 조각도 남김없이 전부 잘 먹었습니다. 맛있었습니다."

희번덕 ─ 날카로운 눈빛을 내뿜으며 키타카제가 섬뜩한 웃음을 지었다.

"솔직히 말하면 단건 잘 못 먹습니다. 하지만 당신에게 받은 초콜릿은 특별하죠. 감미로운 맛과 향에 제 식도가 온몸을 뒤집어 가며 기뻐하더군요 ─ ."

몸을 바르르 떨면서도 초콜릿의 맛을 떠올리는 듯한 키타카제. 서서히 창백함을 더해가는 그 얼굴에서 사람이 아닌 자의 양상이 드러나기 시작했다.

"소화기관들까지 일심불란하게 날뛰던걸요. 그런 감각은 태어나서 처음 맛봤습니다. 천국이 보였다고 할까, 오장육부가 미친 듯이 환호하며 날뛰어 대는데 ─ . 덕분에 아주 귀한 경험을 했습니다. 정말, 진심으로 고마웠어요."

붉게 충혈된 눈으로 치사를 노려보며 말하는 키타카제의 미간에는 꾸우욱 진한 주름이 잡혔다. 무시무시한 목소리에는 원한이 깃들어 있는 듯한 기분이 들었다.

이거 혹시…… 에둘러서 화를 내고 있는 건가—?

"죄, 죄송합니다! 단걸 싫어하시는 줄은 모, 몰라서……!"

"괜찮아요. 그날부터 계속 몸이 뜨겁더군요. 그때 섭취한 초콜릿이 아직도 혈액처럼 온몸을 빠르게 돌고 있는, 그런 기분이 들어요. 그래, 바로 이렇게……!"

히죽. 입꼬리를 쭉 끌어올린 키타카제가 컵 가운데 붙은 가속 핸들을 분노의 손길로 돌리기 시작한다. 빙글빙글 평화롭게 회전하고 있던 컵에 어마어마한 가속도가 붙는다.

저 사람의 몸 안에서는 그렇게 싫어한다는 초콜릿이 지금도 이런 식으로 돌고 있을까?

빙글빙글빙글빙글…… 핑글핑글핑글핑글…… 휙휙휙휙……. 악, 그만해. 그만 돌려! 풍경이 모조리 선으로 보인단 말이야! 이렇게 가속되다가는 컵이 날아가 버리거나 시공을 초월해 버리거나 둘 중 하나는 할 것 같아……! 내 반고리관이 비명을 질러 댄다고요, 누가 날 좀 구해 줘~!

시간이 다 되었는지 흘러나오던 곡조가 바뀌며 겨우 컵이 회전을 멈췄다. 뱅글뱅글 돌아가는 고문실에서 비틀거리며 내린 치사에게 키타카제는

"역시 미하루 씨의 선택은 훌륭해요. 아주 재미있었습니다."

조금도 멀미가 난 기색이 없이 여유로운 표정으로 성큼성큼 걸어 내려왔다.

"그러고 보니까…… 초콜릿 관련해서 무슨 말씀을 하셨던

가요?"

"아뇨, 이제 됐어요. 잊어 주세요……."

초콜릿을 싫어하는 사람이었다니, 진실을 꺼내기가 더더욱 힘들어지고 말았다. 분노의 스핀 덕에 치사의 뇌는 여전히 붕붕 흔들린다.

"저기…… 잠깐 쉬어도 될까요? 현기증이 나서요……."

"그럼 조금 이르지만 저기에서 점심이나 하죠."

키타카제의 제안에 따라 둘은 마침 맞은편에 있던 야외 푸드코트에서 쉬기로 했다. 조금 쌀쌀하지만 치사는 멀미를 떨치기 위해 상큼한 레몬스카시를 주문하고, 식욕은 크게 없어서 식사로는 참치와 달걀 크레이프를 선택했다. 한편 키타카제는 피가 흩뿌려진듯 시뻘건, 가장 매운 단계의 탄탄면을 주문했다. 탄탄면이 튀긴 피에 하얀 코트가 더럽혀지지 않으면 좋으련만.

꾀죄죄한 텐트 아래 놓인 테이블석은 여느 곳처럼 텅 비어 있었다. 본래 시끌벅적해야 할 장소가 고요한 모습은 왠지 몹시 서글펐다.

"이쪽 괜찮으세요?"

식사를 올린 쟁반을 손에 들고 적당한 자리를 골라 앉으려 하자

"비켜, 위험해요!"

갑자기 치사의 몸을 밀쳐 낸 키타카제가 코트 주머니에서 수수께끼의 스프레이를 꺼내 테이블을 향해 조준했다. "쯧,

세균 녀석들!" 하면서 엄혹한 표정으로 방아쇠를 당긴 그는 머신 건이라도 쏴 대는 것처럼 호쾌하게 스프레이 분사를 시작했다.

뭐야 저거, 독가스—? 어딘가에 비전문가의 눈에는 보이지 않는 하이테크 스텔스 부대라도 숨어 있는 건가……? 서, 설마……! 옛날에 손을 담갔던 범죄와 관련해서 아직까지 목숨을 노려지고 있기라도 한 건가요, 키타카제 씨……?!

테이블 아래, 의자 위 등의 안전 확인을 마친 키타카제는 쟁반을 들고 바들바들 떨고 있는 치사를 보며 살인자 같은 얼굴로 씨익 웃어 보였다.

"이제 됐습니다. 위협의 씨앗을 모두 제거했거든요."

더는 못하겠어. 무서워. 집에 갈래. 안 그래도 얼마 없던 식욕은 모조리 소멸됐다.

크레이프에는 통 손을 대지 못하고 레몬스카시 속 얼음만 빨대로 묵묵히 휘젓는 치사를 보며

"미하루 씨, 식사는 제대로 들어야 합니다. 배가 고프면 전장에는 나갈 수 없으니까요, 그렇죠?"

탄탄면 한 그릇을 싹 비운 키타카제가 타이르듯 말했다.

우와아, 역시 이 사람은 어느 조직인가와 전쟁을 벌일 생각인가 봐……. 치사가 질린 기색으로 바라보는 사이, 키타카제는 물티슈를 꺼내 자기 주변과 테이블을 저승사자의 형상으로 싹싹 닦기 시작했다. 마치 자기가 머무른 흔적을 남기지 않기 위해 정성껏 지문을 닦아 내는 범죄자처럼. 울퉁

불퉁 관절이 불거진 손은 물티슈의 물기가 날아가 각질이 일어날 때까지 닦기를 멈추지 않았다.

정말…… 뭘까? 이 사람…….

치사는 키타카제의 기행 하나하나가 다 신경 쓰여서 몸은 쉬고 있어도 마음은 전혀 편안해지지 않았다.

☆

식사를 마친 타츠오와 미하루는 다시 유원지 안을 산책하기 시작했다. 타츠오는 오늘만 몇 번째인지 모를 "발 괜찮으십니까?"를 다시 한 번 확인한다. 데이트 전에 리이나로부터 "여자를 오래 걷게 하지 마, 힐 신으면 발 아프니까"라는 조언을 들었기 때문이다.

"죄송하지만 저 잠깐 화장실 좀 다녀올게요."

미하루는 꾸벅 고개를 숙이고 재빨리 옆 건물로 달려갔다. 그럼 여기서 기다리도록 할까? 타츠오는 야외 벤치에 걸터앉았다.

"행복하다아……."

타츠오는 맑디맑은 겨울 하늘을 향해 저도 모르게 중얼거렸다. 멀리서 보고 있기만 해도 충분히 행복했던 미하루 씨. 그런 미하루 씨와 데이트를 하고 있다니. 분에 넘치는 행복이 두려울 정도다.

미하루 씨는 휴일에도 여전히 아름다웠다. 회사에서는 볼 수 없는 청바지 차림이 신선하고 특별했다. 첫 데이트라는 영광스러운 자리에 임하기 위해 있는 힘껏 꾸며 입으려 노력했는데, 휴일에는 담백한 패션을 즐기는 그녀와는 어울리지 않았다. 정장에 하얀 코트로 너무 점잔을 뺐나, 아아, 아쉽군.

"그래도 미하루 씨가 와 주었다니 정말 다행이야……."

일방적으로 일정을 정한 다음 한껏 들떴던 타츠오가 미하루에게도 사정이란 게 있다는 걸 깨달은 것은 교환 일기를 전달한 후의 일이었다. 지금은 어리석었던 스스로를 반성하고 있다.

그러나 금요일 즈음, 미하루도 내심 데이트를 기대하고 있다는 사실이 웬지 모르게 전해져 왔다. 왜냐하면 업무 시간 내내 그녀가 흘깃거리며 뜨거운 시선을 보내 왔기 때문이다.

흐릿해서 잘 보이지는 않았지만 그런 일은 처음이었던지라 상비하고 있는 오페라글라스를 통해 확인해 보니 미하루는 신이 났는지 안절부절못하는 기색으로 타츠오를 바라보고 있었다.

저렇게까지 데이트를 기대해 줄 줄이야……! 감격한 나머지 근무 중임에도 불구하고 그녀를 향해 엄지손가락을 들어 보이고 말았다. 멋진 일요일을 만듭시다―라는 마음을 담아.

데이트 신청을 고대해 마지않았던 것이리라. 미하루는 오늘 아침에도 꽤 일찍부터 유원지 앞에 나와 있었다. 이렇게 말하는 나 역시 흥분한 탓에 30분이나 일찍 도착하고 말았지만, 그런 나보다 더 빨리 날아와 주었을 줄은……. 설렘을 숨기지 못하는 그녀가 사랑스러워 어찌할 바를 모르겠다. 충동적으로 손을 잡아 버린 순간, 수줍음이 많은 그녀는 내 손을 부리나케 뿌리치고는 앞서가 버렸지. 입장 게이트를 향해 가냘프게 달리던 그 뒷모습마저 어찌나 사랑스러웠던가.

"아아, 떠올리는 것만으로도 가슴이 뜨거워진다……."

요즘 나이 탓인지 눈물이 많아져서 못쓰겠어. 감격의 눈물이 넘쳐흐를 것만 같다. 안 돼, 안 그래도 잠을 못 잔 데다가 꽃가루 알레르기까지 겹쳐 빨개진 눈이 여기서 더 빨개지면 부끄러워. 타츠오는 힘차게 고개를 붕붕 가로저었다.

리이나에게서 사전에 제공받은, 아니, 고가의 구두를 요구했다는 점에서는 강매를 당했다고 해도 과언이 아니지만, 몇 가지 조언에 따라 오늘 꽤 괜찮은 에스코트를 해내고 있다. 데이트 장소로 이곳을 고른 건 정답이었다.

처음에는 더 크고 메이저한 곳으로 갈 생각이었지만 리이나로부터 "에—, 그런 데 가면 대기 시간이 엄청나잖아—"라는 지적이 돌아왔다. 현저하게 말주변이 떨어지는 타츠오와 현저하게 샤이한 미하루는 어트랙션 줄을 기다리는 사이에 대화를 잘 이어 가지 못할 테니 데이트의 흥이 떨어져 버릴 거란 말이었다. 그건 안 되지 싶어 고심에 고심을 거듭한 끝에 고른 퇴락한 유원지로 장소를 변경한 것이 결과적으로 현명한 결정이 된 셈이다.

이곳은 인적마저 드문드문해서 마치 통으로 빌린 듯한 사치스러움마저 느껴졌다. 이 넓은 세계에 미하루와 단 둘이라니—이 얼마나 로맨틱한 공간이란 말인가. 경비 절감을 위해서인지 유원지 안을 꾸민 조명 장식들은 눈에 띄게 전구가 적지만 애처로운 멋이 느껴져 더 따스하게 다가왔다.

역시 내 동생이야. 아주 좋은 지적이었어. 감탄했지만 한편으로는 받아들일 수 없는 제안들도 있었다. 그중 하나가 맨눈은 그만 고집하라는 것이었다. 타츠오가 먼 곳을 볼 때면 미간에 주름이 잡히고 눈을 찌푸리는 모습이 너무 흉악해서 동생인 자기가 보기에도 오싹해질 정도라고 했다. 리이나는 "콘택트렌즈를 끼면 이상하게 얼굴을 찡그리지 않아도 되는데"라며 입을 삐죽 내밀었다.

하지만 콘택트렌즈라니. 타츠오에게 콘택트렌즈는 천적이나 다름없다. 그런 정체를 알 수 없는 이물을 내 안구에 얹으라니……. 아아아, 생각만 해도 온몸의 털이 바짝 선다. 위생적인 면에서 보아도 도저히 믿을 수 없는 물건이 아닌가. 그런 걸 매일 사용하다니, 리이나 무서운 녀석!

그렇다면 점막에 직접 닿지 않는 안경을 끼라는 말이 나올 것이다. 그러나 그건 그것대로 성가시다. 안경을 쓰면 지문이나 먼지가 묻는 등 렌즈가 뿌예지거나 지저분해질 때마다 자꾸 신경이 쓰여 집중력이 떨어진다. 그런 점들을 고려한다면 필요할 때 재빠르게 꺼내 쓸 수 있고 위생적으로도 나무랄데 없는 오페라글라스만 한 것이 없다.

위생적이라고 말하면 결벽스러운 행동도 적당히 하라는 지적이 돌아온다. 타츠오의 결벽증을 악화시킨 기원은 리이나이지만 정작 당사자는 미안해하는 척도 없이 타츠오의 살균 행위를 "너무 과해서 짜증 나"라며 질려 했다.

데이트 중에는 잡균이 역겨워도 미하루가 질색을 할 것이 걱정되어 필사적으로 살균 욕구를 억눌렀다. 커피 컵에 올라탈 때도 사실은 난간부터 의자까지 전부 소독해 버리고 싶었지만 미하루에게 미움받지 않기 위해서 이물질이 없는지 정도만 가볍게 확인하는 데서 멈췄다.

그러나 아직 미숙한 타츠오는 푸드코트 테이블 위를 멸균해 버리고 싶은 유혹을 이기지 못했다. 샥샥 하고 호쾌하게 스프레이를 뿌리면서도 내심 '저질러 버렸다!'라고 후회했지만 다행이 별일은 없었다. 미하루도 결벽한 성향이 있는지 근처에 퍼져 있는 잡균들의 존재에 꽤나 겁에 질린 눈치였다. 위생 감각 면에서도 마음이 맞다니, 아무래도 두 사람의 궁합은 아주 뛰어난 모양이다. 미하루 씨를 위해서도 오늘은 평소보다 더 열심히 살균하며 다녀야겠어.

사이좋게 소독하며 걷는 둘의 모습을 상상하니 저도 모르게 입가에 미소가 번졌다.

괜찮아, 데이트는 순조롭게 진행되고 있어. 저녁에 예정해 둔 오늘의 최고 하이라이트를 기대하며 타츠오의 몸은 2월의 추위를 느끼지 못할 만큼 뜨겁게 뜨겁게 달아올라 있었다.

☆

　화장실에 가겠다고 말하고 실내로 무사히 도망친 치사는 가방에서 스마트폰을 꺼내 메시지 앱을 켜고 에리코에게 메시지를 적어 보낸다. 전화를 해도 좋겠지만 에리코가 데이트 중이라면 미안하니까 메시지를 보내기로 했다. 치사는 바쁘면 답이 안 오겠지 하면서도 고속 입력 모드로 자신이 놓인 상황을 적어 갔다.

　'키타카제 씨가 너무 무서워. 마피아 같은 차림을 하고 나온 데다가 눈도 더 이상 빨개질 수 없을 정도로 충혈돼 있어. 행동 하나하나가 다 상식의 궤도를 벗어나 있어. 아까도 잠깐 걷는데 발 괜찮냐는 말을 몇 번이나 계속 물어보는 거야. 너무 이상할 정도로 확인하는 거 아니야······?'

　'처음에는 또 하이힐이 부러지지 않을까 걱정해 주고 있는 줄 알았는데, 아닌 것 같아──. 틀림없이 저격당할 걱정을 하고 있는 것 같아. 발에 총을 맞으면 도망치고 싶어도 도망칠 수가 없으니까.'

　'이건 내 추측인데 키타카제 씨, 위험한 짓을 너무 많이 해서 갖은 곳들에게 원한을 산 게 아닐까? 그래서 누가 자기 목숨을 노리고 있다는 망상 같은 강박에 시달리고 있는 것 같아. 그런 거라면 몇 가지 기행은 납득이 가. 폭탄이나 수류탄이나 스텔스 부대 같은 그런 비현실적인 위협을 내내 신경 쓰고 있는 것 같아서 정말 무서워!'

'에리코, 에리코 나 어떡하면 좋을까? 가능하면 어떻게 해서든 데이트를 빨리 끝내고 집에 가고 싶어!'

치사는 무슨 일 생기면 연락하라고 듬직하게 말해 준 에리코를 믿고 모든 속내를 숨김없이 털어놓은 메시지를 연달아 보낸다. 메시지가 금세 읽음 상태로 전환된 것을 보고 읽어 줬다고 안심했더니 되돌아온 말은 '완전 웃겨' '배 찢어지겠네'뿐이다.

'야아! 뭐 다른 할 말은 없어?'라고 보내자 이번에는 '그래, 파이팅'이라는 문장이 적힌 의기양양한 표정의 무사 이모티콘이 돌아왔다.

무슨 일이 생기면 구해 주겠다고 했으면서 에리코 멍청이!

포기하고 스마트폰을 도로 집어넣은 치사는 펌프스를 내려다보면서 애써 마음을 진정시켰다. 괜찮아, 웨지 솔은 부러질 수도 없고 이제 몇 시간만 더 있으면 되잖아. 난 반드시 해낼 수 있어! 다시 힘을 내서 밖으로 나오자

"에잇……! 에잇……!"

바람에 날아갔는지 높은 나무에 걸린 풍선을 붙잡으려고 필사적으로 점프를 해 대는 남자아이의 모습이 보였다. 어른도 잘 닿지 않을 높이여서 어린아이의 키로는 도저히 닿을 것 같지 않았다.

그때, 보기 애처로운 아이의 등 뒤로 슬그머니 다가온 사람이 있었으니 하얀색 롱코트를 입은 수상한 남자—가 아닌 키타카제였다. 힘차게 뛰어오른 그는 큰 키로 쉽게 풍선을

잡아서는 소년의 앞으로 착지, 풍선의 끈을 슥 내밀었다. 아이는 기쁘게 받아 들었지만 입가를 찡그리며 위협하는 키타카제와 눈이 마주치자마자 우와아아아아앙! 큰 소리로 울면서 전속력으로 도망쳤다.

아~아, 울려 버렸네……. 풍선을 잡아 준 것까지는 좋았는데 왜 저렇게 무서운 표정을 짓는 건지 참……. 치사는 어이없어하면서도 "기다리시게 해서 죄송해요"라고 말을 걸고 키타카제와 합류해 낡은 유원지 안을 다시 돌기 시작했다.

백조 배의 좌석에 수수께끼의 스프레이를 뿌려 대는 키타카제 때문에 난처했다가, 전통 축제풍 사격 코너에서 조직원 시절에 갈고닦았을 무시무시한 솜씨를 선보이는 키타카제를 보며 간담이 서늘해졌다가, 귀신의 집에서 귀신들이 기겁을 하고 도망치는 모습을 보니 한층 더 호러하우스다워져서 이건 이것대로 괜찮네 싶었다가……. 이렇게 우왕좌왕하는 사이에 어느새 시간은 흘러 벌써 저녁이 되었다.

멀리에서 다섯 시를 알리는 음악 '저녁노을이 지네'가 들려온다. 슬슬 가자고 좀 안 하려나 싶어 키타카제의 얼굴을 엿보자

"마지막으로 하나 괜찮겠습니까?"

오렌지색이 드리운 하늘을 뒤로한 그가 숨을 스읍 크게 들이켜고는 말했다.

"꼭 타고 싶은 게 있어요."

"의외예요. 키타카제 씨가 이런 걸 타고 싶어 하시다니."

치사와 키타카제는 기구처럼 생긴, 장난감처럼 작은 대관람차의 곤돌라 안에 앉아 있었다.

솔직히 이런 밀실에 마피아와 단 둘이 있으니 불편했다. 회사 휴게실에서도 단 둘이었던 적은 있지만 아무 데로도 도망칠 곳이 없는 이런 좁은 공간에서 그와 마주하기란 정신적인 부담이 상당한 일이었다. 하지만 치사는 "꼭 타고 싶습니다" 하며 충혈된 눈으로 압박해 오는 그를 도저히 거절할 수 없었다.

"보세요, 미하루 씨. 유원지 전체가 한눈에 보여서 아주 멋져요. 붉은 노을 조명에 비춰진 두 사람만의 낙원——그렇게 보이지 않습니까?"

씨익. 말을 마치고 입가에 부드러운 미소를 지은 키타카제. 얼굴에 안 어울리게 로맨틱한 말을 하지만 한 손에 오페라글라스를 들고 바깥을 바라보는 모습은 멀찍이에서 타깃을 노리고 있는 암살자로밖에는 보이지 않았다.

게다가 여긴 낙원이라기엔 너무 폐허잖아요. 지상을 내려다보면서 치사는 생각했다.

드넓은 화단에는 메말라 가는 꽃들이 드문드문 보일 뿐이어서 차라리 아무것도 없는 편이 더 낫지 않을까 싶을 만큼 쓸쓸했다. 지금 탄 대관람차 또한 칠이 여기저기 벗겨져 있어서 타기 전에는 너무 녹슬어 안 움직이지 않을까 불안했을 정도다. 곤돌라 안에 흐르는 한참 오래된 러브송(오르골 버전)

에서도 애수가 느껴졌다.

"아, 그러고 보니 이거……. 일단 가지고 왔어요. 월요일에
드려도 될 것 같긴 하지만……."

할 말이 마땅치 않은 치사는 가방에서 교환 일기장을 꺼
냈다. 동글동글한 글씨로 적힌 데이트 신청에 '잘 알겠습니
다'라는 한마디만 적었을 뿐이지만. 일기는 이미 일기라기
보다는 업무 연락장 같아졌다.

페이지를 넘겨 내용을 확인한 키타카제는 "잘 받았습니다"
라며 일기를 코트 주머니에 넣었다. 왠지 주고받으면 안 될
수상한 물건을 받아 든 사람처럼.

"저…… 왜 그러세요?"

키타카제는 이맛살을 찌푸리며 빤히 치사를 바라봐 왔다.
역시 일기에 쓴 코멘트가 너무 짧았나? 하지만 딱히 일기에
쓰고 싶은 말도 없고. 당신의 분노 버튼이 뭔지 알 수가 없으
니 어설프게 쓸 수도 없다고요……..

입으로는 뱉을 수 없는 생각을 가슴에 품은 채 조심조심 키
타카제를 바라보니 ─

어? 뭐야? 뭐하는 거야, 이 사람……!

방금 전까지 노려보듯이 빤히 바라봐 오던 키타카제가 갑
자기 눈동자를 위아래 양옆으로 데굴데굴 굴리기 시작했다.
괴이한 광경이다. 설마 대관람차에서 멀미가 나서 눈을 돌리
고 있는 건가? 광속으로 돌던 커피 컵에서는 꿈쩍도 안 했던
사람이 ─?

"괘, 괜찮으세요?!"

"아, 실례. 당신을 너무 뜨겁게 바라본 나머지 모양체근이 굳어서 말입니다."

잘 풀어 줘야 해요 하며 눈앞에 세운 집게손가락을 앞뒤로 이리저리 움직이는 키타카제. 손가락을 쫓던 눈이 가운데로 몰린다. 뭔지 잘 모르겠지만 무서워. 두 눈이 가운데로 몰린 모습마저 무섭다니 굉장한 사람이야. 치사가 이상한 부분에서 감탄하는 사이 키타카제는 고개를 들었다.

"하나 물어도 될까요?"

그리고 여전히 두 눈이 가운데로 쏠린 상태로 물었다.

"초콜릿을 받았을 때부터 계속 신경이 쓰였던 건데, 미하루 씨는……. 그……. 저의 어디가……. 그……."

"좋으냐……고요?"

키타카제는 네 하며 몰려 있던 눈을 풀고 부끄러운 듯 고개를 돌렸다. 이 사람도 수줍어할 때가 다 있구나……. 아니, 지금은 그런 생각을 하고 있을 때가 아니지!

당신의 어디가 좋으냐고요? 그런 건 저도 몰라요. 왜냐하면 사실은 당신을 좋아하지 않으니까요—!

초콜릿의 진상을 이야기할 수만 있다면 얼마나 좋을까. 하지만 이야기할 수 있을 턱이 없다. 자칫 잘못하면 곤돌라가 지상으로 내려가기 전에 그보다 더 깊고 어두운 지옥으로 떠밀려 버릴 것만 같으니까. 분노와 광기에 휩싸인 마피아 키타카제가 내릴 벌을 상상하다가 몸을 떤 치사는

"키, 키타카제 씨는요? 저의 어디가…… 마음에 드셨나요?"

난감해진 나머지 반 톤쯤 높아진 새된 목소리로 그렇게 물었다. 교환 일기가 주된 교제라니 아무리 생각해도 평범하지 않은 일이지만, 어쨌거나 저 사람은 나를 좋아……하는 거지? 뭐, 엄청난 스케일로 놀리고 있는 거일 가능성도 있겠지만……. 부러진 힐이나 자기가 싫어하는 초콜릿을 준 데 대한 앙심을 품고 복수해 주겠다는 속셈일지도 모르지.

하지만 나도 참, 아무리 궁지에 몰렸다고는 해도 이런 걸 묻다니 ─.

벌써 몇 년이나 지난 그때 이후 처음이었다. 치사의 머릿속에 난생처음 사귀었던 남자 친구와의 기억이 스쳤다. 내 어디가 좋으냐고 물었더니 망설임 없이 얼굴이라고 즉답했던 더없이 질 낮던 남자의 기억이 ─.

너 이 자식! 당시를 떠올리자 짜증이 치솟았다. 이번에도 또 얼굴입네, 자랑할 수 있는 여자 친구가 어쩌고 하는 말을 들으면 아무리 상대가 키타카제더라도 네놈도 내 몸이 목적이냐~?! 소리치며 멱살을 잡아 버릴지도 모른다.

그 정도로 과거에 느낀 실망감이 짜증으로 되살아나 타오르고 있을 때

"당신의 어디가 마음에 드냐, 고요……?"

키타카제의 삼백안 깊은 곳이 희번덕 빛났다.

"몇 개까지입니까? 몇 개까지 말해도 됩니까? 한마디로는 도저히 다 표현할 수 없어요!"

헹? 하며 얼떨떨해하는 치사의 앞에서 흥분하며 몸을 앞으로 쭉 내민 키타카제는

"가장 먼저 꼽자면 상냥함이 넘치는 그 미소입니다! 대지를 비추는 태양처럼 따스한 빛을 받을 때면 마치 뼛속까지 녹아내려 버릴 것만 같습니다! 그것도 다 당신의 내면의 아름다움이 만들어 낸 업이겠지요. 당신은 야무지지만 가시 돋친 날카로움은 전혀 없고, 부드럽고 여성스럽게 사내에 자애를 내리는 그 모습은 그야말로 이 시대의 성모!"

손짓 발짓을 섞은 키타카제의 웅변은 점점 더 달아올랐다. 그는 놀라 눈이 휘둥그레진 치사를 노려보면서 더욱 격렬하게 떠들어 댔다.

"후배를 자상하게 살피면서도 본인의 일 또한 척척 해 나가는 그 늠름한 모습은 일본백경•에 등재하고 싶을 만큼 아름다워요! 마니악한 부분까지 언급하자면 업무 의뢰서나 교환 일기에 적힌 당신의 글씨도 좋습니다! 한 획 한 획 정성스럽게 완성시킨, 물 흐르는 것처럼 부드러운 필체에는 넋이 나갈 지경이에요! 전화 응대 업무를 할 때, 말을 시작하기 전에 후우 하고 한 호흡을 두는 그 찰나의 행위도 최고입니다! 이건 제 추측인데 그건 마음을 안정시키기 위한 의식적인 행동이죠? 불합리한 클레임을 들어도 감정적으로 대응하지 않고 냉정하며 적확하게 처리하기 위해 스스로를 다독이는 거

• 日本百景. 일본을 대표하는 100군데 경승지.

예요! 당신의 그 자세, 매우 존경합니다. 브라보~!"

미간을 찡그린 채로 바들바들 몸을 떨면서도 마니악한 사랑을 난사하는 키타카제. 그 올곧은 눈동자는 무섭기는 하지만 거짓 없는 반짝임으로 가득 차 있었다.

"아아, 매력적인 면이 너무 많아서 다 전할 수가 없군요……! 당신의 모든 것이 멋져요! 당신의 존재는 실로 100년 후에도 후대에 전하고 싶은 일본의 보물……. 아니, 세계유산에 등재시켜도 이상하지 않을 레벨입니다! 거, 거기 누가 유네스코를, 유네스코를 불러 줘~! ……아. 왜 그러시죠, 미하루 씨?"

반쯤 얼이 빠져 입을 다물고 있는 치사를 보며 키타카제가 고개를 갸우뚱했다.

"역시 요점을 정리해서 간결하게 대답하지 못하면…… 나, 나나나나남자 친구로서는 실격인가요? 흐아악, 남자 친구란 말을 해 버렸네! 흐하하하!"

헤벌쭉. 섬뜩한 미소를 지으며 입을 가리는 키타카제. 그런 그를 보면서도 치사는 아무런 대답도 하지 못했다. 상상하지 못한 뜨거운 고백에 그저 멍했기 때문이다.

이 사람 역시 틀림없이 전 남자 친구와 마찬가지로 외적인 부분에만 호감을 가졌을 거라고 생각했었다. 그런데 내면, 심지어 글씨와 습관까지 높이 평가해 준 것을 들으니 무의식 중에 마음이 찡해지고 말았다.

늠름한 모습도 전화 응대 업무도 사실은 그렇게 멋진 것이 아닌데, 그저 필사적으로 어른 레이디인 척하며 힘을 냈을 뿐이었는데. 그래도 똑똑히 봐 주는 사람이 있었구나, 헛된 노력이 아니었구나 싶어 왠지 대단히 기뻤다.

그렇게까지 빤히 관찰되고 있었다고 생각하니 조금 부끄럽고, 무섭기도 했지만…….

"이이런, 안 돼!"

두 사람을 태운 곤돌라가 잠시 후 정상에 다다르려고 할 때, 갑자기 자리에서 일어난 키타카제는 천장에 머리를 부딪치지 않도록 등을 굽히면서도

"데이트 일정을 제 마음대로 정해서 죄송합니다. 하지만 꼭 오늘이 좋았어요. 미하루 씨 생일이지 않습니까. 그래서 꼭 만나서 축하드리고 싶어서——."

코트 주머니에서 리본이 둘러진 작은 상자를 꺼냈다.

"해피 버스데이, 미하루 씨!"

이 얼마나 최고의 타이밍과 시추에이션인지.

아무에게도 축하받을 예정이 없었던 생일날에 예상치 못한 기쁜 말을 해 주더니 바로 다음 순간, 남루하지만 아름다운 밤의 시작을 맞이할 수 있는 대관람차의 정점에서 선물을 내밀어 오다니…….

——기습 공격이네.

두근, 심장이 떨렸다.

가슴속에서 고개를 숙이고만 있던 사랑의 아기 고양이가 불쑥 고개를 든 것이다.

세상에, 어떡해. 상대는 키타카제 씨인데 —.

"감사……해요……."

한숨 섞인 답을 한 뒤 선물을 받아 든다. 난감하네, 이상하게 의식이 되잖아. 자신을 지켜봐 오는 그의 시선이 묘하게 간지럽고 부끄럽다.

"열어 봐도…… 될까요?"

"그럼요, 실은 제가 직접 만든 겁니다. 처음 만든 것 치고는 잘 만들었다고 생각합니다만……."

"뭘까? 기대돼요."

진심으로 가슴이 설렌다. 길고 가느다란 상자 모양으로 보아 내용물은 목걸이일까? 요새 많잖아, 손수 만드는 액세서리 원데이 클래스 같은 거. 혹시 날 위해 그런 델 다녀와 준 걸까?

앞치마를 두른 키타카제가 공구를 들고 단단한 바탕쇠를 호쾌하게 가공하는 모습을 상상하자 갑자기 마음이 풀리기 시작했다.

어쩜 좋지, 나 이런 거 약한데. 날 위해서 열심히 만들어 준 거라면 아무리 서툰 솜씨로 만들었더라도 보는 순간 사랑을 느낄지도 몰라. 그럼 난 어떻게 되는 걸까—?

몇 년 만일까, 이렇게 가슴이 크게 두근거려 본 게……. 스르스륵 리본을 풀고 포장된 꾸러미를 열자 사랑의 아기 고양이가 야옹야옹 떠들어 대기 시작했다. 이제부터 뭔가가 시작될지도 몰라. 그런 예감이 들어 싱숭생숭해지는 것이다.

운명의 문을 여는 것처럼 살며시 상자의 뚜껑을 연다. 그
순간, 드디어 자신이 등장할 차례가 되었다며 두 눈을 반짝
반짝 빛내고 있던 사랑의 아기 고양이가—

털썩 쓰러졌다.

쓰러진 채로 미동도 않았다. 왜냐면, 왜냐하면 말이지. 상
자에 들어 있던 건 서툰 솜씨로 직접 만든 액세서리 같은 게
아니라—

"두루마리 족자였어. 키타카제 씨가 준 선물…….."

데이트를 마친 후, 늘 보는 다이닝바에서 에리코를 만난 치
사는 함께 넘노는 두루미 그림이 아름다운 붉은색 두루마리
를 바라보았다.

"생일에 손수 만든 두루마리 족자라니—. 완전 웃겨, 닌
자야 뭐야!"

칵테일글라스를 손에 들고 킥킥 웃는 에리코. 방금 전까지
남자 친구와 데이트를 하고 왔는지 오프숄더네크라인에 미니
길이의 니트 원피스를 입고 맨다리에 롱부츠를 신은 도발적
인 차림을 하고 있었다. 마냥 어리지만은 않은 나이에도 무
난하게 어울리는 점은 대단하다.

"미안, 너까지 데이트 일찍 마치고 올 필요는 없었는
데……."

그 후 믿을 수 없는 두루마리 등장으로 얼이 빠진 사이에
대관람차 타임은 종료. 유원지를 빠져나온 치사와 키타카제

는 가까운 역에서 깔끔하게 해산했다. 그 로맨틱하던 분위기는 어디로 사라진 걸까. 가볍게 얼이 빠져 있던 치사는 엉겁결에 에리코에게 연락을 해 버렸다.

'남자가 여자한테 두루마리를 주는 건 무슨 뜻이지?'

경험이 풍부한 에리코라면 그런 지식도 있지 않을까 싶어 물었던 것이다.

"괜찮아, 너랑 나 사이인데 뭘. 남자랑 친구 둘 중에 하나를 선택해야 한다면 당연히 재미있어 보이는 쪽을 골라야지! 그나저나 두루마리라니……. 크하하! 뭐라고 써 있어? 풀어서 보여 줘."

"보여 주는 건 괜찮은데…… 못 읽을걸?"

글자 그대로 두루마리를 돌돌 푸는 치사. 종이를 굴리듯이 펼치자 어딘가 동글동글한 느낌의 초서체 문장이 한 자 한 자 정성껏 적혀 있었다.

"이게 뭐야. 글씨체가 너무 독특해서 전혀 못 읽겠는데?"

"그럴 거라고 했잖아. 이거 마쿠라노소시• 서문인 모양이야. 읽을 수는 없지만."

키타카제가 대관람차 안에서 흥분하며 해설해 주었지만 두루마리를 선물 받았다는 임팩트가 너무 강한 나머지 내용은 전혀 머리에 들어오지 않았다.

"저기, 어떤 의도가 있어서 두루마리를 선물한 거라고 생

• 枕草子. 헤이안 시대의 수필집.

각해?"

"글쎄, 경문(經文) 필사가 취미인 거 아니야? 악행으로 황폐해진 마음을 정화하기 위해서 한다거나…… 뭐 그런 거. 그래도 두루마리 정도면 다행이지 않니? 손수 만든 단검 같은 선물을 받는 것보다는."

"단검……. 어울릴 것 같긴 하다, 키타카제 씨……."

맞아, 그렇게 여러 방면으로 위험한 남자인 키타카제 씨가 손수 액세서리를 만들어 줄 거라는 희망은 평범하게 생각해 보면 있을 수 없는 일이었어. 그런데 난 마구잡이로 가슴이 뛰던 그때 사고 회로에 이상이 생겨 버린 모양이야. 하지만 아무리 그래도 ─

"역시 두루마리는 아니지? 확실히 예쁘게 잘 만들긴 했지만 그래도 좋아하는 사람 생일에 선물할 물건은 아니잖아! 정말 그냥 날 놀리는 건가? 그 유원지도 데이트로 갈 만한 데가 아니었고……."

찜찜함을 느낀 치사는 주문한 오렌지 주스를 단숨에 들이켠다.

"널 놀리는 거면, 싫구나?"

킥킥 웃은 에리코가 꼬고 있던 다리를 요염하게 바꾸어 꼰다.

"넌 진심 아니잖아? 따져 보면 애초에 불행한 사건 때문에 시작된 일인데 잘되지 않는 편이 널 위해선 더 낫지 않아? 차라리 두루마리 같은 걸 선물하는 사람과는 사귈 수 없어요!

해 버리면 어때? 가볍게 찔리는 정도로 끝날 수도 있어."

"가볍게 찔리다니……. 난들 아무리 키타카제 씨가 무섭다고는 해도 이대로 관계를 지속할 수는 없는 노릇이니까 오늘도 진짜 사정을 고백하려고 마음먹었었는데……."

왜냐하면 키타카제 씨는 얼굴도 무섭게 생겼고, 소문도 이상한 것들밖에 없고, 소문만이 아니라 실제 행동도 충분히 이상해서 더 이상은 엮이고 싶지 않았었으니까. 분명 그랬었는데—.

"널 놀리는 거면, 싫구나?"

라는 에리코의 말이 묘하게 마음에 걸린다.

두루마리라니, 장난쳐?! 하고 가볍게 흘리지 못하는 까닭은 아주 한순간이나마 그에게 가슴이 설레 버렸기 때문이다. 그 지나칠 만큼 마니악한 뜨거운 고백이 거짓말이나 농담이었다면 싫다. 나의 어디가 좋으냐는 트라우마급 질문에 "한마디로는 도저히 다 표현할 수 없어요"에 "당신의 모든 것이 멋져요"라니, 키타카제는 뜻밖에도 그 옛날 치사가 원했던 말들만을 모두 전해 주었던 것이다.

선물이 두루마리라서 다행이야. 만약 그때 상자에 들어 있던 게 액세서리가 아니었더라도 로맨틱 지수가 높은 물건이었다면—대관람차 꼭대기의 마법까지 어우러져서 불현듯 사랑에 빠져 버렸을지도 모른다.

바보 같아. 조금 치켜세워 준다고 금세 가슴속의 아기 고양이가 움직였다고 착각해 버리다니—.

"진짜 두루마리라서 다행이다아~! 덕분에 눈이 떠지네! 도 대체 내 생일은 어떻게 안 거야? 잘~ 생각해 보니까 엄청 무 서워. 당신 어디 소속 첩보원이에요 싶고! 뭐, 범법자 느낌이 가득한 분이니까 어둠 속에서 손가락만 까딱해도 일개 회사 원의 정보쯤이야 쉽게 빼낼 수 있었겠지!"

"엄청 가시 돋쳤네, 삐쳤니?"

"삐치긴 누가 삐칩니까~! 알게 뭐야, 이런 거."

어서 시야에서 치워 버리려고 두루마리를 다시 상자에 넣 으려고 한 순간

"잠깐, 거기 뭐 들어 있는 거 아니야?"

에리코의 말에 확인해 보니 두루마리가 들어 있던 상자 바 닥에 하얀 봉투가 보였다. 상자를 받았을 때는 두루마리에 정신을 빼앗겨서 전혀 보지 못했던 봉투다.

"뭐지……?"

봉투 안에는 실버 볼러라는 밴드의 라이브 티켓이 들어 있 었다. 이름은 들어 본 적이 있지만 무슨 곡을 불렀는지는 모 른다.

"다음 데이트 신청인가 봐. 이 밴드, 여러모로 대단하다? 보컬만 립싱크를 하는데 인기가 많아서 티켓 구하기 힘들대. 잘됐네, 이건 놀리는 건 아닌 것 같다."

"놀리는 게…… 아니……라고? 정말?"

미야옹─. 가슴속의 아기 고양이가 귀여운 목소리로 운 듯한 기분이 든다.

"어머, 좋아?"

"따, 딱히 좋거나 그런 건 아니고. 두루마리보다는 라이브 가 낫네~ 싶은 거지 뭐. 저, 전혀 마음이 놓였거나, 그런 거 아닌데?"

치사가 무신경한 척 흐~음, 라이브라…… 하며 얼버무리 려 하자 에리코가 키득키득 야릇하게 웃는다.

"근데 이거 뭐, 두 번째 데이트부터 아주 적극적이네. 키타 카제 타츠오 씨."

"무슨 소리야? 잘나가는 밴드긴 해도 그냥 라이브 공연 인데?"

"일정 잘 봐 봐. 2월 27일 오후 7시 시작—금요일 밤이다? 퇴근 후 주말 데이트잖아."

에리코는 그렇게 말하고 글라스에 맺힌 물방울을 손가락으 로 스윽 쓸었다. 그 매끈한 손짓에 어딘가 묘한 색기가 돌 았다.

"석양 다음엔 일출을 봐야지. 아주 뜨겁고 긴 밤이 되겠어."

"야, 잠깐! 하지 마! 내가 그런 거 싫어하는 거 너 알잖아?"

치사의 머릿속에 전 남자 친구와의 최악의 기억이 스친다. 그런 경험을 한 후로 치사는 이성과 그런 사태가 발생할 것 같은 느낌을 받는 즉시 마음이 식었다. 상대가 제아무리 멋 진 사람이라도 말이다.

"그래도 막상 때가 오면 너 그 키타카제 씨를 거절할 수 있 겠니? 사귀자는 것도 거절 못했잖아."

"어, 어떻게든 할 거야! 전 남친에 대한 분노가 나를 강하게 만들어 줄 테니까! 게다가 주말 밤에 만난다고 꼭 그렇게 가리라는 법은 없잖아?"

"뭐어? 얘도 참, 또 중학생 같은 말 하네. 모르겠니? 상대는 이미 어른……이랄까, 아저씨야! 아무 일도 안 할 리가 없지. 어둠의 세계에 몸담았을 시절에도 다양한 경험을 해 봤을걸? 틀림없이 어마어마한 테크닉으로 정보원 언니들을……."

"싫어어어~! 듣고 싶지 않아, 상상하고 싶지 않~아악!"

두 귀를 막으며 고개를 가로젓는 치사를 향해 긴 속눈썹을 깜빡거리며 "그거 질투야?"라고 묻는 에리코.

"아니~라고! 아주 살짝 기분이 나빴던 건 경박한 행위 그 자체가 떠올랐기 때문이고, 키타카제 씨가 누구랑 무슨 일을 하든 나랑은 상관없어. 질투 같은 거 안 한다니까!"

그래, 오늘 가슴이 설레었던 건 그저 마음이 아주 잠시 갈 피를 잃어버렸었기 때문이야. 거기에 대관람차의 꼭대기 효과도 작용했을 테고. 맞아, 생각해 보면 이건 좋은 기회야. 만약 키타카제 씨가 이상한 짓을 해 오면 그 즉시 이별을 통보하겠어. 이런 이상한 관계를 깔끔, 상쾌, 통쾌하게 끝내 버릴 거야!

손에 쥔 티켓을 바라보면서 마음속으로 강하게 맹세하는 치사였다.

☆

"아아, 마치 꿈같은 하루였어······."

기념할 만한 생애 첫 데이트에서 무사 귀환한 타츠오는 분무기를 들고 거실의 화초들에게 물을 주고 있다. 언제나 우아한 카틀레야에게서는 헤어진 지 얼마 안 된 미하루의 모습이 겹쳐 보였다. 꼿꼿이 선 바른 자태로 피워 낸 꽃잎의 일부는 프릴처럼 파도치고 있다. 늠름하면서도 보드라운 매력을 모두 갖춘 미하루를 꼭 닮았다.

"기다리렴, 너에게도 줄게."

카틀레야에게만 너무 뜨거운 시선을 보내고 말았다. 타츠오는 옆에서 불만스럽게 기다리는 함수초에게도 숙숙 분무를 시작했다. 자극이 과하면 기운을 잃는 종이기 때문에 되도록 이파리를 피해서 분무한다. 촉촉한 물방울들에 몸을 적시며 살랑살랑 그 몸을 흔드는 함수초의 모습은 어딘가 기뻐하며 "고마워"라고 말하는 듯 보인다. 귀여운 녀석.

얼굴에 미소가 떠오른 순간 "어라—? 타츠오 벌써 집에 왔네—!"라면서 리이나가 거실 문을 열고 들어왔다.

"오늘은 내가 먼저 온 줄 알았는데—. 데이트, 역시 실패했구나?"

"역시가 뭐야, 역시가. 데이트는 순조롭게 마무리됐어. 봄의 시냇물처럼 부드럽게 말이지."

처음에는 긴장이 돼서 날씨 얘기에 의지하기도 했고, 어색

해서 이어지지 않는 대화를 하기도 했지만 결과적으로는 미하루를 향한 용솟음치는 마음을 전력을 다해 표현해 냈다. 교환 일기도 좋지만 남자로서 직접 좋아한다는 마음을 전하고 싶었던 것이다.

"말주변이 서툰 사람도 절절히 생각하는 일은 의외로 술술 얘기를 하는 법이거든. 자화자찬해도 될 만큼은 잘 하고 왔어."

"뭐~야, 재미없게~. 틀림없이 공덕을 쌓아 준다는 수정이든 항아리든 뭐 하나는 강매당해 와서 우울해하고 있을 줄 알았더니. 그 사람이 고액의 선물을 요구하거나 하진 않았어?"

"고액의 선물을 요구한 건 리이나 너잖아? 무슨무슨 구두가 어쩌네 하면서."

"에헤헤, 그랬네."

삐죽 혀를 내민 리이나는 소파에 털썩 앉고는

"생일 선물 잘 전해 줬어? 어때, 내 조언이 딱이었지?"

말하며 의기양양하게 빙긋 미소 짓는다. 오늘이 미하루의 생일이란 걸 알아차린 건 리이나였다. 미하루의 기사가 실린 사내보에 적힌 간단 프로필을 발견해 냈던 것이다. 쇼와 63년 2월 22일 출생이라고──.

"먼저 들이대는 자에게 승리가 온다! 석양이 비치는 대관람차──그것도 곤돌라가 꼭대기에 도달하는 멋진 순간에 선물을 건네고 키스해 버려!" 그렇게 조언해 준 것도 리이나였다.

"미하루 씨 반응은? 좋아했어?"

"아주 호평이었어. 감격해서 말도 안 나오는 듯한 모습에 나도 또 마음을 빼앗겨 버렸어."

"어, 그렇게까지? 뭐 좋아해 줬다면 조언한 보람이 있긴 하지만……."

"그래, 너의 선택은 틀림이 없었어. 역시 오랜 세월 사랑받고 있는 작품인 만큼 마쿠라노소시는 명작이야. 나도 다시 한 번 잘 읽고 싶어졌어."

"응…………?"

마네킹처럼 굳은 리이나가 살며시 고개를 갸웃한다.

"저기 타츠오, 미하루 씨한테 뭘 줬어…………?"

"뭐긴, 네 조언대로 두루마리……."

"두, 두루마리라는 게 설마 진짜 그 두루마리 족자? 돌돌돌 밀어서 열면 남몰래 전하는 비법 같은 게 적혀 있는 그거?!"

우와악— 하며 믿을 수 없다는 듯 놀라는 리이나를 보자 "자……잘못한 거야?"라며 이번에는 타츠오가 굳는다.

"하, 하지만 리이나 네가 그랬잖아? '조금 멋스럽게 둘리는 게 좋아, 봄은 새벽하늘빛—!'이라고! 그래서 이 오빠는 두루미가 춤추는 모습이 그려진 아름다운 전통 종이를 가공해서 제작한 두루마리에 마쿠라노소시의 서두•를……."

"잠깐만! 내가 추천한 건 진짜 두루마리 족자가 아니라 패션을 말한 거야! 머플러는 이제 들어갈 계절이지만, 스톨이

• 마쿠라노소시의 서두는 '봄은 새벽하늘빛春はあけほの'이라는 문장으로 시작한다. 리이나가 말한 새벽하늘빛あけほの은 일본의 전통 색상 중 하나로 노란빛이 도는 연분홍색을 가리킨다.

나 숄은 초봄에도 유용하고 갑자기 선물 받아도 부담이 적으니까 추천한 건데! 해가 지면 추우니까 곤돌라 안에서 둘이 스톨 하나를 함께 두르고 몸을 녹이는 것도 괜찮겠다 싶어서 훌륭한 제안을 해 줬더니이―."

푸우―! 하며 입술을 댓 발 내민 리이나가 앉아 있던 소파에 풀썩 드러눕는다.

"타츠오는 생각 외로 남의 얘기를 안 들어. 옛날부터 야무진 것처럼 보여도 툭하면 이상한 방향으로 앞서간다니깐."

"아니 그래도 결과적으로는 좋았다니까? 요즘 역사학을 즐기는 '역사녀'라는 여성들이 늘고 있다고 하던데 미하루 씨도 아마 그 흐름을 탄 게 아닐까……. 아아, 천만다행이다."

"타츠오도 이상하지만 그 미하루 씨라는 사람도 참 그렇다……. 그래서, 키스는? 대관람차에서는 입맞춤을 빼놓을 수 없는데."

삐죽 내밀고 있던 입술을 우―하고 오므리는 리이나.

"그게…… 너무 신이 나서 나도 모르게 마쿠라노소시에 대한 지식을 전부 설명하는 바람에 말이야. 아쉽게도 타이밍을 완전히 놓쳐 버렸어……."

"바보같이―. 그럼 진짜 승부는 다음 주 금요일이네―."

"그렇게…… 되려나. 고맙다, 힘들게 구한 티켓일 텐데."

라이브 공연에 함께 가자는 제안을 해 준 것도 리이나였다. 잘은 모르지만 젊은이들에게 압도적인 지지를 받는 밴드인 모양인데, 공연 티켓은 발매 후 5분 안에 매진된다고 한다.

오빠를 생각하는 마음이 지극한 리이나가 그렇게 귀한 티켓을 양보해 준 것이다.

"괜찮아―! 친구 것까지 두 장 사 뒀는데 걔가 다른 일이 생겼대. 오히려 티켓을 사 줘서 내가 고맙지―. 게다가 나에겐 미셸 로잘……이 아니라 오빠가 더 중요하니까!"

오빠가 아니라 구두를 생각하는 마음이었을 뿐이었구나.

"아, 아침에 들어올 거면 낮까지 천천히 놀다가 펌프스 사 가지고 와도 돼! 어서 와라, 와라, 미셸 로잘리!"

"이 어리석은 녀석! 시집도 안 간 처녀와 하룻밤을 함께 한다는 건 언어도단 행위야!"

"뭐야 그게, 타츠오가 미하루 씨 아빠야―? 설마 타츠오, 거기까지 메마른 건……."

손으로 입을 틀어막으며 불쌍하다는 눈빛으로 바라봐 오는 리이나. 야, 하지 마. 굳이 말은 하지 않겠지만 아직 건강해!

"그래도 저기―, 미하루 씨 아마 이미 경험 있을 거거든? 오늘 스물일곱 된 사람이 그동안 마냥 순수한 연애만 해 왔을 수는 없는 거니까."

"그그그! 그렇다고 해서 가벼운 마음으로 접근해도 되는 건 아니야! 그그, 그런 일은 남자로서 미하루 씨의 마음을 제대로 얻은 뒤에……."

"에이―. 그런데 미하루 씨는 바라고 있다면 어쩔 거야―? 타츠오가 유혹해 주기를 기다리고 있을지도 모르잖아―? 접근하지 않는 게 오히려 실례일 수도 있어!"

애써 진중함을 고수하고자 하는 타츠오의 귀에 악마의 속 삭임이 들려온다.

"뭐 어때~, 모든 건 흐름이야. 공연 끝나고 분위기가 좋 아지면 그대로 흐름에 몸을 맡기면 돼. ──그리고 집에 올 때는 미셸 로잘리의 펌프스 사 오고!"

야, 결론이 이상하잖아. 이 소악마!

4장 왕자님은 삼백안

"아~, 어떡해. 뭐라고 답을 해야 하지 ──?"

기이한 유원지 데이트 다음 날인 월요일, 야근을 마치고 바로 집으로 돌아온 치사는 홀로 테이블 앞에 앉아 낮게 절규했다.

테이블 위에 놓인 것은 붉은 교환 일기장. 오늘 아침, 키타카제로부터 돌아온 물건이다. 여전히 만나면 기상 정보만 이야기하는 그의 태도는 무척이나 담백해서 대관람차에서 마니악한 사랑을 외치던 때의 에너지는 손톱만큼도 느껴지지 않았다.

지금 생각하면 그건 전부 꿈이었는지도 모른다. 이제 이상하게 의식하는 건 관두자. 두루마리 같은 희한한 선물도 나쁜 꿈이 보여 준 장난이었을 거야. 그렇게 결론짓고 수첩을 열자

'두루마리, 사용해 주고 계시는지요?'

라는 의미 불명한 동글동글한 글자가 치사를 당혹시켰다.

"사용해 주고 계시냐니, 그걸 어떻게 사용하라는 거야? 목걸이 대신 목에 걸고 다닐 수도 없고……."

내용을 즐길까 해 보아도 그 초서체는 독해가 불가능했다. 테이블 끝에 놓인 두루마리를 흘깃 바라본 치사는 털썩 어깨를 떨군다.

역시 날 놀리는 건가? 애초에 그 얼굴로 이런 동글동글한 글씨를 쓰다니, 이건 완전 악질 장난질이 맞는 거지? 흐릿흐릿. 가슴속에는 안개 주의보가 발령된다. 하지만—

'죄송합니다. 마쿠라노소시의 상세 정보 설명에 열중하느라 말씀드리는 걸 잊었는데 이번 주 금요일에 함께 실버 볼러의 라이브에 가지 않겠습니까? 잘 만들어지긴 했어도 수제 두루마리만 선물하기엔 부족한 듯해서 공연 티켓을 함께 넣었습니다. 벌써부터 금요일이 기대됩니다.'

추신으로 적힌 말에 치사의 마음속 안개가 싸악 걷힌다. '기대됩니다'라는 부분이 대단히 약동적인 필적인 것이 왠지 귀여웠다.

"흐~응, 기대가 되는구나. 흐~응."

일기에서는 말도 잘하네……. 투덜거리지만 왜인지 입가에는 미소가 번졌다.

냐앙—. 치사는 다시금 고개를 들려고 하는 아기 고양이의 머리를 황급히 꼭꼭 눌러 내린다.

안 돼, 안 돼. 상대는 그 키타카제 씨라고. 아무리 가슴이 설렜었대도 그건 잠시 판단력이 흐려졌던 것뿐이야.

마음을 다잡은 치사는 이렇게 쓰면 되려나 하며 일기에 대답을 적는다.

'선물로 주신 두루마리는 아까워서 도저히 못 쓸 것 같아요.'

그 후로도 키타카제와의 별 내용은 없는 교환 일기가 어찌 어찌 이어졌다. 하지만 회사에서는 딱히 대화도 하지 않는 이상한 관계가 계속된 채로 어느새 벌써 금요일—공연 데이트 당일의 아침을 맞았다.

일찌감치 출근한 이유는 격무가 예상되는 주초에 대비하기 위해서이며, 데이트 전까지 일을 수월하게 마치기 위한 것이 아니다. 여느 금요일보다 더 빨리 출근해 버렸지만 그건 여러 가지로 할 일이 많기 때문이다. 그러니까 그게…… 음력설이 지나 중국으로 가는 출하가 재개되는 시점이니까!

스스로에게 그렇게 다짐시키면서 치사는 컴퓨터 모니터를 향해 앉았다. 아침부터 눈앞이 흐릿한 것은 수면 부족 때문이다. 연일 계속된 야근으로 현재 피로도는 최고 수준. 하지만 어젯밤에도 오늘 저녁 약속이 신경 쓰여 좀처럼 잠들지 못했다.

키타카제 씨가 조금이라도 이상한 짓을 해 온다면 곧바로 레드카드를 줄 거라고!

그런 생각을 하면서도 키보드를 두드리는 손은 멈출 수 없다. 시간 도둑이 난동을 부리기 전에 조금이라도 더 일을 빨리 해 둬야 해. 막 그런 생각을 한 시점에

"선~배. 이거 어떻게 하는 거였지?"

업무 시작 시간에 아슬아슬하게 맞춰 출근한 모모하라가 바로 치사의 시간을 훔치러 왔다.

와~우. 그거 어제도 그저께도 그그저께도 설명했던 거잖아?

여전히 메모를 하지 않는 모모하라를 향한 언짢은 마음이 사라지지 않는다. 하지만 어중간하게 화를 내면 또 과장의 지적질이 날아오겠지. 더 이상은 주의를 줄 시간조차 아깝다고 느낀 치사는 신고 있는 펌프스를 흘깃 보며 어른 파워를 장전한 다음 "그건 말이지……"라며 앵무새처럼 어제와 같은 말을 반복했다.

"끄, 끝났다…………!"
업무 종료 시각인 오후 6시 정각, 오늘 해야 할 모든 업무를 정시에 마친 치사는 스스로의 업무 능력에 감탄한다. 때때로 모모하라에게 시간을 빼앗기면서도 다른 후배들의 치다꺼리도 빠뜨리지 않았고, 컴퓨터를 제대로 다루지 못하는 과장의 컴퓨터 상황도 챙겼고, 영업부와의 회의에도 참가했으며, 그런 한편 자신에게 맡겨진 일들도 완벽하게 처리해냈다. 성난 파도처럼 밀려드는 업무량과 수면 부족 때문에 이제는 머리가 뱅글뱅글 돌 지경이다. 앉아 있기만 해도 뱃멀미를 하는 것처럼 흔들림을 느꼈다.
"오늘은 나 이제 퇴근할 건데 다른 사람들 괜찮아?"
확인을 하자 "괜찮습니다." "고생하셨습니다!"라는 후배들의 든든한 목소리—를 감쪽같이 묻을 기세로 "어—, 미하루 선배 벌써 퇴근하시는 거예여—?" 모모하라가 김빠지는 목소리를 높인다.
"오늘까지인 건 선배한테 패스하려고 했는데—!"

"왜 매번 이 시간에야 그런 말을 꺼내는 거야."

"그야 미하루 선배는 늘 남으니까 야근 좋아하시나 보다 싶었져. 정시 퇴근을 잘 안 하시니깐여—. 설마~ 지금 데이트 가시는 거예요~?"

"쓸데없는 질문은 안 해도 돼. 좋아, 밀린 건들 이쪽으로 돌려 줘."

재빨리 정리하면 공연 시간까지는 맞출 수 있어. 빨리 서류 줘 하고 손을 뻗지만

"됐어여. 미호, 오늘은 별 약속 없으니까 스스로 할게여. 선배 오랜만에 가는 데이트잖아여—? 약속 펑크 내면 진짜로 시집 못 가실걸여?"

"아하하, 고맙다……. 그래도 너 혼자는 힘들잖아?"

"안 그래여. 미호는 젊으니까 아직 체력도 짱짱하고여~! 선배랑 다르게!"

하나하나 신경을 거스르는 어법이지만 웬일로 의욕을 내보이는 모모하라.

"그, 그렇구나—? 하지만 오늘은 내가 할게."

얼굴을 경련하면서도 웃는 얼굴을 만들어 보인다. 기한이 아슬아슬한 일을 모모하라에게 맡길 수는 없는 노릇이고, 맡기고 싶지도 않았다. 모모하라가 작성한 서류를 확인 없이 돌리는 건 자살 행위다. 만약 무슨 문제가 있으면 뒤처리로 정신없어지는 건 치사이기 때문이다. 그러느니 처음부터 내가 해 버리는 게 낫겠다는 마음에 반쯤 억지로 일을 맡으려고

했지만

"꺅! 살인마가 이쪽을 들여다보고 있어여~!"

모모하라가 갑자기 나지막한 비명을 질렀다. 설마……? 하고 모모하라의 시선을 쫓으니—

보고 있어! 오페라글라스 너머로 키타카제 씨가 이쪽을 보고 있어……!

키타카제는 "미하루 씨, 나갈 시간이에요!"라고 말하는 것처럼 날카롭게 벽시계를 손가락으로 가리키고 있다.

"저 살인마, 선배 보고 있는 거 아니에여?"

살인마라니 너무 심한 얘기를 듣네, 키타카제 씨……. 그렇게 생각하면서도 둘의 관계를 알리고 싶지는 않았던 치사는 "그, 그렇지 안하! 실내 조류 관찰이라도 하고 있는 거 아니야? 어디 보자, 어디 난폭한 제비라도 와 있나~?"

궁색한 핑계를 뒷받침하기 위해 천장을 두리번두리번, 치사는 있을 턱도 없는 제비 둥지를 찾는다.

"어—, 근데 이쪽에 손을 흔드는데여? 완전 미하루 선배 보는 거 맞는 거 같아여—."

키타카제가 높이 든 양손을 호들갑스럽게 교차하며 흔들어 온다. 살짝 구조를 기다리는 사람처럼 보인다. 날카롭게 번뜩이는 눈동자로 "미하루 씨, 빨리 준비해 주세요!"라고 재촉하고 있다.

뭐야 진짜, 회사에선 항상 건조하게 굴더니! 데이트 상대가 키타카제라는 사실이 알려지면 무슨 소리를 듣게 될지 상상도 가지 않는다.

모모하라의 얼굴을 잡아서 자기에게 향하게 돌린 치사는 본의 아니게 모모하라에게 뒤를 부탁하고 맹스피드로 퇴근 준비를 시작했다.

에리코가 "이 밴드, 여러 모로 대단하다?"라고 말했던 만큼 실버 볼러의 라이브는 최고로 펑키했다. 처음에는 '보컬만 립싱크를 한다니 그냥 입만 뻥긋하는 거잖아?'라고 우습게 여겼지만 막상 곡을 들어 보니 입만 뻥긋거리는 레벨의 이야기가 아니었다.

"그거 정말 완벽한 더빙이었죠? 심지어 엄청난 미스캐스팅! 귀여운 홍일점 여자 보컬이 그렇게 할아버지처럼 쉰 목소리로 노래하다니!"

공연이 끝난 후 늦은 저녁 식사를 하러 들어간 이탈리안 레스토랑에서 치사와 키타카제는 실버 볼러의 퍼포먼스를 돌이켜본다.

"저도 놀랐습니다. 실은 이번에 처음 본 거라서……."

그렇게 고백한 키타카제는 파스타를 먹던 손을 멈추고 "밴드 이름의 실버는 은이 아니라 노인의 목소리를 가리킨 거였네요" 하면서 감탄한 듯 고개를 끄덕인다.

"볼러의 뜻은 바로 그 자체였고요! 베이스 주자가 피크가 아닌 볼링공을 들고 있는데 그래도 연주가 라이브였다니 너무 귀신같아요—! 대체 어떻게 소리를 내는 건지 마지막까지 미스터리였어요. 곡들 사이에 정말로 볼링을 시작하기도 하고, 밴드 이름에 거짓은 없다는 느낌이었어요!"

"그건 분명히 진짜 보컬을 쉽게 하도록 한 기묘한 계책이었을 겁니다. 나이 탓인지 샤우팅할 때마다 숨이 찬 것 같았거든요."

"듣고 보니까 볼링 중에는 여자 보컬도 평범하게 말을 했었네요. 꺄ㅡ, 스트라이크~ 이렇게 높은 목소리로!"

"네, 외모와 똑같은 목소리에 오히려 더 당황스러웠어요. 노래할 때는 소울이 넘치는 갈라진 목소리로 돌아오길래 안심했습니다. 중독성 있는 샤우팅이었어요."

막힘없이 술술 이야기하는 키타카제. 공연을 보고 나온 흥분 덕분에 두 사람의 대화가 모처럼 달아오른다. 새삼스럽게 바로 이게 데이트라는 느낌이 든다. 하지만 그런 생각을 한 것도 잠시, 식사를 마칠 즈음에는 할 얘기도 사라져서 갑자기 고요해진다.

주머니에서 물티슈를 꺼내 유원지 때처럼 집요하게 지문 은폐를 시작한 키타카제는

"내일은 맑겠지만 월요일에는 날씨가 나빠질 겁니다."

기상 정보가 떠올랐는지 나직이 중얼거렸다. 전처럼 도망쳐 버리고 싶을 만큼 무섭지는 않지만 확실히 이상한 사람이긴 해……

물티슈 때문에 까칠까칠해진 키타카제의 손을 보며 치사는 생각했다.

이 가게에 들어올 때도 그 수수께끼의 스프레이를 마구 분사해 대는 바람에 혹시 누가 신고를 하지는 않을지 등골이 서늘했다.

이래저래 하는 사이 주문 마감 시간이 다가왔다. 나비넥타이를 맨 웨이터가 테이블마다 돌며 "다른 주문 없으십니까?"를 묻고 있다.

이다음은 어떻게 하지……? 불편한 침묵 속, 치사는 손목시계를 확인했다.

──열 시 반이구나…….

에리코 때문이다. 이대로 분위기가 이상한 방향으로 흐르지 않을까 하는 불안이 갑자기 머리를 스쳤다. 하지만 시계를 보니 그보다 더 마음에 걸리는 일이 있었다. 회사에 남기고 온 모모하라다.

남아 있던 일은 잘 정리했을까……? 키타카제와의 관계를 알리고 싶지 않아서 엉겁결에 모모하라에게 맡기고 와 버렸지만 솔직히 매우 마음에 걸린다.

오늘까지 마쳐야 하는 일은 주초 통관 건이지……? 몇 건이나 남았더라? 제대로 확인하고 왔으면 좋았을걸. 월요일엔 일찍 출근해서 모모하라가 만든 서류를 확인한 다음에 만약에 부족한 내용이 있으면 긴급으로 서류를 다시 보내고……, 아냐, 그럴 시간이 있을까? 선적 부킹이나 화물 반입 수배는 제대로 해 놨겠지?

지난번처럼 도착지를 틀린 채로 처리해 버린 건 아니

겠지……? 안 돼, 우리 상품이 아무도 수취할 수 없는 나라로 수출되어 버릴지도 모르잖아—?

한번 시작하자 꼬리에 꼬리를 무는 생각 때문에 불안이 소용돌이친다. 이런 상태로 주말을 보내는 건 도무지 내 멘탈이 못 견딜 거야!

"키타카제 씨, 죄송해요. 저 회사로 돌아가야겠어요! 조금…… 아니, 꽤 걱정스러운 건이 있어서요!"

안절부절 못한 치사는 기세 좋게 말을 꺼냈다. "이런 시간에 말입니까?" 하며 키타카제는 휘둥그레진 삼백안으로 바라본다.

"지금 돌아가도 회사에 도착하면 11시가 넘을 텐데…… 벌써 다들 퇴근하지 않았을까요?"

"괜찮아요. 해외 영업과 직원들은 아직 있을 거예요. 우리 회사, 꽤 늦게까지 사람들이 집에 안 가거든요. 막차 시간에도 연연하지 않고……."

"막차……. 항상 그렇게 늦게까지 남아 계십니까?"

"믿을 수 없군"이라며 키타카제가 이맛살을 찌푸린다. 여자가 되어 가지고 일만 하느라 몸도 마음도 메마른 것이라는 생각을 하는지도 모른다. 과장도 근태표를 확인하면서 늘 그런 말을 하니까. 이렇게 야근만 하니까 혼담이 찾아오질 않는 거예요—라고.

하지만 어쩌겠어. "이러니까 유토리는"이라거나 "이러니까 여자는" 같은 말을 들으며 뒷손가락질당하고 싶지 않으니까 아무리 힘들어도 완벽하게 일할 수밖에 없잖아.

"저희 과는 믿을 만한 선배들이 다들 나가셔서 여러모로 일손이 부족해요."

"대신에 신입 사원들이 배속되었잖습니까? 뭐랄까, 그 조금 기발한……."

키타카제가 머리 양옆으로 양손을 올리며 트윈테일을 재현했다. 모모하라 말인가?

"그 조금 기발한 애가 문제가 있어서요. 그 친구는 아직 일을 1/2 사람 몫도 제대로 못…… 아니, 어쩌면 1/10 사람 몫도 안 될지 몰라요. 어쨌든 일을 맡길 만한 상태가 아니에요. 지금 돌아가려는 것도 그 후배가 엮인 건 때문이고요……."

"1/10명 몫에도 못 미치다니……. 확실히 그건 힘겹겠네요."

쓴웃음을 지은 키타카제는 "아, 그래도……"라며 무언가에 생각이 미친 것 같은 얼굴로

"요즘 신입 사원이라면 그분도 유토리 교육이 한창이던 때에 학교를 다녔겠군요. 그렇게 생각하면 불쌍한 마음도 듭니다."

뭐야 그 말? 남들을 내려다보면서 동정하는 건가? "이러니까 유토리는"처럼 무조건적으로 부정당하는 것도 싫지만 "유토리는 멍청해서 불쌍해"라고 일방적으로 단정 짓고 동정하는 사람은 그 몇 배로 싫거든요!

불쾌한 기분에 치사는 뾰로통해진 표정으로 입을 다문다. 하지만 그 후 키타카제가 이어 간 말은 상상했던 것과는 전혀

달리—

"회사 측에 없지요. 그들을 받아들여 줄 만큼의 여유가."

"회사 측……에요……?"

"네. 우리 회사는 제가 입사했을 당시에도 결코 경기가 좋지는 않았지만 지금보다는 어느 정도 더 여유가 있었어요. 신입 연수 기간도 길었고, 여러 가지를 가르쳐 주었죠. 회사 전체가 신입 사원들을 지금보다도 따뜻한 눈으로 지켜봐 주었어요. 뭐, 제 경우는 얼굴이 얼굴이다 보니 모두에게 더없는 공포의 대상이었지만……."

웃어도 되는지 대처가 난감한 농담도 섞어 가면서 키타카제는 말을 이었다.

"그런데 지금은 입사와 동시에 곧바로 전투력을 요구합니다. 불경기로 인원을 삭감한 만큼 회사에서는 신입을 키울 여유가 사라져 버린 거예요. 그런 점에서는 불쌍하다고 생각하지 않으십니까? 모처럼 여유를 갖고 성장한 세대인데 일을 즐길 여유를 가질 수 없다니."

그렇게 이야기하는 키타카제의 얼굴은 여전히 박력이 넘쳤지만, 그래도 어딘가 자상해 보였다. 의외의 일면을 마주하자 순식간에 마음이 풀어졌다.

"감사해요. 그렇게 말해 주셔서 마음이 조금 편안해졌어요. 저도 어쨌든 유토리 세대라서……."

자연스럽게 미소를 띤 치사가 꾸벅 고개를 숙였다.

"그럼 그런 고로 저는 여기서 실례할게요."

인사를 마치고 가방과 코트를 들고 자리에서 일어선 순간, 핑글 현기증이 일며 다리가 휘청거렸다.

아, 안 돼. 공연 후 흥분으로 싹 잊고 있었지만 치사는 제법 오랫동안 쌓인 피로와 수면 부족으로 꽤 지쳐 있었던 것이다.

"괜찮습니까, 미하루 씨? 얼굴색도 좋지 않은 것 같은데 지금 회사로 돌아가서 일을 하겠다는 건 너무 무모한 게 아닐지."

"그래도 꼭 해야 해요. 저는 어른이니까요!"

리스크를 알면서도 못 본 체하는 무책임한 짓을 할 수는 없다. 다루기 힘든 후배의 치다꺼리조차도 완벽하게 해내 보여야 해! 그런 마음으로 하이힐의 마법을 빌리기 위해 시선을 떨군 순간—

콰광 시야가 일그러지더니 다시금 팽그르르 세상이 돈다.

"이미 휘청휘청하잖습니까. 아무리 일을 위해서라고는 해도 이렇게 무모한 행동은 어른이 아닌 어린애들이나 할 일이에요. 아무리 해도 마음이 쓰인다면 다음 주에 일찍 출근해서……."

"안 돼요, 월요일 아침엔 안 그래도 바쁜데! 게다가 무슨 문제라도 생겨서 출근 시간에 전철이 멈춰 버리면 어떻게 해요. 타기 전이라면 최악의 경우 택시라도 탈 수 있겠지만, 전철 안에서 멍하니 기다릴 수밖에 없으면 어떻게 해요? 괜히 마음을 졸일 바에는 오늘 가서 마무리해 두는 편이 좋지 않나요?"

필사적인 호소에도 키타카제는 고개를 가로저었다. 어떻게 설명해야 알아줄까? 치사는 어질어질한 머리를 돌리며 그도 납득할 수 있을 만한 장대한 이유를 찾았다.

"그럼, 그러면 만약 월요일에 엄청난 자기폭풍(磁氣暴風)이 일어나면 어떻게 하죠? 컴퓨터가 다 고장 날 정도의 수준으로요. 자료 복구하느라 시간을 들어서 통관 시간에 맞추지 못하게 되면, 그래서 물품을 빠뜨리게 되면……."

"그 정도로 대규모 자기폭풍이 일어나면 다들 일하고 있을 때가 아니죠. 통관은 고사하고 선적 작업도 멈추지 않겠습니까?"

가볍게 흘려들은 키타카제는 자기 짐을 들고 일어서더니

"그런 것보단 어서 쉴 수 있는 곳으로 갑시다."

라면서 치사의 팔을 잡고 억지로 계산대까지 데리고 갔다.

어, 어어, 잠깐! 그런 거라니 뭐야! 레이디에겐 양보할 수 없는 프라이드란 게 있거든요! 아니, 그보다도 쉴 수 있는 곳이라니, 설마 그건―!

"아주 뜨겁고 긴 밤이 되겠어"라던 에리코의 말이 뇌리를 스친다.

"아, 안 돼요 그런 건 절대로 안 돼!"

치사는 비틀거리면서도 결사반대하는 자세를 취했다. 그러나 쨍하며 날카로운 눈을 빛낸 키타카제는 재빨리 계산을 마친 다음 치사의 팔을 끌고 가게 밖으로 나오더니 "헤이, 택시!" 하며 지나가는 차를 불러 세웠다.

"자, 타세요. 미하루 씨!"

택시 문이 열린 순간, 뒤에서 퉁 하고 등을 떠미는 키타카제의 손길.

"자자자, 잠깐만 기다려요! 곤란해요, 전 그런 건……!"

이, 이거 그거지? 이대로 호텔이나 키타카제 씨네 집 같은 곳으로 끌려가는 그거 맞지……?

역시 키타카제 씨도 그런 목적이었던 거야, 싫어어어~!

치사는 내가 탈 줄 알고? 하며 필사적으로 저항했지만 휘청거리는 몸은 쉽게도 차내로 밀어 넣어졌다―.

"미안해요, 키타카제 씨…….."

꼿꼿이 허리를 펴고 바르게 앉은 치사는 낮게 고개를 숙인다.

당신과 그런 일은 할 수 없어요. 설령 서로를 찔러 죽이는 결말이 오더라도 순결만은 지키겠어요!

……라는 의미로 사과하는 것이 아니다. 왜냐하면 여기는 호텔도, 키타카제 씨의 집도 아닌 우리 집이니까.

치사는 자택의 테이블 앞에 홀로 앉아 키타카제에게서 받은 두루마리 앞에 고개를 숙이고 있었다.

이상한 오해를 해서 정말 미안해요, 키타카제 씨―라고.

그 후에 억지로 택시 좌석에 앉혀진 치사는 어질어질거리는 머리를 누르면서도 빈틈을 타 도망칠 생각을 굴렸지만, 그럴 필요는 전혀 없었다.

"이분 집까지 부탁합니다. 회사로 가자고 하면 단호하게 거부해 주세요."

택시 밖에 서서 우두커니 상반신만 내밀고 운전수에게 이야기한 키타카제는 지갑에서 만 엔짜리 지폐를 꺼내 치사의 손에 쥐여 주고는

"여유는 필요합니다. 회사는 물론 지금 미하루 씨에게도. 오늘은 편히 쉬어요."

그 말만 남기고 어두운 밤 속으로 녹아들듯 떠나갔다.

키타카제 씨, 나에게 마음을 써 준 거였어……. 그런데 난 이상하게 오해해서 키타카제 씨 저질!이라고 생각했다니.

스스로의 어리석음과 생각의 얕음이 죽고 싶을 정도로 부끄럽다. '택시비도 다음에 갚아야지' 치사는 두루미가 노니는 붉은 두루마리를 바라보면서 깊이 반성한다.

택시를 타고 집으로 이동하는 거리에조차 온몸이 휘청거렸다. 냉정하게 생각해 보면 그런 상태로 제대로 일을 할 수 있을 리가 없다. 그대로 키타카제를 뿌리치고 회사로 돌아갔더라면 지금쯤 실수를 연발하면서 초췌――좀비 수준을 넘어서 미이라처럼 바짝 말라붙어 있었을지도 몰라……. 그러면서 그렇게 난동을 부리며 민폐를 끼쳐 버렸다니 레이디 실격. 너무 꼴사나워서 눈물이 난다.

"키타카제 씨, 기가 막혔겠지……."

당장이라도 사과하고 싶지만 가장 중요한 연락처를 몰랐다. 그와의 연락 도구라고는 이것뿐인 것이다. 치사는 가

방에서 꺼낸 심홍색 수첩을 펼쳤다.

그러고 보니 아침에는 허둥지둥하느라 아직 오늘 일기도 읽지 못했다. 그 생각이 들어 키타카제의 일기를 펼친다.

'미하루 씨, 내일은 드디어 두 번째 데이트입니다. 그렇지만 미하루 씨가 이 일기를 읽는 건 데이트 당일, 어쩌면 공연이 끝난 후일지도 모르겠군요. 그렇게 생각하면 왠지 신기한 기분이 듭니다. 속도가 중시되게 마련인 현대사회에서 펼쳐지는 약간의 시차가 있는 일기장 대화라니. 자그마한 타임캡슐 같습니다. 아아, 흥분이 되어 떨리는군요. 이런 멋진 감각을 미하루 씨와 공유할 수 있다니……!'

문장 그래도 동글동글한 글씨가 서서히 떨리기 시작한다. 그리고 일기는 이렇게 마무리된다.

'어떤 타이밍일지는 모르지만 이 일기를 읽을 때 미하루 씨가 부디 웃고 있기를. 덧붙이자면 현재 저는 내일 라이브 공연을 앞두고 절로 춤이 추어질 만큼 신이 나 있습니다.'

여전히 그 얼굴이나 기행과는 어울리지 않는 문면이다. 마지막 한 글자는 대단히 역동감 넘치게, 심지어 3D풍으로 적혀 있어서 춤이 절로 나올 것 같은 신나는 감각이 훌륭히 표현되어 있었다.

"이건 소소하게 수고가 들었겠네……."

치사를 놀리려는 것이 아니라 진심으로 오늘을 고대하고 있었던 사람의 일기였다. 그런데 난 그 사람이 그렇게 기대했던 하루를 망쳐 버렸어.

'키타카제 씨, 오늘은 라이브의 여운을 망쳐 버려서 죄송했어요. 말씀하신 대로 일을 위해서라고는 해도 무모했습니다. 정말 어린애 같았죠, 민망한 마음뿐이에요.'

펜을 든 치사는 일기에 사과의 말을 적기 시작한다.

"여유는 필요합니다. 회사는 물론 지금 미하루 씨에게도."

키타카제가 해 준 말이 묵직하게 가슴에 와 닿았다.

그래, 지금 나에겐 여유가 없어. 여유로운 척하면서 어른스럽게 행동하고 있지만, 실제로는 한계에 달해서 숨쉬기조차 힘들었다.

'오늘 키타카제 씨께 들은 말이 무척 마음에 스며들었어요. 후배들 앞에서는 선배 노릇을 하고 있지만, 정말은 일을 즐길 여유 같은 건 저에게도 없었어요.'

슥슥 펜을 움직이면서 절절히 생각했다.

야무지게 행동하는 척을 하고 있을 뿐, 어른의 여유 같은 건 티끌만큼도 없다. 벌써 나이도 먹을 만큼 먹었다는 둥, 유토리 세대라는 둥, 여자라는 둥. 스스로를 둘러싼 모든 것들이 무거운 족쇄처럼 느껴졌지만 어른이니까 똑바로 행동해야 한다고 고집을 부리면서 스스로를 혹사시키고 있었다.

그리고 또다시 바보처럼 '아―아, 역시 다시 태어난다면 남자로 태어날래' 같은 생각을 한다.

같은 유토리라도 남자들은 아직 회사에 발 디딜 자리가 있다. 나이가 많은 독신자도 여자만큼 안쓰러운 눈길을 받지는 않을뿐더러 경우에 따라서는 오직 일에 몰두하는 모습이 멋지다고 여겨지기도 한다. 우리 회사만 해도 아직은 승진도 남자가 유리하고, 급여도 여자보다 많이 받는다. 남자들과 똑같이 업무를 하는 게 바보처럼 느껴질 정도다.

하지만 에리코처럼 능수능란하게 대충해도 되는 일은 대충하고, 필요할 때는 남에게 도움을 요청하는 법은 모른다. 그래서 아무리 힘들어도 꺾이지 않고 전력을 다할 수밖에 없다고 허세를 부려 왔던 건데 그 결과가 오늘날 이 꼴이라니, 바보 같다………… 헉, 어떡하지!

"정말로 바보 같은 짓을 해 버렸어!"

순간 멍해진 치사의 손에서 펜이 톡 떨어진다.

사과하는 내용을 적고 있던 일기에 어느새 생각했던 것들을 그대로 전부 적어 버리고 말았던 것이다. 역시 다시 태어난다면 남자가 어쩌네 하는, 듣는 입장에서는 아무래도 상관없을 푸념까지 전부 다.

평소에는 한 줄밖에 쓰지 않던 일기가 한 페이지 분량으로 늘어나 버렸다.

"아아~. 진짜 뭐하는 거야, 나! 아무리 잠이 부족하다고 해도 그렇지, 정신 나갔어!"

히스테릭하게 소리치고 머리가 산발이 되도록 헤집는다.

어떡하지, 이거 볼펜이라서 지우개로는 지울 수도 없는데. 수정액……은 써 봤자 뒷면에 비치잖아? 이 페이지를 찢어 버릴까……? 그러면 키타카제 씨가 쓴 일기까지 찢어지는데……. 이 일기는 픽션입니다 같은 일러두기를 적어 버려?

"아냐아냐아냐, 그건 완전 이상하잖아!"

금요일 한밤중에 나 홀로 주고받는 만담……. 슬프구나. 게다가 무슨 실수를 해 버린 거야, 난.

이런 일기, 내용이 너무 무거워서 질색할 텐데. 환멸스럽네요 같은 말을 들으면 어떡하지…….

가슴속의 아기 고양이가 구슬프게 미야아앙— 하고 운다.

애야, 애야? 지금은 네가 등장할 때가 아니란다. 상대는 그 키타카제 씨이고, 딱히 질색 좀 한대도 난 상관없어. 잘 생각해 보면 연을 끊을 수 있는 좋은 기회잖아.

그렇게 타일러도 아기 고양이는 그저 미옹미옹 하며 슬프게 울 뿐이다.

"그렇구나, 네가 수면 부족으로 지쳐 있는 거로구나. 그래서 이상한 생각에 빠져 버린 거야."

다른 생각을 해 보려 해도 머릿속에는 키타카제의 날카롭고도 자상한 눈빛만이 떠오른다.

안 되겠다, 역시 오늘은 이상해.

치사는 비틀비틀 세면실로 향해 어찌어찌 겨우 화장을 지우고 양치를 마친 다음 침대로 기어들어간다. 낮까지 푹 자고 뜨거운 샤워라도 하고 나면 틀림없이 원래의 멀쩡한 나로 돌아갈 수 있을 거야.

왜냐면…… 완전 이상하니까. 키타카제 씨가 날 싫어하지 않았으면 하는 생각을 하다니 —.

월요일 아침은 사고에 따른 전철의 운행 중지도, 태양 플레어에 따른 자기폭풍의 영향도 없이 극히 평화롭게 찾아왔다. 치사는 이른 시간에 무사히 출근을 마치고 모모하라가 처리한 서류를 확인했다. 다행히 모든 건에 통관이 멈출 정도로 치명적인 실수는 없어서 사소한 수정만 몇 가지 하는 것으로 끝낼 수 있었다. 운송업자에게 교체용 서류를 보냈을 즈음 키타카제가 출근할 시간이 되어 치사는 붉은 수첩을 손에 들고 휴게실로 향했다.

　업무 시작 전에는 일기장 교환을 위해 그곳에서 밀회─누가 먼저 말을 꺼낸 것은 아니지만 어느새 그런 루틴이 생겨 버렸다.

　─이걸 읽으면 키타카제 씨는 날 딱한 여자라고 생각하겠지. 이제 와서 어쩔 도리도 없고 전달할 수밖에 없긴 한데…….

　우울한 마음으로 휴게실을 들여다보니 안에는 이미 키타카제가 와 있었다. ─그러나 그 행동은 극히 기이했다. 수수께끼의 액체가 든 컵을 방의 네 모서리에 놓아두더니 엄격한 표정으로 손에 든 기구를 확인했다. 그런 다음 "네놈……"이라고 작게 신음하고는 주머니에서 꺼낸 수상한 기계로 무언가를 분사하기 시작했다. 뭐야 저거, 설마 독가스─?

　키타카제 씨가 또 무언가와 싸우고 있어……! 전에 의심했던 그 스텔스 부대인가? 아니면 누군가 자기 목숨을 노리고 있다는 강박 때문에 환각을 보고 있는 걸까─?

"키, 키타카제 씨. 뭘 하고 계세요……?"

조심스럽게 말을 걸자 화들짝 놀라며 뒤를 돌아본 키타카제는

"아, 미하루 씨. 좋은 아침입니다! 실은 지금 감기 예방을 위해서 방의 습도를 올리려고 분투 중인데, 공기 조절기 때문인지 좀처럼 잘되질 않아서요……."

손에 든 기구는 습도계였던 모양이다. "크윽, 아직 40%도 안됐어!"라며 분하다는 듯 입술을 깨무는 키타카제는 미스터리한 기계를 조작, 공기 중에 거센 안개를 살포했다.

─그렇구나, 저건 소형 가습기였어! 방의 네 구석에 놓아둔 컵에 든 것도 건조함을 해결하기 위한 물이었어……!

키타카제의 손에 닿으면 별것 아닌 물건들도 모두 다 위험천만한 물건으로 보인다. 컵 속에 담긴 액체도 아까는 황산이나 염산 같은 위험한 약품 트랩이 아닐지 의심이 되었었다.

쓴웃음을 짓는 치사에게 키타카제는 습도계를 체크하면서

"미하루 씨가 걱정돼서 빨리 출근은 했는데, 제가 도울 수 있는 일이 딱히 없어서요. 얼굴을 내밀면 오히려 방해가 되지 않을까 싶어서 대기하고 있었습니다. 그런데 그날 보니 미하루 씨 피로가 제법 쌓인 것 같아 보이셔서 건강이 상하지 않게, 최소한 청정한 공기라도 전하고 싶었어요. 그런데……."

으윽, 아직도 건조해! 하며 습도를 높이는 데 전념하는 키

타카제. 그 모습에 치사의 가슴이 아프다.

"그, 그건 정말……. 정말 감사해요. 덕분에 일은 무사히 마치고 왔어요. 저기, 이거…………."

그렇게까지 걱정을 끼쳤다니, 너무 면목이 없어—!

치사는 어쩔 줄을 모르고 고개를 숙인 채 머뭇머뭇 수첩을 내민다.

"미하루 씨, 오늘은 안색이 좋은 것 같네요. 기운이 돌아와서 다행입니다."

안심한 듯 수첩을 받아 드는 키타카제. 그 위압적이면서도 따뜻한 표정이 치사의 마음에 반짝 불을 켠다.

그렇게 무서워했던 그의 눈을 보니 스스로도 놀랄 만큼 기분이 안정됐다. 손발이 얼 정도로 추운 밤에 누군가 푸근한 담요를 덮어 주었을 때처럼 기분 좋은 포근함이 가슴속 아기 고양이를 살며시 감싸 안았다.

키타카제의 자상한 얼굴을 보며 치사는 푸념 가득한 일기를 건네 버린 것을 맹렬하게 후회했다.

어떡해, 좋아하는 펌프스를 신고 왔는데도 좀처럼 발이 나아가지 않아.

화요일 아침, 치사는 회사 건물 앞에서 우왕좌왕하고 있었다. 마치 익숙지 않은 영업 활동에 꽁무니를 빼며 돌격하지 못하고 있는 신입 사원처럼. 그냥 병가 내고 집에 가 버릴까……. 그런 답지 않은 생각도 떠올랐다.

딱히 다 내던져 버리고 싶을 만큼 성가신 업무가 기다리고 있기 때문은 아니다. 그저 오늘이 무심코 스스로의 어두운 부분을 적어 버린 문제의 일기장이 돌아오는 날이기 때문이다.

아니, 어쩌면 이제 안 돌아올지도 몰라. 일기를 읽은 키타카제가 이런 멍청한 얘기를 하는 인간과는 엮이고 싶지 않다면서 교환 일기를 중단해 버릴지도 모를 일이었다.

언젠가 보았던 분노로 몸을 떠는 키타카제의 얼굴이 떠오른다. 그가 화를 내는 것은 두렵지 않다. 가장 두려운 것은 그가 더 이상 자신에게 말조차 붙여 주지 않는 일이다. 더는 말도 붙이기 싫다고 생각될까 봐 겁이 났다.

난감하게도 수면 부족 때문에 비틀거리던 그날 밤보다도 치사는 더욱 간절하게 생각하고 있었다.

키타카제에게 미움받고 싶지 않다고——.

가슴속의 아기 고양이는 마음 한구석에서 떨고만 있다. 치사의 불안한 마음에 위축이 되어 냥 소리 하나 내지 않았다.

왜 이렇게까지 그의 반응을 걱정하는 것일까. 그건 어제 일기를 받아 든 키타카제의 자상한 눈빛이 치사의 마음에 각인되어 떠나지 않는 탓이다. 그 시간 이후로 치사의 온 신경은 키타카제에게로 쏠렸다. 너무 신경을 쓰다 보니 일기를 읽었을 그의 반응이 두려웠다.

이러느니 차라리 그 페이지만 찢어 버릴걸. 카페 테라스석에서 일기를 쓰고 있는데 갑자기 들개가 달려들어서 한 페이지만 북 찢어 가 버렸지 뭐예요, 에헷! 같은 변명을 했더라면 어떻게든…… 안 됐으려나.

그렇지만 언제까지 이러고 있을 수도 없는 노릇이고…….

"정신 차려! 어엿한 레이디는 어떤 결과도 똑바로 받아들여야 해!"

차가운 바람이 부는 건물 앞에 서서 이리저리 왔다 갔다만 반복하던 치사는 곱은 손을 들어 두 뺨을 찰싹 때리고 굳게 마음을 먹은 다음 회사로 들어갔다.

탈의실에서 코트를 벗고 휴게실로 직행, 입구에 서서 머뭇머뭇 안을 엿보자

─있다! 있어 줬어!

한 손에 캔 커피를 들고 창밖을 바라보는 키타카제의 모습이 보인다. 그 모습을 확인한 치사는 그저 그뿐인 일에 이상할 정도로 안도했다. 일단은 아무 말 없이 관계가 정리되지는 않은 모양이다.

"저기……! 안녕하세요……!"

"아, 좋은 아침입니다. 미하루 씨."

뒤돌아본 키타카제의 얼굴이 험악해 보이는 것은 여느 때와 마찬가지다. 어느 정도는 익숙해졌는데도 오늘은 유독 더 무섭다. 일기를 보고 어떤 생각을 했을지 표정에서 전혀 읽히지 않기 때문이다.

"키, 키타카제 씨! 오늘의 날씨는 흐린 뒤에 비가 내려서 한겨울 같은 추위가 될 거라고 해요. 그리고 내일은 하늘이

맑고 무려 4월 상순처럼 따뜻해진다고 하네요!"

날씨 주제를 좋아하는 키타카제를 위해 오늘 아침 뉴스에서 입수한 정보를 늘어놓는 치사. 이런 걸로 비위를 맞출 수 있을 리는 없지만, 그래도 아무것도 안 하는 것보다는 낫겠지.

"미하루 씨……?"

이상하다는 듯 고개를 갸우뚱한 키타카제가 평범하게 일기를 건네 왔다.

"오늘의 일기예요. 그럼 오늘 하루도 열심히 정진합시다."

조례의 맺음말 같은 말을 남기고 휴게실을 나가려고 하는 키타카제.

—어, 이게 다야? 내 일기에 정이 떨어졌거나 화가 났거나 하지 않은 거야?

당황해 우두커니 서 있는 치사에게 키타카제는 "그러고 보니 미하루 씨의 일기……" 하며 무언가 떠오른 듯 발을 멈췄다.

역시 화가 났나? "네 녀석에겐 실망했다" 하면서 뒤돌아보면서 나에게 총구를 향할 작정인가?

여느 때보다 더 박력이 넘치는 뒷모습에 치사는 저도 모르게 방어 태세를 취했지만

"평소보다 긴 문장에 왠지 이득을 본 기분입니다."

얼굴만 살짝 돌아본 키타카제는 그 말만 남기고 휴게실을 뒤로했다. 착각한 게 아니라면 입꼬리가 올라가 있었는데,

아마도 웃고 있었던 걸 것이다.

"어? 어어?! 그 말은 그 내용을 보고도 괜찮았다는 얘기?"

치사는 조급해진 마음으로 받아 든 수첩을 펼친다.

'죄송합니다, 미하루 씨. 지난번 데이트 때 당신의 컨디션 불량을 알아차리지 못한 주변머리 없는 저 스스로에게 몸서리가 쳐집니다.'

그렇게 떨리는 글씨로 시작된 일기에는 치사가 데이트를 망쳐 버린 데 대한 분노나 이상한 불평을 길게도 적어 버린 데 대한 경멸은 전혀 없이, 오로지 치사를 배려하는 내용의 문장들만이 이어졌다.

'이번 일기에서는 미하루 씨가 연령, 교육 제도, 성별 등 다양한 인자를 내포한 복잡한 문제에 직면해 있다는 것을 깊이 공감했습니다. 투철한 책임감을 가지고 곤란에 맞서는 미하루 씨는 대단히 멋집니다. 그러나 결코 무리만은 하지 말아 주세요. 계속 이러다가는 중압감에 짓눌려 오징어포처럼 납작해지고 말 겁니다.'

몹시도 진중한 문장과 사랑스러운 동글동글한 글씨의 어마어마한 갭에 키득 웃음이 터진다. 진지한 문면은 더욱 이어져서

'한 가지 제안인데요, 문제의 후배에게도 책임이 있는 업무를 맡겨 보면 어떨까요? 요즘 신입 사원들은 여유가 없는 와중에 하기 싫은 일들까지 해내고 있어요. 그래서 좀처럼 싹을 틔워 보지 못하고 금세 회사를 그만두게 되는 경향이 생기

게 되었다고 생각합니다.

 참을성이 부족하다는 시각도 있지만, 업무를 더 계속하고 싶게 만드는 동기부여가 부족하기 때문에 힘을 내지 못하는 부분도 있으리라고 봅니다. 동기부여가 될 만한 성공 체험을 해 보고 나면 사태가 호전될지도 모릅니다.

 큰맘 먹고 그 후배를 한번 믿어 주세요. 타인에게서 한 사람 몫을 능히 해내는 사람이라는 인정을 받으면 누구라도 매우 기뻐할 겁니다──.'

 솔직히 놀랐다. 힘내라 같은 진부한 말은 전혀 없이 구체적인 조언이 논리적으로 전개되어 있었던 것이다.

 에리코와 시간을 보낼 때는 서로 푸념만 할 뿐, 건설적인 의견 교환은 거의 하지 않는다. 둘이서 마음껏 넋두리를 해 대는 것도 나름대로 속이 후련해져서 좋지만, 이렇게 실용적인 조언도 신선하고 괜찮았다. 고압적인 설교라면 거절하겠지만, 키타카제의 말은 아주 진중하게 마음을 쿵 울렸다.

 일기는 거기서 끝나지 않고 이렇게 이어졌다.

 '추신, 저는 미하루 씨가 여성으로 태어나 주셔서 다행입니다. 왜냐하면 생각해 보세요. 미하루 씨가 남자였다면 우리는 같은 남자끼리가 되지 않겠습니까? 설령 남자이더라도 그 영혼이 당신의 것이라면…… 흠, 조금 상상해 봤는데 의외로 괜찮을지도 모르겠네요. 아니, 잠깐만요. 미하루 씨가 남자로 태어난다면 제가 여자로 태어나면 되겠어요! 그것 참 맹점이 있었군요. 하지만 이 얼굴로 여자로 살면 힘들지 않

을까요? 괜찮을는지요.'

"괜찮을는지요라니…… 여기서 일기 끝내 버린 거예요?!"

치사는 엉겁결에 소리를 내서 따졌다.

무슨 상상을 하는 건지! 조언만으로 마쳤더라면 너무 멋있었을 텐데. 역시 너무 진지해서 좀……. 아니, 아주 많이 이상한 사람이야.

그런데도 가슴속의 아기 고양이는 공이라고 굴리면서 노는지 미양미양 신이 나서 떠들어 댄다.

얘, 아니라니까. 오해야, 오해. 키타카제 씨에게서 미움받고 싶지 않다고 걱정했던 건 그러니까…… 인간적으로 미움받고 싶지 않다는 차원의 얘기지, 지금은 네가 나올 때가 아니란다.

쉿! 쉬잇! 하며 아무리 쫓아 버려도 말을 듣지 않는 사랑의 아기 고양이. 좋아, 오늘만은 특별히 허락해 줄게. 난 지금 엄청~나게 기분이 좋으니까.

치사는 살며시 눈을 감고 빨간 수첩을 꼭 끌어안는다.

휴게실을 나온 치사의 발걸음은 몇 분 전과는 다른 사람의 것처럼 가벼워져 있었다. 의식적으로 발을 내딛지 않으면 공중으로 둥실 떠오를 것만 같을 정도다.

책상에 다다른 치사는 들뜬 목소리로 후배들에게 인사를 건넨다. "어머, 뭐 좋은 일 있으셨어요?"라고 묻는 감이 좋은 후배에게는 소리 없이 웃으며 "글쎄?"라고 대답했다.

컴퓨터를 켜고 메일을 확인해 보니 슬슬 후배들에게 돌려도 괜찮을 만한 건들이 몇 가지 들어와 있었다. 이건 사사이 씨한테 주고, 이건 마츠자와 씨가 할 수 있겠지? 그 밖에는…… 으~음, 이건 L/C 결제네. 조금 귀찮은 일이지만 처음 하는 고객이 아니니까 지난번 실적을 참고하면 괜찮을 수 있겠다. 누가 적임이려나…….

주위를 둘러보려 한 순간, 옆자리의 트윈테일이 시야에 들어왔다.

쟤는 아니야. 아니지, 아니고 말고. L/C 건은 모모하라에겐 절대 무리다. 은행이 발행한 영문 확약서대로 정확하게 수배하지 않으면 상품 대금을 회수할 수 없게 될 염려가 있다. 그런 중대한 역할을 모모하라에게 맡길 수는 없는 노릇이다.

그렇게 바로 딱 잘라 버릴 뻔한 치사였으나, 아까 읽은 키타카제의 일기가 떠오른다.

성공 체험이라……. 확실히 L/C 건은 힘들고 신경이 쓰이는 일이긴 하지만 그만큼 보람과 성취감이 있지. 업무 능력을 향상시키고 싶다면 빼놓을 수 없는 항목이기도 하고. 하지만 모모하라는 업무 능력을 향상시킬 마음이 있을까? 평소 일하는 걸 보면 도저히 그렇게는 안 보이는데.

"결혼과 동시에 퇴사가 목표겠지? 후딱후딱 결혼해서 후딱후딱 사라질 것 같은데…….”

치사가 모니터 화면을 보면서 저도 모르게 중얼거리자

"그거 혹시 저 말씀이세여?"

귀가 밝은 모모하라가 옆자리에서 불쑥 얼굴을 내민다. 무료한지 모모하라의 컴퓨터 화면에는 화장품 리뷰 사이트가 떠 있었다.

"저 회사 안 그만둘 건데여? 결혼은 후다닥 하겠지만여, 선배랑은 다르게."

"레알이야?"

큰 충격을 받아 치사의 입에서 경박한 말이 튀어나온다. 만면에 미소를 지으며 모모하라는 네 하고 대답한다.

"결혼은 빨리 할 것 같아여, 선배랑은 다르게여."

"두 번씩 같은 말 안 해도 돼. 그리고 내가 놀란 건 그 지점이 아니야. 모모하라 씨 진심으로 이 일을 계속해 갈 생각이야? 우리 부서는 이동 같은 거 거의 없다?"

"뭐 문제 있으세여—?"

"문제밖에 없지!"

뛰어오르듯이 자리에서 일어나 필요한 서류들을 복사해 온 치사는 서류 뭉치를 모모하라의 책상에 쾅 내려놓았다.

"이 L/C대로 선적 부킹하고 인보이스랑 패킹 리스트도 만들어 봐! 하는 법은 가르쳐 줄 테니까!"

"에에엥. 그거 장난 아니게 힘든 거잖아여어~. 연수 때 한 글자 한 문장만 틀려도 안 된다고 배웠는데여? 그렇게 어려운 건 전 못해여—."

"못하면 할 수 있게 해. 본인 아니면 못하는 일 하고 싶잖아?"

"으으……. 그래도 서류 작성 다 하면 선배가 체크하실 거 져? 그러면 적당히 후다닥……."

"체크 안 할 건데? 검열 같아서 싫다며? 무슨 일이 생겨도 난 더 이상 책임 안 질 거야."

차갑게 돌아온 말에 "에에에에, 말도 안 돼여어어~"라는 모모하라는 놀랐는지 눈가에 눈물까지 살짝 맺혔다.

아니. 체크는 하지, 당연히. 하지만 모모하라에게는 이 정도는 단단히 말해 두는 편이 좋다. 후배를 다그치지 말라는 과장의 방침도 있어서 그동안은 별로 세게 말하지 않아 왔지만, 그건 결과적으로는 이 아이를 위한 일이 아니었다.

"여기에서 계속 싸워 나갈 생각이라면 업무 능력이라는 무기 없이는 절대로 살아남을 수 없어."

치사는 모모하라의 캔디처럼 동그란 눈을 바라보며 타이르듯 말을 이었다.

"잘 들어. 4월이면 다음 기수 신입들이 입사할 거야. 너도 선배가 될 거라고. 지금처럼 마냥 전 그거 못해요, 이것도 못해요 하다가는 후배들한테 추월당해 버릴걸?"

"아이참, 그렇게 바로 추월당하진 않을걸여—."

치사는 볼멘 표정을 짓는 모모하라의 뺨에 손가락을 꾹 찔러 넣으며 "추월당할 거야!"라고 속삭인다.

"정신 놓고 있다가는 눈 깜짝할 사이에 나이만 먹어서 신세기에 태어난 자객들의 먹잇감이 될 거야. 어머, 구세기에 태어난 분들은 아무것도 할 줄 아는 게 없으시네요— 하면서 비웃어 댈걸?"

"구, 구세기에 태어나다니……. 전 그래도 헤이세이에 태어났는데……."

경악스러운 사실에 몸서리를 치는 모모하라. 이때다 싶은 치사는 여세를 몰아

"그것뿐만이 아니야! 무섭지만 언젠가는 당도하겠지, 우리의 최대 강적 탈(脫)유토리 세대가! 그러면 우리는 윗세대한테나 아랫세대한테나 '이러니까 유토리는~' 하면서 업신여겨지게 되겠지? 위에서도 얻어맞고 밑에서도 얻어맞는 거야. 무섭지?"

"벼, 별로 그런 거 무섭지 않아여. 전 업신여김당할 만한 점도 없고여—."

그렇게 말하면서도 얼굴을 굳힌 모모하라는 "저 지금 할 일 없으니까 이거 해 볼게여. 아니, 초조하거나 그래서 그러는 건 전혀 아니고여—"라면서 어느 때보다도 진지한 표정으로 서류 확인을 시작했다.

"미, 미하루 선배—. 아까 그 L/C 서류 작성 마쳤는데 아주 살짝이라도 미하루 선배가 확인 좀 해 주시면 좋겠네~ 이런 생각이 좀 들고 그래서여—……."

몇 시간 뒤 서류를 완성한 모모하라가 조심스럽게 말했다. 체크도 안 해 줄 거고 문제가 생겨도 책임을 지지 않겠다고 배짱을 부린 것이 효과가 있었던 모양이다. 흔쾌히 "좋아"라

고 승낙하고 모모하라가 잘못한 부분은 없는지 L/C와 번갈아 보며 꼼꼼히 검토한다.

"말도 안 돼, 어떻게 이럴 수가 있어…….."

"어—, 그렇게 이상한 실수가 있나여?"

치사가 흘린 말에 모모하라가 불안한지 미간을 찌푸린다.

"아니야, 실수다운 실수가 없는 게 이상해서. ……세상에, 아! 그거 설마 메모야? 너 메모했었어?"

모모하라의 손에 들린 노트의 존재를 알아차린 치사는 저도 모르게 환희의 함성을 질렀다. "어디 보자" 하며 들여다보려고 하자 "글씨 지저분하니까 보지 마세여!"라면서 모모하라는 창피한 듯 노트를 덮었다.

"지난주 금요일에 미하루 선배가 먼저 들어가셨잖아여. 전 맨날 미하루 선배한테 묻기만 해서 혼자 남으니까 작업이 전혀 안 되더라구여……. 결국 같이 남아 있던 사사이 씨가 가르쳐 줬는데, 메모를…… 하는 게 나으려나— 싶어서 그 후로는 중요해 보이는 일은 간간이 적어 두고 있어여."

"그랬어? 그래서 이 서류도……. 다시 봤어, 하니까 잘하네."

"어—, 선배도 참. 이제야 아셨어여? 참고로 전 칭찬받으면서 크는 타입이거든여. 더더 칭찬해 주셔도 좋을 수도— 있어여—."

"자, 너무 들뜨지 말고. 그리고 이건 쉼표가 아니라 마침표야. 사소해 보여도 L/C에선 이 실수는 하면 안 돼. 또 이것도……."

치사가 지적을 시작하자 모모하라의 볼이 순식간에 뿌우

하고 부푼다.

"잘 들어. 기대하고 있으니까."

그렇게 말한 순간 모모하라는 풍선에서 바람을 빼듯 볼의 바람을 쪽 빼더니 헤헤 하며 웃음을 짓는다. 금색 트윈테일이 위아래로 통통 흔들린다. 정말이지 알기 쉬운 애야. 늘 철부지 같기만 하던 모모하라가 귀엽게 보이기 시작했다. ──그때

"미하루 씨, 미안하지만 이거 좀 봐 줄래요──? 이 컴퓨터에 미스터리한 경고 화면이 떴지 뭐야──! 영어라서 읽을 수가 없구먼──."

과장의 책상에서 조난 신호가 들려온다. 네에~ 하고 달려가 보니 별일 아니다. 시스템 업데이트를 원하냐고 묻는 화면이었다.

"그러니까 이게 그건가? 요즘 유행한다는 피쉬 사기인가 뭔가 하는?"

"그건 피쉬가 아니라 피싱이고요. 이건 사기가 아니니까 그냥 OK 버튼을 누르시면 돼요."

치사가 웃는 얼굴로 대답하자 과장은 놀란 표정으로

"오늘 미하루 씨, 평소랑 느낌이 다르네. 혹시 남자 친구랑 잘되고 있어요? 그러고 보니까 들리기로는 지난 주말에 데이트했던데?"

"과장님, 전부터 생각한 건데 그런 거 물으시는 건 좀 그렇지 싶습니다."

"아냐아냐, 느낌이 왔다 싶으면 일찌감치 결혼까지 밀고 나가는 게 좋으니까 하는 말이에요—. 이제 그렇게 마냥 젊은 나이는 아니니까—."

살며시 제지했지만 과장은 물러서는 기색 없이 말을 이었다.

"미하루 씨가 걱정돼서 그래요—. 우리 딸도 나이가 꽤 찼는데 좀처럼 시집갈 기색이 안 보여—. 부모가 언제까지나 곁에 있을 수는 없는데 말이에요—. 함께 살 사람은 잘 찾아야 돼요—."

"네~, 주의하겠습니다~."

치사는 가볍게 대답하고 제자리로 돌아온다.

왜일까? 평소였으면 틀림없이 "아—, 진짜! 내가 남자였으면 그렇게 하나하나 트집 잡힐 일도 없었을 텐데~" 하면서 에리코를 불러 넋두리하려 했을 텐데, 오늘은 그렇게까지 화가 나지 않는다.

치사는 이상하게 생각하다가 한 부서 건너편으로 보이는 키타카제의 모습에 '아아, 그렇구나' 하고 깨달았다.

지금 난 여유가 있는 거야. 그래서 평소에는 불쾌했던 과장의 쓸데없는 참견도 가볍게 듣고 흘릴 수 있었어. 딸처럼 걱정해 주는 거라고 생각하면 조금 고마운 마음까지 들고……. 물론 좀 더 섬세하게 대해 준다면 좋겠지만.

늘 숨이 막힌다고 생각했던 회사인데 오늘 아침부터 갑자기 공기의 흐름이 바뀌었다.

키타카제에게서 미움받고 있지 않다는 걸 안 후로 치사의 마음은 깃털처럼 가벼워졌다. 그리고 그의 조언에 따라 모모하라에게 일을 할당해 보았더니 모모하라는 상상 이상으로 성장한 모습을 보여 주었다. 그 덕분에 마음에 여유가 생가서 이번에는 과장의 무례한 말까지도 용서할 수 있었다.

드디어 자연스럽게 숨을 쉴 수 있게 된 것이다. 강한 척이 아니라 이제는 정말 더 열심히 할 수 있을 것 같은 기분이 들었다.

역시 여유는 중요해. 이렇게 생각할 수 있게 된 것도 다 키타카제 씨 덕분이야—.

멀리서 보이는 키타카제의 모습을 바라보자 주체할 수 없이 가슴이 뜨거워지는 치사였다.

3월은 연도 말•이기도 해서 수출 건수가 다른 달에 비해서 월등히 많다. 물론 바쁘긴 하지만 눈코 뜰 새 없이 바쁜 시기임에도 치사가 그다지 궁지에 몰리지 않은 까닭은 모모하라 덕분이었다.

일주일 전 그날 이후로 업무를 대하는 모모하라의 자세가 바뀌었다. 다른 후배들보다 시간이 조금 더 걸리기는 하지만 거의 완벽하게 서류를 완성시킬 수 있게 되었고, 손이 비면 "뭐 할 일 없나여?" 하며 일을 찾기 시작했다.

• 일본은 학교, 기업, 회계 연도 등의 연도 기준을 4월 초부터 3월 말까지로 본다.

모모하라의 업무 치다꺼리가 줄어든 만큼 본인의 업무에 전념할 수 있게 된 치사는 연도 말 치고 여유로운 하루하루를 보내고 있다. 이 일도 저 일도 전부 스스로 해야 한다는 생각에 홀로 떠안았던 나날이 거짓말 같다.

이럴 줄 알았더라면 더 일찍부터 모모하라를 믿고 맡겨 보면 좋았을걸. 어차피 금세 그만둘 거라든지 실수가 많은 모모하라에게 어려운 일을 돌릴 수는 없다든지 하는 일방적인 단정으로 후배를 키우는 일을 방치하고 있었다. 과거 매일을 숨 가쁘게 만든 원인은 스스로에게도 있었는지 모른다. 옆자리에서 생기 있게 일을 하는 모모하라를 곁눈으로 보며 치사는 그런 생각을 한다.

이 일주일 동안 변한 것은 모모하라만이 아니었다. 키타카제와의 교환 일기에 대한 치사의 의식도 변했다. 일기를 통한 그와의 대화가 즐거워서 어쩔 줄을 몰랐다.

일기의 내용 자체는 대단할 게 없었다. '키타카제 씨 말씀대로 했더니 후배가 의욕을 내기 시작했어요!'라고 보고했더니 꽃 모양 테두리 안에 '참 잘했어요'라는 말이 넣어져 돌아왔고, '오늘부터 마쿠라노소시를 읽기 시작했습니다'라는 키타카제의 근황 보고에 '그럼 저도 읽어 볼래요. 경쟁이네요'라는 답을 돌려보내 보았다. 별것 없는 내용에라도 키타카제가 어떤 답을 돌려보내 줄지 기대가 되어 견딜 수가 없었다.

탁탁 키보드를 치면서도 문득 그런 생각이 떠올라 후훗 웃음을 지었다.

"이러면 쓰십니까, 선배? 똑바로 일에 집중하셔야져—."

모모하라에게 야단을 맞았네. 넹~ 하고 모모하라의 말투를 따라서 대답한 치사는 집중의 방향을 바꾸어 업무에 몰두. 오전 중에 마쳐야 할 일을 깔끔하게 마친 다음 점심시간을 맞이했다.

자, 그럼 오늘 점심은 어떻게 할까? 지금까지 치사는 출근 중에 빵이나 삼각 김밥을 사 와서는 업무 중 틈틈이 입에 넣고 씹다가 차를 마셔서 넘기는 거친 식사를 하는 일이 많았다.

홀로 일을 떠안고 있던 때에는 점심시간에 쉬는 일조차 시간 낭비라고 여겼던 것이다. 그러나 여유를 갖게 되면서부터는 기분 전환 겸 밖에 나가거나 카페에서 한숨을 돌리거나 하게 되었다.

그러고 보니 요즘 에리코와 얘기를 안 했구나 싶어 점심 같이하자고 연락했지만 차였다. 요즘도 밸런타인데이 보답을 받느라 상사나 동료들에게 점심을 사게 만들고 있는 모양이다. 대신에 내일 술을 마시러 갈 약속을 하고 치사는 홀로 점심식사를 하러 나선다.

"미하루 씨!"

회사 건물을 빠져나왔을 때 등 뒤에서 이름을 부르는 소리가 들렸다.

가슴속 아기 고양이가 폴짝 점프를 해서 치사는 그 목소리의 주인이 누구인지 바로 알 수 있었다.

돌아본 눈앞에는 역시나—날카롭고 따뜻한 삼백안의 주

인이 서 있었다. 바람에 펄럭펄럭 나부끼는 검은 트렌치코트가 기이한 박력을 뿜어내고 있었지만, 이제는 조금도 무섭지 않다.

"뭔가 신선해요, 점심에 밖에서 만나니까."

"네. 유원지 이후로 처음이네요. 미하루 씨, 이제 식사하실 거죠? 그…… 괜찮으면 함께하시지 않겠습니까? 아, 그런데 회사 사람들이 보면 곤란해지겠군요."

"아니요, 전혀 신경 안 써요."

망설이지 않고 대답해 버렸네. 라이브 공연 보러 갈 때는 모모하라에게 둘의 관계를 들키고 싶지 않아 했던 주제에.

그래도 키타카제와 차분하게 이야기할 수 있는 기회가 생겨서 순수하게 기뻤다. 휴게실에서는 가벼운 인사만 나누는 정도이고, 지난 주말에는 데이트도 하지 않았다.

"그럼 잘 부탁합니다."

정중하게 고개를 꾸벅 숙여 인사한 키타카제는 "뭐 드시고 싶은 거 있습니까?"라고 물으며 걷기 시작했다.

"저는 평소에 정식 식당에서 먹는데, 미하루 씨도 함께 드시게 되니 그곳은 좀 꺼려지네요. 어디 좋은 가게가 있으면 가르쳐 주시겠습니까?"

"좋은 가게……요? 음~, 어디가 좋을까……. 아, 저기 잠시 들러도 될까요?"

치사는 바로 앞에 있는 편의점을 가리켰다.

"어, 편의점에서 드십니까?"

"아이참, 아니에요. 찾고 있는 게 있거든요."

진지한 얼굴로 놀라는 키타카제를 보며 웃음을 터트리면서도 편의점 안으로 들어간 치사는 과자 코너로 직행했다.

"대체 뭘 찾으시는 겁니까?"

"티롤 초코●예요, 딸기 맛⋯⋯."

치사는 대답하면서 선반에 나열된 과자들을 위부터 아래까지 구석구석 살펴본다.

"그저께 밤부터 너무너무 먹고 싶어져서 집 근처에서 찾아봤는데, 아무 데서도 팔질 않아서요. 이런 건 꼭 찾을 때만 없다니까요."

으~음, 역시나. 여기서 파는 건 말차 찹쌀떡 맛. 이건 이것대로 맛있을 것 같지만 지금 먹고 싶은 건 딸기 맛이니, 아쉽다.

"그저께 밤부터 쭉 드시고 싶었다고요?"

"네, 그럴 때 없으세요?"

"없습니다. 딸기 맛이라면 대체품으로 이런 건 어떠십니까?"

키타카제는 선반에서 다른 초콜릿을 골라잡고 CF처럼 빠밤 하고 들어 보인다.

"죄송해요, 그걸론 안 돼요."

"왜죠, 찾으시던 딸기 맛인데요? 보세요, 여기 딸기 과육 25% 함유라고 적혀 있습니다."

● TIROL—CHOCO. 개별 포장된 작은 정사각형 모양의 초콜릿 쉘 안에 다양한 맛의 크림 등이 들어 있는 미니 초콜릿.

"아뇨, 그런 문제가 아니라……."

"하앗! 이건 70% 함유랍니다……! 그저께부터 계속된 딸기 성분을 향한 갈증을 단숨에 해소해 줄 명품인 것 같습니다. 미하루 씨, 이걸로 하시죠!"

새로 나온 고농도 딸기 초콜릿을 발견한 키타카제는 "자, 이거예요! 여기에 70% 함유라고 명기되어 있습니다. 자, 보세요!"라고 성가실 정도로 맹렬하게 권해 왔다.

성가신 권유에 지쳐 버린 치사는 스읍 크게 숨을 들이마신 다음

"적당히 하세요! 농도의 문제가 아니에요. 저는 티롤 초로 딸기 맛이 먹고 싶어요! 씹었을 때 폭신한 젤리 느낌과 딸기 씨의 까슬까슬한 느낌까지 즐길 수 있는 바로 그 딸기 맛 초콜릿을 먹고 싶은 거라고요, 모르시겠어요?!"

"모, 모르겠습니다…………."

초콜릿을 선반에 다시 올려놓은 키타카제가 푹 고새를 숙인다.

"어떡해, 그렇게 침울해하지 마세요. 제가 죄송해요, 고작 초콜릿 하나로 어린애 같은 말을 해서……. 그리고 보니 키타카제 씨는 단걸 잘 못 드신다고 했었죠? 그럼 이해 못하시는 게 당연해요!"

"아니요. 고작 초콜릿이라고 가볍게 본 제가 잘못한 겁니다. 사람은 누구나 양보하지 못할 무언가를 가지고 사는 법인데……. 제 경우에는 캔 커피가 그렇습니다. 같은 블랙

커피라도 브랜드별로 다 맛이 다르거든요. 커피를 갈망하면서 가게로 달려갔는데 저에게 힘을 주는 상품이 놓여 있지 않았을 때의 절망감이란……. 아아아, 차라리 죽여 달라고 외치고 싶어지죠! 미하루 씨는 지금 그런 기분이신 거군요!"

"아니요, 그 정도까지는 아니에요."

치사는 "정말 이제 됐어요" 하며 이야기를 일단락 지으려 했지만 키타카제는 계속해서

"아아, 미하루 씨, 어찌나 애처로운지! 그런데도 저는 슬픔에 쓰러진 당신에게 대체품이면 되지 않느냐는 제안을 해 버렸어요! 티롤이 없으면 비슷한 다른 걸 먹으면 되지 않나요?—대체 어디의 마리 앙투아네트인지! 도대체가 나란 인간은…………."

"저기—, 그 이야기 그만 됐어요—. 서두르지 않으면 점심시간이 끝나겠어요—."

안 되겠네, 전혀 듣질 않아. 키타카제 씨는 너무 진지해서 가끔 이상해지는구나…….

"커피라면 추천할 만한 카페가 있어요."

콜록 헛기침을 한 치사는 키타카제의 코트를 꼭 쥐고 끌어당겨 점심 식사를 하러 강제로 데리고 편의점을 나섰다.

☆

"아아, 미하루 씨. 당신은 정말 보살 같은 분입니다…….

타츠오 앙투아네트의 무례를 이렇게 시원스레 용서해 주시다니……!"

미하루가 추천한 카페에서 점심 식사를 하게 된 타츠오는 맞은편 자리에 앉은 그녀에게 감탄의 말을 흘린다.

아이 정말, 하며 난처한 듯 웃은 미하루는 카푸치노를 한 모금 머금었다. 혀를 살짝 내밀어 입술 언저리에 묻은 거품을 할짝 핥아 닦는 모습이 마치 페코짱●처럼 귀엽다. '일할 때 보여 주는 늠름한 모습도 좋지만 이런 소녀 같은 모습도 매력적이야' 하며 타츠오는 저도 모르게 넋을 잃고 그 모습을 바라본다.

세련된 카페의 메뉴는 '성깔 있는 요정의 볼케이노 파스타'에 '춤추는 인어의 타르틴'에, 난해한 낱말들로 구성되어 있어 타츠오의 머리로는 이해가 가지 않았다.

뭐든 좋으니 쌀이 들어간 걸 달라고 주문했더니 '아폴론이 내려선 로코모코'라는 것이 나왔다. 한눈에 보기에는 화려한 햄버그 덮밥 같은 느낌이지만, 위에 떡하니 올라간 달걀 프라이를 태양신의 강림으로 보자면 그렇게 안 보이지도 않는 것 같은…… 기분도 들었다.

미하루의 선택은 '아기 곰이 사랑한 베이글 샌드위치'라는 것인데, 잠깐 베이글과 비글을 헷갈려서 내심 당혹스러웠던 것은 그녀에게는 비밀이다.

● 일본 제과기업 후지야의 상품인 우유 캐러멜 '밀키'의 마스코트. 동그란 얼굴과 입맛을 다시고 있는 표정으로 잘 알려져 있다.

"실은 여기, 얼마 전에 친구랑 처음 와 봤던 곳이에요. 그때도 이걸 주문했었는데 식욕이 없어서 못 먹었었거든요. 그때는 제가…… 절망의 구렁텅이에 빠져 있느라……. 하지만 지금 돌이켜 보면 그건 희망으로 향하는 입구였어요."

미하루는 베이글 샌드위치를 바라보며 의미심장한 미소를 지었다.

"죄송해요, 이상한 소리를 했네요. 저…… 계속 말씀드려야 한다고 생각했던 건데요, 키타카제 씨에게 드린 초콜릿…… 사실은—."

무언가를 고백하려는 듯 크게 숨을 들이마신 미하루. 입을 연 채로 망설이다가 말을 멈추더니 "그러고 보니……"라며 화제를 바꾼다.

"여유를 의식하기 시작했더니 많은 일들이 잘 흘러가게 됐어요. 키타카제 씨 덕분이에요. 일기에서도 여러 가지 조언을 해 주셨죠……. 정말 감사해요."

"아니요, 도움이 되셨다면 다행입니다. 솔직히 말하면…… 기뻤습니다. 미하루 씨가 힘든 속내를 제게 털어놓아 주셔서요."

라이브 공연 데이트를 마친 다음 주초에 미하루에게서 돌아온 교환 일기. 그것은 이전까지의 양식과는 전혀 다른 것이었다. 단 한 문장에 마음을 모두 담았던 그전까지의 일기도 그윽한 맛이 있어 좋았지만, 그날 미하루가 준 것은 무려 한 페이지에 걸친 대작—그 폭포수 같은 기세가 느껴지는 감정의 음조에 강렬한 감동을 받았다. 타인에게는 이야기하기 힘든 일까지 토로해 가며 자신을 의지해 준 데 더없는 행복을 느낀 타츠오였다.

"죄송합니다. 미하루 씨는 힘들어하시는데 저는 진중치 못하게⋯⋯."

"사과 마세요. 오히려 제가 더 기뻤는걸요. 설마 그렇게 지독한 푸념을 들어 주실 거라고는 생각 못했어요⋯⋯. 키타카제 씨는 이상한 분이에요."

"그렇습니까? 전혀 짚이는 부분이 없는데요. 구체적인 예를 든다면 어떤 면이 그렇죠?"

"그런 면⋯⋯이요."

대단히 진지하게 듣는 타츠오와는 달리 미하루는 입가에 손을 올리고 재미있다는 듯 키득키득 웃는다.

"죄송해요. 비난하는 게 아니라 그런 점이 좋아서요. 키타카제 씨의 그 아주 진지한 면, 그리고 기가 막힐 정도로 자상한 면도—."

"호오⋯⋯. 그건 칭찬의 말로 받아들여도⋯⋯?"

"물론이에요!"

그렇구나, 칭찬해 주는 거였군⋯⋯. 비로소 이해한 타츠오는 고개를 숙였다.

"감사합니다. 미하루 씨뿐입니다, 그런 말씀을 해 주시는 건. 실은 가족이 아닌 사람에게 칭찬받아 본 경험이 없어서 판단이 어려웠습니다."

"어, 정말요? 그럴 수가 있나요? 키타카제 씨가 얼마나 좋은 분인데······."

"이 얼굴이 강력한 스토퍼 역할을 하는 모양입니다. 필요 이상으로 공포의 대상이 되어서 칭찬은커녕 제대로 대화조차 성립되질 않기 십상······."

이유를 설명하자 미하루는 "저기요오······"라며 조심스럽게 운을 뗀다.

"키타카제 씨가 모든 사람들에게 두려움의 대상이 되고 있는 건 얼굴 탓만은 아니라고 생각해요. 확실히 눈빛이 흉악······이 아니라 유니크하게 날카롭긴 하지만 그 이상으로 과거의 경력이 좀 그렇다 보니까······. 그······ 나쁜 소문도 끊이질 않는 것 같고······."

소문? 설마 그 건인가? 타츠오의 뇌리에 문득 어느 한 기억이 떠오른다. 그러고 보니 전에 의리 초콜릿을 나눠 주러 왔던 여자 신입 사원들도 소란을 피웠었지······.

"그 나쁜 소문이란 건 혹시 제가 회식 자리에서 동료를 죽이려고 했다는 그거인가요?"

"그것도 있고요."

"억, 또 있습니까?"

당연하다는 듯이 "네, 많아요"라며 고개를 끄덕인 미하루는 턱에 집게손가락을 붙이고는

"음─, 예를 들면······ 영업하시던 시절에 꽤 위법적인 방법으로 계약을 따냈다거나, 지금도 그런 식으로 경리부에서 미납업자에게 강제 징수를 하고 있다거나. 그 밖에도 사장님

과 뒤에서……."

미하루는 머릿속에 떠오르는 모든 악평을 막힘없이 열거해 갔다. 맙소사, 전부 엉뚱한 누명들뿐이잖아. 탄식한 타츠오는 커피 컵을 들어 입을 붙인다.

아아, 늘 마시는 것과는 향기부터 달라……. 맛도 각별하군. 미하루 씨가 추천해 줄 만해. 타츠오가 커피를 즐기는 사이에도 그것 말고도…… 하며 검은 소문을 줄줄 늘어놓는 미하루. 아직도 더 있는 건가, 나도 참 대단하군.

더 이상은 동요하는 일도 없이 여유 넘치게 흘려듣고 있자니

"아, 그래도 역시 가장 강렬한 건 그거예요! 키타카제 씨가 조직원 출신 스나이퍼이던 시절에 홍콩 마피아를 괴멸로 몰고 갔다는 거랑 전쟁터에 난입해서 와다다다 사람들을 쏴 죽였다는 거!"

"푸흡!"

블록버스터급 헛소문에 간신히 여유를 되찾았던 타츠오마저 마시고 있던 커피를 뿜어 버렸다.

"무, 무슨, 뭡니까, 그 얘기는! 이래 봬도 세계 평화를 사랑하는 사람입니다! 애초에 해외에는 나가 본 적도 없어요. 홍콩은 물론이고 하물며 전쟁터 같은 곳은……!"

"어멋, 정말요? 그럼 그…… 살인 경험은?"

"있을 리가 없지 않습니까!"

그만 참지 못하고 큰 소리를 내 버렸군. 어처구니없다. 무

익한 살생은 하지 않고자 개미도 피해 걷는 남자인 나에게…….

"뭐야, 그랬군요! 다행이다아……!"

"매우 기뻐 보이시는군요. 설마 저에 관한 검은 소문을 모두 진짜로 생각하셨던 건……."

"네? 어머, 어머나……. 저는 믿었었어요, 키타카제 씨를. 조금 살인자 같긴 하다는 생각만 했을 뿐……. 아, 아니, 그게 아니라…………!"

저질러 버렸네 하며 입을 가린 미하루는 갑자기 로코모코를 손으로 가리켰다.

"빨리 드세요! 촉촉하게 나온 반숙 아폴론이 바싹 말라 버리겠어요!"

"안 마릅니다. 공기가 건조해 봤자 얼마나 건조하다고요."

타츠오는 냉정하게 지적하면서도 크게 어깨를 떨구었다. 설마하니 살인자라니……. 대체 나를 어떤 눈으로 보고 있었던 거지, 미하루 씨는…….

"우선 말씀드려 두자면 소문은 전부 가짜입니다. 다만 짚이는 데가 있다면 딱 하나. 동료를 죽이려고 했었다는 거 말인데요, 그것도 말도 안 되는 오해입니다—."

"오해……? 장갑을 끼고 달려드셨다고 들었는데요. 동료의 옷을 몽땅 벗기고 집요하게 계속 공격했다고요. 그때 분명히 밀수해 들여온 수상한 흉기를 사용하셨다고……."

"그것도 오해입니다. 제가 죽이고 싶었던 건 그 동료가 아니었어요—."

당시를 떠올린 타츠오가 사건의 전말을 고백한다.

그것은 2년 전—경리부의 송년회 자리에서 있었던 일이다. 누구 같이 대화할 상대가 있는 것도 아니라서 타츠오는 회사 회식 따위에는 참가하고 싶지 않았다. 그러나 1년에 한 번 있는 행사 정도는 참가하라는 상사의 명령에 싫다고 대답할 수는 없어 찜찜하게 참가해 앉은 다다미 연석에서 타츠오는 지옥을 보았다. 옆자리에 앉은 동료에게서 기이한 냄새가 풍겨 왔던 것이다.

"오래전부터 신경이 쓰이기는 했어요. 옆자리에 앉았던 동료의 발 상태가……. 왜냐하면 업무 중에도 그 친구 발쪽에서는 항상 퀴퀴한 상한 냄새가 새어 나왔거든요. 직감했죠. 그 친구 발은 백선균—즉 무좀에 침투당해 있단 걸……."

악취의 저주로부터 동료를 해방시켜 주고 싶었다. 그런 마음에서 무좀 약을 구입했지만 아무래도 민감한 문제이다 보니 망설여지는 부분이 있었다. 일방적으로 "너는 무좀이다!"라고 지적하기란 껄끄러운 일이어서 좀처럼 약을 건네지 못한 채로 여름을 보내고, 가을을 보내고, 겨울이 찾아오고—그리고 맞이한 송년회에서 사건은 일어났다.

"그 친구의 발은 이미 넘어서는 안 될 선까지 넘어 있었어요. 신발이라는 방파제를 걷어 낸 두 발에서는 그전까지와는 완전히 다른 악취—썩은 두리안을 덜 마른 걸레에 감싸서 일주일 동안 고온의 밀실에 방치해 둔 것 같은 냄새가 확산되기 시작했습니다! 마치 악취 테러처럼!"

그런 동료를 테러리스트로 방치해 둘 수만은 없었다. 원인을 따지자면 악취를 알아챘음에도 지적하지 못한 타츠오에게도 책임이 있었다. 해치우려면 지금뿐이야——결국 차마 건네지 못했던 치료 약을 개봉한 타츠오는 두말없이 동료의 발을 꽉 제압하고 강제로 양말을 벗겨 낸 다음 녀석들의 섬멸에 나섰다.

"재빠르게 끝마치면 아무에게도 그 친구가 무좀이란 걸 들키지 않고 조용히 일을 처리할 수 있을 거라고 생각했습니다. 그렇게 신속하고 대담한 난투로 처치는 무사히 성공했지만……."

"다들 오해해 버렸군요. 키타카제 씨의 얼굴이 무서워……아니, 너무 심각해서요!"

서둘러 고친 미하루의 말에 타츠오는 "네" 하고 수긍했다.

"본의 아니게 지켜보던 사람들이 엉뚱한 착각을 하게 만들었지요. 그때 낀 장갑도 지문을 지우기 위한 용도가 아니라 그저 보호용——고무장갑이었습니다. 아무래도 맨손으로 그 발에 도전하기란 엄두가 안 났거든요. 노로 바이러스용으로 상비하던 장갑이 있어서 다행이다 하면서 꼈던 것뿐입니다. 아마도 남들이 수상한 흉기로 오인했던 건 무좀 약, 그리고 이거였겠지요——."

타츠오는 의자에 걸쳐 둔 코트 주머니에서 스프레이 캔을 꺼내 당시 했던 것처럼 슉—— 하고 기세 좋게 분사했다. 스프레이 액이 미하루에게 닿지 않게 할 생각이었지만 바람의 압력으로 그녀의 머리카락이 흩날렸다.

"제가 애용하는 살균 스프레이입니다. 특별 주문한 거죠. 시판 중인 무좀 약만으로도 충분할 거라고 생각은 했지만 만에 하나의 사태에 대비해서 굳히기용으로 살포했습니다."

"어엇, 그거……!"

무언가를 떠올린 듯 미하루가 몸을 앞으로 쑥 내밀어 왔다.

"혹시 유원지에서 뿌리신 것도 그거였나요? 수수께끼의 조직과 싸웠던 거라든가, 그런 망상에 사로잡혀 계셨던 게 아니라 순수한 살균 목적이었던 거예요?"

"네? 네……. 실은 어중간한 결벽증이 있어서요. 저희 부모님께서 두 분 다 돌아가셔서 지금은 여동생과 둘이 살고 있는데, 그 여동생 때문에 여러 가지 일이 있었던 터라—."

그렇게 운을 뗀 타츠오는 결벽증을 갖게 된 경위를 설명하게 시작했다.

"옛날에는 결벽증은커녕 손도 잘 안 씻어서 어머니께 자주 혼이 났어요."

—타츠오, 그렇게 대충 씻으면 안 된단다. 구석구석 비누를 묻혀서 깨끗이 잘 씻어야 세균을 물리쳐서 병에 걸리지 않을 수 있어.

어릴 때부터 반복적으로 들었던 말이다. 그러나 타츠오는 건강 체질을 타고났다. 어쩌다가 손을 안 씻는 정도로는 감기 한번 걸리지 않았다. 타고난 건강에 자만했던 타츠오는 어머니의 충고를 귀담아듣지 않았고, 고등학생이 되어서도 늘 손을 대강대강 씻었다.

"그러던 어느 날, 동생이 고열이 났습니다. 동생이라고는 해도 저와는 나이 차이가 열다섯 살이나 나서 당시에는 아직 한두 살이었는데, 그런 동생이 고열 때문에 혀 짧은 소리로 헛소리를 하더군요. 아직 말을 막 깨친 어린애가 "힘들어……"라고. 어머니께서 적어도 동생 앞에서는 깨끗이 해야 한다고 하셨는데 그날은 왠지 귀찮아서 집에 돌아와서 손도 씻지 않았어요. 게다가 그런 지저분한 손으로 동생의 식사 준비까지 해 버렸죠. 그 결과 저에게 붙어 있던 세균이 동생에게 옮아가서 고열을 일으켰고……. 어찌나 후회가 되던지 가슴이 메었어요—."

당시를 떠올리는 타츠오의 얼굴에 비장한 빛이 돈다.

"하지만 그게 꼭 키타카제 씨 탓이라고 잘라 말할 수만은 없지 않나요? 왜, 어린아이들은 종종 열이 난다고들 하잖아요!"

마음을 써서 편을 들어 주는 미하루에게 타츠오는 "아니요" 대답하며 고개를 가로저었다.

"아직 저항력이 약한 유아인 만큼 더욱 정신 단단히 차리고 지켜 줘야 했어요. 깊이 반성한 저는 그 후로 귀가 후에는 꼼꼼히 손을 씻고 양치하기를 거르지 않게 되었습니다."

"그러셨군요……. 그래서 그렇게까지 결벽증을 갖게 되셨군요."

"아닙니다. 저의 결벽증은 단계적으로 천천히 악화된 특수형이라서 그 당시에는 아직 1단계——극히 평범하게 깨끗한 걸 선호하는 정도의 수준에 불과했어요. 만연한 세균의 진정한 두려움을 알게 된 건 그보다 훨씬 후——불과 몇 년 전입니다."

"어머, 동생분이 또 병에 걸렸나요? 설마 그때보다 더 위중한……."

"아니요, 감사하게도 제 동생은 저에 못지않은 건강 우량아로 성장했습니다. 하지만 제가 과도하게 보살핀 탓인지 귀찮은 일을 뒤로 미루는 나쁜 습관을 익히고 말았지요. 그 습관이 설마 그렇게 발전하리라고는……."

그렇다. 그것은 어머니가 돌아가신 후 돌아온 첫 입추가 지난 늦여름——회사에 다니면서도 어머니를 대신해 집안일 전반을 돌보고 있던 타츠오에게 당시 고등학생이던 리이나는 말했다.

"오빠, 일이 많이 바쁘지? 집안일은 나한테 맡겨! 응? 사례? 뭐, 꼭 주고 싶다면 새 가방을 사 주면 받을게! 외출용 가방!"

오빠를 생각하는 듯도, 오빠를 벗겨 먹는 듯도 한 말을 믿어 버린 타츠오는 어리석게도 리이나에게 집안일을 맡겼고, 그리고 비극이 일어났다.

"동생은 요리는 잘하지만 뒷정리를 아주 못해요. 자꾸자꾸 요리를 만들면서 자꾸자꾸 설거지를 쌓아 가는 스타일이죠. 그 결과…………."

찌는듯이 무더운 밤, 어디선가 풍겨 오는 구릿한 냄새에 부엌을 들여다본 타츠오는 충격적인 광경을 목격했다. 설거지대에 산더미처럼 쌓인 식기들 이곳저곳에 녹색의 동글동글한 무언가가 들러붙어 있었던 것이다.

"순간 동생이 거하게 말차 가루라도 엎질렀나 싶었습니다. 아니면 우리 집 부엌이 기적적으로 아칸 호• 같은 상태가 되어서 마리모••라도 발생했나 싶었죠. 하지만 가까이 가서 들여다보니 그건……. 크아아아아악!"

너무도 강렬한 기억 때문에 착란 상태에 빠진 타츠오는 아직 손에 들고 있던 스프레이를 푸슉, 푸슉, 푸슉─! 하고 기세 좋게 연사했다.

"너, 너무 역겨워서 더 이상은 말 못하겠습니다! 어쨌든 그날부터 저의 어중간하던 결벽증은 손을 씻고 양치하는 것만으로는 만족할 수 없는 2단계를 맞이해 버렸어요! 크아아아악!"

그 광경을 다시 떠올리는 것만으로도 타츠오는 온몸이 부들부들 떨리고 심계항진이 시작됐다. 그러나 미하루는 제법 여유가 넘치는 모습이었다. 가만히 지켜보며 타츠오의 고백을 듣고 있던 미하루는 "아하하, 그랬었군요─"하며 배를 잡고 웃기 시작했다. 미하루에게도 결벽의 낌새가 느껴졌었

• 홋카이도 남동부 아칸 화산의 담수호.
•• 초록빛 공 모양의 담수성 녹조류. 아칸 호의 마리모는 특히 아름다운 형태를 띠어 일본의 천연기념물로 지정되어 있다.

는데……. 굉장해, 의외로 터프한 사람이다.

"그래서…… 어디가 어중간한가요? 아주 충분히 결벽증 같아 보이시는데요."

흥미진진한지 미하루는 더욱 파고들며 물어 왔다.

"아닙니다. 제 경우는 선천적인 결벽증이 아니기 때문에 온 세상이 모조리 깨끗해야 한다는 강박은 없어요. 다만 의식하기 시작하면 그때부터 견디질 못하죠. 설마 '여기'에도 그 유사 마리모를 만들어 낸 원인 균이 잠복해 있는 게 아닐까 하는 생각을 하면 정말이지…………."

남아 있던 커피를 다 마시고 흐트러진 호흡을 애써 가다듬은 타츠오가 말을 잇는다.

"무섭습니다. 언젠가 제 몸에서도 그 진녹색 생명체가 자라나는 건 아닐지. 그렇게 생각하면 너무 무섭고 무서워서……. 크아악! 이렇게 깨끗한 카페라면 괜찮을 거라고 믿었지만 역시 여기도 안 되겠어요!"

이 테이블도 녀석에게 잠식당하고 있어! 그렇게 생각해 버린 타츠오는 코트 주머니에서 살균용 물티슈를 꺼내서 "절멸이다! 싹 쓸어버려 주마!" 하며 일심분란하게 테이블을 닦아 댔다.

"아~! 그거, 그거! 지문! 뭐야아, 역시 그런 거였구나아~!"

왜인지 환성을 지르며 혼자 무언가를 납득하는 미하루. 이상하다, 이렇게 중대한 상황에 어떻게 저렇게 즐거워 보일 수가 있지!

살짝 어깨까지 떨어 가며 재미있다는 듯 키득키득 웃는 미하루를 보자 타츠오는 곤혹스러웠다.

"웃을 일이 아니에요. 저는 온 집이 수수께끼의 생명체에게 잠식당해서는 안 된다는 마음 하나로 동생이 성인이 된 지금까지도 혼자 집안일을 도맡고 있단 말입니다. 그 녀석 때문에 제 결벽증은 엉뚱한 방향으로 진화해 버렸고요. 십수 년 전에 손 씻기를 게을리한 벌을 아직까지도 엄청난 롱패스로 받고 있는 것 같은 기분입니다."

"아하하, 그래서 동료의 무좀 균과도 대난투극을 벌이셨던 거군요. 소문의 진상을 더 일찍 말씀해 주시면 좋았을걸. 저, 쓸데없는 걱정을 했어요."

"죄송합니다. 제가 워낙에 말주변이 좋지 않아서요. 게다가 이런 외모 때문에 오해를 풀려는 의도가 반대로 더 오해를 살 우려도 있다 보니……. 이제는 포기하고 있었습니다. 어차피 남들이 알아주지 않을 거라면 쓸데없는 말은 하지 않겠다고 결심했었어요. 누가 어떻게 생각하든 더는 상관하지 않았습니다."

그런데 오늘은 말이 술술 나온다. 키타카제 집안의 부끄러운 과거사까지 낱낱이 털어놓고 말았다. 그러나 그건 미하루에게만은 알아주기를 바랐기 때문이다.

"이런 마음은 처음입니다. 어떻게든 저를 이해해 주기를 바라는 마음은……. 그런 생각을 한 건 상대가 당신이기 때문이에요, 미하루 씨."

타츠오는 집요하게 테이블을 닦던 손을 멈추고 미하루의 단정한 얼굴을 올려다보았다.

"당신에게만은 오해를 사고 싶지 않았습니다. 그래서 촌스럽다는 걸 대단히 잘 알면서도 교환 일기 같은 수단으로 당신의 마음에 답했어요. 그러지 않았더라면 마음만 앞서서 당신에게 저를 잘 표현하지 못했을 겁니다."

"그래서 교환 일기를……?"

미하루의 보석 같은 눈동자가 깜박거린다.

"이상한 일에 동참하시게 해서 죄송합니다. 그래도 그 일기 덕분에 마음을 내보이는 데 익숙해졌는지 지금은 이렇게 막힘 없이 이야기할 수 있게 되었어요. 무난한 날씨 이야기에 기대는 일 없이, 말이죠. 이건 제 안에서는 기적에 가까운 일입니다."

고백에도 미하루는 아무런 대답 없이 그저 조용히 타츠오를 바라보았다.

설마 내가 뭐 이상한 말을 지껄여 버렸나……? 낭패다. 말 주변이 안 좋은 것도 문제지만 뭐든지 다 이야기하는 것도 좋은 건 아닌 모양이군.

"―실례했습니다. 제가 조금, 말이 많았네요……."

미하루의 시선으로부터 도망치려는 것처럼 타츠오는 고개를 숙이고 다시금 테이블을 닦기 시작했다.

이 구역의 세균은 아무래도 이미 전멸했겠지? 하지만 이렇게라도 하지 않고서는 도저히 침묵을 견딜 수가 없었다. 그녀의 입에서 무언가 부정적인 말이 흘러나오지나 않을까, 타츠오의 마음은 조마조마했다.

벅벅벅벅, 싹싹싹싹. 혹시 마찰 때문에 테이블이 닳아 없어지면 어쩌지? 변상해야겠지. 그런 바보 같은 생각을 하면서도 멈추지를 못하던 손 위로ㅡ

포근히, 조각같이 하얗고 깨끗한 미하루의 손이 덮였다.

"손을 그렇게 혹사하면 안 돼요. 보세요, 건조해서 각질이 일어났잖아요."

부드러운 표정으로 살며시 웃은 미하루는 자신의 파우치에서 핸드크림을 꺼냈다.

"살균도 좋지만 제대로 관리하셔야죠. 피부 장벽 기능이 떨어져서 살갗이 트거나 습진이 생길 수도 있어요. 그거, 꽤 쓰라리단 말이에요."

"지금 뭘⋯⋯⋯⋯!"

뭘 하시는 겁니까, 미하루 씨ㅡ!

그렇게 생각했지만 예상치 못한 상황에 말이 나오지 않았다. 식기를 옆으로 치운 미하루가 타츠오의 손을 잡고 핸드크림을 바르기 시작한 것이다.

천천히, 부드럽게, 정성스럽게ㅡ진지한 표정으로 꼼꼼히 크림을 바르는 미하루. 부드러운 온기가 거칠어진 타츠오의 손을 치유해 간다.

코끝에 퍼지는 아아, 이 달콤한 꽃향기는ㅡ미하루 치사의 향기다. 향수인 줄 알았는데 이 핸드크림이었구나⋯⋯⋯.

"곤란합니다, 이러시면⋯⋯⋯."

타츠오가 가까스로 내뱉은 말에 퍼뜩 제정신을 되찾은 듯한 미하루는 튕겨내듯 손을 놓았다.

"죄, 죄송해요! 저도 참 왜 이런 짓을……."

화르륵. 단숨에 얼굴이 새빨개진 미하루는 양손으로 뺨을 누르며 "정말, 죄송해요……"라며 부끄러운 듯 고개를 숙였다.

"아닙니다! 곤란하다는 말은……. 그…… 손을 씻을 수 없게 되니까요……. 미하루 씨께서 이렇게 해 주시면 아까워서 손을 씻을 수가 없어요. 어떻게 책임지실 겁니까, 저 결벽증인데요?"

타츠오는 내심 진지하게 항의했지만 미하루는 "뭐예요, 그게"라며 웃음을 터트리고는

"손, 잘 씻으세요……."

부끄러워 시선을 피하면서도 핸드크림을 꼭 쥐며 말했다.

"필요하실 때는 언제든지 또 발라 드릴 테니까요 ─."

☆

"뭐~가 언제든지 또 발라 드릴 테니까요야. 나 무슨 페인트 가게세요?"

다음 날 아침, 치사는 평소처럼 회사 휴게실에 와서 둥근 테이블에 털썩 엎드린 채 바보 같던 자신의 행동을 떠올리며 홀로 몸부림쳤다.

정말 무슨 짓을 해 버린 거니. 스스로도 놀란, 키타카제 씨

의 손을 잡아 버린 일…….

심지어 거기에 핸드크림까지 발랐다. 아무리 그래도 내가 직접 바를 건 아니었지. 크림을 빌려 주면 됐을 텐데, 그런데 그런 짓을 해 버렸다니…….

돌이켜 생각하면 할수록 이상하고 부끄럽다. 아아, 진짜. 다 너 때문이야! 치사는 가슴속에서 야옹야옹 소리쳐 대는 아기 고양이를 탓했다.

보고 있기만 해도 쓰라리듯 가려운 가칠가칠한 그 손이 청부 살인업자가 증거 은폐에 애쓰다가 얻은 결과물이 아닌, 부모님이 돌아가신 후 나이 차이가 나는 여동생을 챙기느라 고생해 온 증거라는 것을 알고 나니 도저히 내버려 둘 수가 없었다.

아냐, 아냐, 아냐. 사랑이나 그런 게 아니라 잠깐 모성 본능이 발동했던 것뿐이야. 치사는 아기 고양이에게 변명을 늘어놓으며 흘긋 벽시계를 바라본다. '키타카제 씨, 오늘 늦네' 싶자 마음이 조금씩 불안해진다.

마주할 낯이 없음에도 빨리 만나고 싶다는 마음이 얼마나 모순된 것인지를 스스로도 잘 안다. 그럼에도 평소라면 틀림없이 벌써 와 있었을 그의 부재가 마음에 걸려 견딜 수 없었다.

지각은 하지 않는 사람인데, 혹시 전철이 지연됐나……? 설마, 벌써 한참 전에 출근했으면서 나를 만나고 싶지 않아서 휴게실에 들리지 않고 있는 것뿐일까? 아, 그랬구나. 나 이상한 애로 여겨지고 있구나……. 내가 뜬금없이 질척거리면서 손을 잡는 파렴치한 사람이라서 싫증이 났나 봐……! 싫어, 어떡하지. 사과해야 해!

초조해진 치사가 벌떡 자리에서 일어선 순간

"늦어서 죄송합니다!"

하아하아 숨을 헐떡이며 키타카제가 코트도 벗고 달려 들어왔다.

"미하루 씨, 이거!"

그가 힘 있게 내밀어 온 것은 늘 주고받는 빨간 수첩과, 뭐지? 하얀 비닐봉투였다.

받아 들어 안을 들여다보고는—

"키타카제 씨, 이거……!"

내용물에 놀라 치사가 고개를 들자 키타카제가 조금 자랑스러운 듯한 모습으로 "그게 틀림없지요?"라며 고개를 기울였다.

"네, 틀림없이 이게 맞아요—."

치사는 그렇게 대답하고 다시금 시선을 떨구었다. 작은 비닐봉투에 한가득 들어 있던 것은 치사가 찾던 딸기 맛 티롤 초코. 대충 보아도 서른 개는 될 듯한 초콜릿 한 알 한 알이 마치 보석처럼 반짝반짝 빛나 보였다.

"일부러 찾아 주신 거예요? 단거 싫어하시면서……."

"실은 어제 퇴근길에 집 근처를 찾아보는데 하나도 없더라고요. 분한 가슴을 안고 오늘 아침 복수전에 나선 결과 드디어 해냈습니다!"

키타카제는 삼백안을 희번덕 빛내며 기쁘게 보고를 시작

했다.

"집 주변엔 전멸이어서 통근 전철 라인을 따라 한 역, 한 역마다 내려서 구내매점을 확인하고 왔어요. 그래도 안 나와서 한때는 포기할 뻔도 했지만, 회사 직전 역에서 문득 가까운 슈퍼의 광고가 눈에 들어오더군요. 벌써 문을 열었다고 해서 가 봤더니 적중했습니다! 얼결에 질러 버렸어요!"

들뜬 목소리로 이야기하는 키타카제가 소년 같은 천진한 웃음을 짓는다.

──키타카제 씨, 이런 표정으로 웃는구나…….

그의 천진난만한 표정에 마음을 사로잡힌 치사는 넋이 나간 채 감사 인사를 전했다.

"감사합니다……. 너무, 기뻐요……."

──저기요, 이래도 계속 시치미를 뗄 거예요?

사랑의 아기 고양이가 야옹야옹 대답을 재촉했다. 잠깐 기다려, 진정해. 지금 열심히 생각해 볼게──. 치사가 키타카제를 응시하며 눈을 떼지 못하고 있자

"조금 늦은 데…… 화가 나셨습니까?"

순식간에 걱정스러운 표정이 된 키타카제가 물었다.

"죄송합니다. 분명히 집에서 출발할 때는 역 하나당 2분씩 시간을 쓸 수 있도록 여유롭게 나왔는데, 슈퍼에 들렀다가 계산이 꼬이는 바람에 결과적으로 미하루 씨를 기다리시게 했습니다. 다음에 뭔가 새로운 시도를 할 때는 이번보다 2분 더 여유를 두고 행동……. 왜 그러시죠, 미하루 씨? 왜 웃으

십니까? 뭐 이상한 점이라도……?"

"아뇨, 그게 아니라…… 기뻐서요—."

변함없이 진지한 키타카제가 이상하고, 사랑스러워서—아아, 더는 이 기분 좋게 떨리는 마음을 멈출 수가 없어.

—거봐요, 내가 나갈 차례가 맞죠?

가슴속에서 의기양양하게 미소 짓는 아기 고양이를 향해, 치사는 마침내 백기를 들었다.

그날의 업무를 마친 후, 치사는 어제 약속한 대로 에리코와 술자리를 가졌다. 여전히 손님이 적은, 늘 만나는 다이닝바에서 둘은 서로에게 근래 2주간의 근황을 보고했다.

발이 넓은 에리코는 짧은 기간 동안에도 다양한 정보를 확보했다. 대학 시절 친구가 이직할 것 같다는 소식, 법무 파트 누구누구가 광고 홍보 파트 누구누구랑 사귀기 시작했다는 소식, 이웃에 사는 초등학생이 강아지를 입양해 갈 사람을 모집 중이라는 소식 등—한바탕 다양한 소식들을 다 듣고 나면 이제는 치사가 이야기를 할 차례다.

지금까지는 모모하라나 과장에 대한 푸념으로 열을 올려 왔지만, 요즘엔 불평이 쌓일 만큼 화가 나지 않았다. 모모하라에게는 불평은커녕 칭찬을 해 주고 싶을 정도다. 그것도 다 한 남자 덕분이어서, 치사의 이야기는 당연히도 그런 그에 대한 화제에 한정됐다.

"그래서 있지, 키타카제 씨한테서 대량의 티롤 초코를 받아 버렸어. 전부 딸기 맛! 하루에 하나씩 먹어도 한 달 가까이 먹을 수 있다니까? 지금 책상 서랍 안에 예쁘게 쭉 나열해 놨는데, 업무 중에도 몇 번씩 열어서 보게 돼. 볼 때마다 자꾸 웃음이 나오는 거 있지!"

"우와—, 설마 너한테서 이런 시시콜콜한 연애 얘기를 들을 날이 올 줄이야……. 고작 초콜릿에 그렇게까지 행복해하다니, 꽤 싸게 먹히는구나."

난 이해할 수가 없네 하며 에리코는 기가 막히다는 듯 어깨를 으쓱했다.

"어—! 중요한 건 마음 아니니—?"

"뭐야, 그 마음이 담긴 두루마리에는 불만만 한가득이더니."

"아냐, 지금 생각해 보면 두루마리도 완전 괜찮았어! 옛 일본의 좋은 시절이란 느낌도 들고, 집에 하나 있으면 인테리어의 격이 훌쩍 올라간다고 할까……. 그래. 나이스 초이스였어, 키타카제 씨!"

"엑, 너 잠깐 안 본 사이에 어디 머리라도 부딪친 거 아니야? 모르겠어? 상대는 그 키타카제 타츠오야! 얼굴을 흉기 삼아 어둠의 세계를 떠돌던 남자라고! 가볍게 노는 거라면 몰라도 진심 같은 건 절대로 있을 수 없는 사람이지."

가볍게 진저리를 친 에리코는 "눈을 떠"라며 고개를 가로 젓는다.

"아, 진짜. 아까도 얘기했잖아? 키타카제 씨에 관한 악질 소문들은 전부 가짜라고! 그 사람은 사실 아무도 죽이지 않았어, 국내에서든 해외에서든!"

"안 돼, 그 얼굴로 알맹이는 보통 남자라니. 얼굴만 무섭지 그냥 평범한 아저씨란 얘기잖아. 조금은 다른 차원에 사는 고독한 살인자랑 사귀는 네가 재미있었는데!"

"이제 재미없어"라며 진심을 흘리는 에리코. 딱히 너 재미있으라고 사귄 건 아니었거든요……? 여러 모로 무자비한 발언을 이어 가던 에리코가 표정을 바꾸고 말한다.

"다시 생각해 보는 게 어때? 뭐, 쌩쌩한 젊은 애들한테야 이길 수 없겠지만 치사 클래스라면 더 좋은 다른 남자를 고를 수 있잖아. 연상이 좋은 거면 광고 홍보부의 모리야 씨 같은 사람은 어때?"

"싫어! 키타카제 씨가 아니면 싫단 말이야. 그 사람이랑 같이 있으면 마음이 따뜻해져. 퐁당 쇼콜라에서 흘러나오는 따끈한 초콜릿처럼 행복한 기분이 쭉 퍼져 나간단 말이야."

"뭐야 그거, 닭살 돋았어! 너무 돋아서 지압 샌들 못잖게 되어 버렸잖아. 좁은 혈 자리 정도는 지압할 수 있겠어. 어쩔 거야, 이거."

에리코는 옷 위로 양팔을 쓰다듬은 다음 말을 이었다.

"그렇지만 뭐, 이걸로 그 초콜릿의 진상은 어둠에 묻히게 됐네. 이대로 계속 사귀어도 괜찮아진 거지?"

직설적인 질문을 던진다. 치사는 부끄러웠지만 '노'라는 선택지 따위는 갖고 있지 않아서 두 손으로 얼굴을 가리면서도 겨우 답한다.

"……응. 순서는 이상해졌지만, 키타카제 씨의 진짜 여자 친구가 되고 싶어. 하지만 이대로 입을 다물고 있는 것도 좀 그래서 다음 데이트 때 확실히 얘기할 생각이긴 해—."

어제 점심을 먹을 때도 털어놓을 마음은 있었다. "밸런타인데이 때 드린 초콜릿, 그때 시점에선 의리 초콜릿이었어요"라고—. 그러나 할 수 없었다.

그가 화를 낼까 두려운 것이 아니었다. 물론 키타카제를 오해했던 초반에는 진실을 이야기했다가는 이 세상에서 사라져 버릴지 모른다는 어리석은 생각도 했었다. 하지만 이제는 그가 그런 사람이 아니라는 것은 충분히 잘 안다.

"좀처럼 말을 못 꺼내겠는 건 이제는 처음이랑 마음이 정반대이기 때문이야. 진실을 고백했다가 지금 관계가 망가져 버리지는 않을지, 그게 무서워. 왜냐하면 이유야 어쨌든 거짓말을 해 버린 셈이잖아? 좋아하지도 않는데 사귀었다는 걸로 경멸당하지는 않을까……."

치사가 불안해 시선을 떨구자 에리코는 밝게 "괜찮을 거야"라고 했다.

"네가 이야기하는 걸 듣고 미루어 생각해 보면 키타카제 씨 꽤 좋은 사람 같으니까. 생각해 보면 네가 그렇게 들떠 있는 모습을 보는 거 처음 같아. 의외로 잘 맞는 사이일지도 모르겠어, 치사랑 키타카제 씨."

"에리코…………."

가슴이 찡해진 치사가 고개를 들자 "뭐, 재미는 없지만"이라는 사족을 붙인 에리코가 단숨에 칵테일을 들이켠다.

"그래서, 어떻게 할 거야? 드디어 다음 스텝으로 나아가는 거야? 주말에 데이트할 거지? 화이트데이 데이트!"

"으, 응. 교환 일기를 통해서 수족관 데이트 신청이 들어왔어."

"캬하! 나이도 먹을 만큼 먹은 사람들이 여전히 중학생 같은 걸 하고들 있어. 근데 그 라이브 공연 본 날 밤, 진짜 아무 일도 없었어? 마흔 언저리쯤 되면 이래저래 늦게 서는 모양이네. 좋은 자라 요리집 좀 소개받아 볼까?"

재빨리 스마트폰을 꺼낸 에리코가 메시지 앱을 탭한다.

"아이, 좀. 됐어, 필요 없어! 그런 건 그러니까⋯⋯ 자연스러운 흐름에 따라서⋯⋯⋯⋯. 그런 거잖아?"

"어? 괜찮아? 키타카제 씨는 그런 짓 안 해—! 이런 말 안 하네?"

얼굴을 붉히면서도 부정하지 않는 치사를 보고 에리코는 순간 놀란 눈치였지만, 금세 입가를 이죽거리면서 손을 들고 외쳤다.

"여기요~. 팥찰밥● 추가! 아, 장어 파이도 포장해 주세요!"

"꺄아아아아악! 하지 마, 좀. 부끄러워!"

치사는 서둘러 에리코의 손을 내리게 했지만 리액션이 좋

● 일본에서는 경사가 있을 때 팥찰밥을 먹는 풍습이 있는데, 옛 여성들은 초경을 맞이하거나 혼례를 올릴 경우 축하와 기념의 의미로 팥찰밥을 먹었다.

은 마스터는 "추가 주문 받았습니다—! 독사 드링크•• 스트레이트!"라며 받아쳤다.

둘 다 제발 그만……. 치사가 달아오른 얼굴을 두 손으로 파닥파닥 부채질하며 식히고 있으려니 에리코는 머릿속에 무언가가 떠올랐는지 납득할 수 없다는 듯 말했다.

"너네, 잘된 거면 내가 환불해 준 초콜릿값 다시 내놔. 내가 너희 사랑의 큐피드 님이잖아. 좋았어, 다음 점심은 키타카제 씨한테 사라고 해야겠다!"

"에리코는 정말 성격이 좋아. 틀림없이 오래 살 거야."

그렇지만 뭐, 에리코 덕분이라면 에리코 덕분이지……. 하지만 1/500의 확률로 그 초콜릿을 뽑은 건 키타카제 씨의 운이잖아? 그런 걸 운명이라고 하는 건가…….

운명이라는 너무나 로맨틱한 울림에 치사의 가슴속 아기 고양이가 움찔 반응했다.

그래그래, 괜찮아. 더 이상은 네 말에 반론할 생각이 없으니까. 아기 고양이에게 동의한 치사는 오늘 아침 본 천진난만한 키타카제의 모습을 떠올리며 확신한다.

내가 찾았던 건 바로 그 사람이야. 얼굴은 조금 무섭지만 바보처럼 진지하고 기가 막힐 만큼 다정한—삼백안의 왕자님.

•• 독사에서 뽑아낸 타우린이 함유되어 남성의 정력에 도움을 주는 것으로 유명한 자양 강장 음료.

5장 화이트데이 컨퓨전

　금요일 밤, 야근을 마치고 귀가한 타츠오는 손 씻기와 양치를 꼼꼼히 3세트씩 마친 다음, 만족스러운 기분으로 거실을 빼꼼 들여다보았다.

　"리이나는 아직 안 왔나? 중요한 이야기가 있는데……."

　타츠오의 눈앞에는 여느 때와 마찬가지로 한심스러운 풍경이 펼쳐져 있었다. 소파 앞 테이블에는 먹다 만 포테이토칩이 뚜껑도 열린 채 방치되어 있고, 그 옆에는 여러 권의 잡지가 활짝 펼쳐진 채로 뒤엉켜 있다. 창가의 화분 선반을 살펴보니 화분들의 흙은 또 말라 가고 있었다.

　"본인에게 주어진 유일한 일조차 해내지 못하다니, 역시 양육법이 잘못되었던 건가……."

　타츠오의 뇌 속에 "나중에 할게!"라는 리이나의 목소리가 자동 재생된다. 곤란한 녀석이야. 분무기를 손에 든 타츠오는 전과 같이 리이나 대신 화분에 물을 준다.

　여전히 기품이 넘치는 카틀레야는 작년보다도 오래 꽃을 피워 주고 있다. 식물은 교감을 나누면 건강해진다는 말을 들은 적이 있는데, 밸런타인데이 후로 자연스럽게 흘러나오는 콧노래를 듣고 있기 때문일까? 생각해 보면 지난달 이맘때쯤, 타츠오는 미하루에게서 초콜릿을 선물 받았다. 그날의 흥분은 지금도 선명하게 떠오른다.

'자, 행복을 나누어 주마'라는 듯 함수초에게도 콧노래를 섞으며 분무를 하는 타츠오. 부끄러운 것처럼 머뭇머뭇 잎을 벌려 가는 모습은 한 달 전 앳된 미하루를 떠올리게 만들었다.

그 무렵 미하루는 대단히 샤이해서 눈이 마주치기만 해도 금세 시선을 피하곤 했다. 그 반응도 청순가련해서 좋았지만, 최근 들어 보내 주는 뜨거운 롱런 눈빛도 참을 수 없이 좋다!

타츠오가 흥흐~응, 흥흥흐~웅! 하며 기분 좋게 분무를 하고 있을 때

"다녀왔습니다——! 손도 씻었고 양치도 했고 아마 신발도 정돈했을 리이나가 돌아왔다——앙!"

타츠오가 캐묻기 전에 먼저 대답한 리이나가 즐거운 표정으로 거실로 들어왔다.

"아, 물 줘서 고마워——! 나중에 내가 할 생각이었는데——! 나중에——!"

평소와 같은 문장을 단숨에 왼 리이나는 곧장 이어서 말했다.

"있잖아, 있잖아. 나 월요일부터 아르바이트 시작하기로 했어! 방학 끝나는 3월 말까지 단기로 하기로 정해졌어~. 그게 있지——……."

"미안하지만 그 이야기는 나중에 해도 될까? 실은 너와 긴히 의논하고 싶은 일이 있는데."

"무슨 일이야? 정색을 하고…….."

이상해하는 리이나를 데리고 불단을 모신 방으로 이동한 타츠오는 불단 앞에 바르게 앉아 어머니의 유영에 손을 맞댄다. 벌써 완전히 색이 바랜 아버지의 것에 비해 어머니의 유영은 아직 선명해서 당장이라도 말을 걸어올 것처럼 부드러운 미소를 지으며 이쪽을 바라보았다.

"어머니, 드디어 내일입니다. 대답조차 하지 못했던 어머니와의 약속을 드디어 이룰 수 있는 때가 왔어요―."

불단에 놓여 있던 어머니의 유품을 손에 든 타츠오는 앉은 방향을 바꾸어 뒤에 앉은 리이나를 마주보고 말을 꺼낸다.

"내일 미하루 씨에게 이걸 주려고 해. 그 전에 너의 허락을 받아 두고 싶은데, 어떨까?"

"어떠냐니……. 타츠오, 진심이야? 이걸 준다는 게 무슨 뜻인지 알고 말하는 거지? 또 이상한 착각 같은 거 하고 있는 건 아니지?"

두루마리 때의 여파가 아직도 남은 듯, 리이나는 곤혹스러워하며 미간을 찡그렸다.

자세를 바르게 고쳐 앉은 타츠오는 "이번에는 괜찮아"라며 진지한 표정으로 말을 이었다.

"직전까지 아무런 의논도 하지 못해 미안하다. 지난주 일요일에 어머니 묘지에 다녀왔잖아? 그때 어머니께는 이미 말씀드렸어―."

"그랬구나……. 벌써 결심한 거네. 그렇다면 이제 와서 반대할 수 있을 리가 없잖아."

조금 쓸쓸한 듯 웃은 리이나는 "잠깐 비켜 줄래?" 하며 타츠오를 제치고 불단 앞에 앉았다. 그리고 땡 소리가 나게 종을 울린 다음 기도하듯 두 손을 모았다.

"내일 잘되면 좋겠다. 엄마한테도 부탁하자."

"리이나, 너…………."

귀찮게 엮이는 일을 싫어하고 칠칠치 못한 면은 있지만 참으로 다정한 아이로 자라 주었구나. 감격해서 슬쩍 눈물을 글썽이는 타츠오의 귓가에 어머니에게 이야기를 하는 리이나의 낭랑한 목소리가 들린다.

"엄마, 내일은 오빠가 일생일대의 대승부에 나가. 함께 응원해 줘. 드디어 우리 집에 그렇게 염원하던…… 미셸 로잘리의 펌프스가 올지도 모르니까!"

"리이나, 너란 녀석은!"

내 감동을 돌려 줘! 하며 한탄하는 타츠오를 향해 리이나는 메롱 혀를 내민다.

"잘해, 기회는 위기이기도 하니까!"

그리고 맞이한 화이트데이 당일은 최고의 서막으로 시작되었다. 수족관 앞에서 만난 타츠오와 미하루는 어느 한쪽을 기다리게 하는 일 없이 딱 같은 시간에 도착했다.

마치 운명이 이끈 것 같은 타이밍에 만난 두 사람은 사실 약속 시간보다 15분 일찍 도착한 것이었다.

"아, 정말! 너무 빨라요, 키타카제 씨. 어제 그렇게 다짐을 받았는데."

"네, 유원지 때처럼 30분씩 일찍 오는 건 그만해 달라고 하셔서 오늘은 15분 늦게 왔습니다."

"그래도 약속 시간보다는 15분 이르잖아요. 뭐, 그건 나도 마찬가지구나……."

그렇게 말하고 킥킥 웃는 미하루는 이전까지와는 조금 분위기가 달라 보였다. 평소처럼 멋진 것에는 변함이 없지만 회사에서 보던 모습보다 더 사랑스럽고 소녀 같은 앳된 모습이 돋보였다.

"어……, 저기. 이상한가요? 좀, 너무 어린애 같은가……."

빤히 바라보는 시선을 알아차린 미하루가 스스로의 차림새를 살핀다. 그렇군, 달라진 건 옷이었군. 오늘 미하루는 흰 천 위에 작은 핑크색 꽃무늬가 흩뿌려진 팔랑팔랑한 소재의 원피스를 입고 연한 파란색 코트를 걸치고 있다. 원피스의 가슴 부분에 자기주장이 세지 않은 리본이 앙증맞다. 미하루가 걱정하는 너무 어린 느낌은 없지만, 평소보다 사랑스러운 인상을 주었다.

"넋을 놓고 바라봐서 죄송합니다. 평소 같은 청초한 느낌도 좋지만 오늘의 미하루 씨도 귀여워서 좋습니다."

"저, 정말이요?"

단숨에 표정이 밝아진 미하루는 이번에는 조금 부끄러운 듯 고개를 숙이고

"감사해요……. 유원지 때는 대충 청바지를 입고 갔었으니까, 오늘은 힘을 줘 봤어요. 꾸민 보람이 있었네요."

"미하루 씨는 언제나 근사한데요? 청바지 차림도 발랄해 보여서 그건 그것대로 좋았습니다."

"평소엔 늘 무장을 하고 외출하거든요. 당당한 어른으로 있기 위해서요. 하지만 오늘은 순수하게 즐기는 마음으로 꾸밀 수 있어서 설렜어요. 조금 불안하기도 했지만……."

"불안, 이요……?"

미하루는 당황하는 타츠오의 얼굴을 내리뜬 눈으로 흘긋 엿보고는 말했다.

"키타카제 씨의 취향을 모르니까요……. 뭘 입으면 좋을까 싶어서 혼자서 패션쇼를 몇 번이나 했는지 몰라요. 맞다, 다음을 위해서 좋아하는 색을 가르쳐 주세요!"

미하루가 집게손가락을 꼿꼿이 세우며 물었다.

"좋아하는 색…… 말입니까? 제가 입는다면 검은색이지만, 미하루 씨가 입어 주면 좋겠는 색이라면……. 으~음, 어렵네요. 미하루 씨라면 무슨 색이든 화려하게 잘 소화해 낼 것 같은데……."

그렇지만 질문을 받은 이상은 명확하게 대답해야겠지. 청순가련한 핑크색이냐, 정열적인 빨강색이냐. 쿨한 파랑색도 버리기 어려운 카드인데, 상쾌한 초록색도 제법……. 으으으음. 도저히 한 가지 색으로 좁힐 수가 없어. 그렇다면 이럴 때는……

"무지개색 옷은 어떨까요? 빨주노초파남보, 다양한 색을 총망라한 무지갯빛이 미하루 씨의 매력을 빠짐없이 발휘시켜 줄 게 분명합니다! 핫, 하지만 무지개에는 핑크색이 없군. 정말 잘 어울릴 것 같은데! 좋았어, 그렇다면 무지개 색상과 핑크색이 조합된 옷으로……!"

"무리예요."

혼신의 제안은 미하루의 웃음과 함께 기각되었다.

"너무 고난이도라 소화할 자신이 없어요. 혼자 있어도 7인의 부대 플러스 원처럼 보이겠는데요?"

"죄, 죄송합니다……. 스, 슬슬…… 갈까요?"

말을 마친 타츠오가 살며시 미하루의 손을 잡는다. 고개를 끄덕인 미하루는 유원지 때는 뿌리쳤던 그 손을, 힘을 주어 꼭 붙잡았다.

그 후로 데이트는 순조롭게 이어졌다. 이전의 데이트에서는 어딘가 표정이 굳어 있던 미하루도 쓸데없는 긴장이 풀렸는지 오늘은 훨씬 자연스러운 웃음을 보였다.

"앗, 물고기다! 저기에도 물고기! 어머, 이쪽에서도 다른 종류의 물고기들이 심지어 크게 무리를 지어서 오네! 쟤들은 스위미●인가?"

● Swimmy. 그림책 작가 레오 리오니의 동화 《스위미(Swimmy, 국내 번역서명은 《으뜸 헤엄이》)》의 주인공인 작은 물고기. 큰 물고기들에게 잡아먹히지 않기 위해 무리를 이루는 작은 물고기들을 돕는 스위미의 이야기는 일본의 초등학교 저학년 교과서에도 실려 있다.

수족관이니 물고기가 있는 것은 당연한데, 미하루는 수조 속을 자유롭게 헤엄치는 물고기들을 보며 대흥분이다. 들어 보니 수족관에 온 것은 초등학생 때 이후로 처음이라고 한다.

　"미하루 씨, 아쉽지만 스위미는 물고기의 종명이 아닙니다. 스위미라는 이름의 물고기는 실재하지 않고, 지금 저기서 큰 물고기처럼 움직이는 고기들은 아마도 정어리 종…………."

　"아, 키타카제 씨. 대왕쥐가오리 왔어요! 와, 크다아~! 알라딘에 나오는 마법의 융단 같아요! 위에 타고 휙휙~ 바닷속을 비행하면 좋겠어요~!"

　"미하루 씨, 아쉽지만 이 수족관에 대왕쥐가오리는 없습니다. 아마도 저건 그냥 가오리…………."

　미하루 씨, 안 들어……. 그래, 뭐 어때. 더 이상 눈치 없는 소리 말자.

　수조에 손을 대고 푹 빠져서 물고기들을 즐기는 미하루의 모습에 타츠오의 얼굴에는 웃음이 퍼진다.

　"저쪽에 있는 쟤는 누굴까요? 잘 모르겠지만 어쨌든 물고기네요, 물고기!"

　수조 터널 아래에서 동심으로 돌아가 신나게 떠드는 미하루. 늘씬한 구두를 신은 발은 종횡무진으로 헤엄치는 물고기 무리를 쫓아 춤을 추듯 스텝을 밟는다. 여기저기를 둘러보고 뱅글뱅글 도는 몸에 맞춰 작은 꽃무늬 원피스 자락이 팔랑팔랑 휘날린다.

　—아아, 예쁘다⋯⋯.

　파랗게 출렁이는 빛이 비추는 미하루의 모습은 마치 달빛이 비추는 바다를 희롱하는 인어 같다. 심지어 그 옷이 타츠오를 떠올리며 골라 준 것이라는 생각을 하니 과분한 영광에 가슴이 뜨거워진다. 이런. 수족관의 주역인 물고기들에게는 미안하지만 아까부터 타츠오의 시선은 미하루에게 사로잡혀 있다.

　"앗! 얘, 키타카제 씨를 닮았어요!"

　소리 높여 순수한 말을 뱉은 미하루가 눈앞에서 헤엄치는 삼백안의 상어에게 유리 너머로 키스를 한다. 마치 영화의 한 장면을 떠올리게 만드는 아름다운 순간에 타츠오는 눈앞이 아찔해진다.

　뭐지, 이 행복의 향연은! 한 달 전까지는 아무런 재미도 없이 판에 박은 듯한 나날만 담담히 살았었는데, 요즘엔 행복의 열기가 가라앉질 않아!

　서, 설마 죽을 때가 다 된 건가? 신이 행복의 종말을 조정하면서 너무 많이 잃었던 행운을 이제야 환급해 주고 있는 건가⋯⋯?

　어디도 안 좋아선 안 돼. 집에 가면 종합 검진부터 예약해야겠어.

　그렇게 바보 같은 일을 생각할 정도로 타츠오는 행복했다.

"아, 곧 돌고래 쇼가 시작될 시간이에요!"

터널 모양 수조를 빠져나와 휴게실로 나왔을 때, 미하루가 벽시계를 가리키며 말했다.

"벌써 시간이 그렇게 됐습니까? 돌고래 풀장은 야외인 것 같군요."

두 사람은 안내판을 따라 돌고래 풀장으로 이어지는 건물 바깥 복도를 걸었다. ─그때 뒤에서 달려오던 남자아이가 철퍼덕 넘어졌다. 부모는 어디 다른 곳에 있는지, 주변을 둘러보아도 부모로 보이는 사람은 보이지 않았다.

"으이잉, 아야아."

아이는 넘어지면서 손바닥이 쓸려 피부가 벗겨진 모양이었다. 울기 시작하는 아이를 걱정 말라면서 안아 준 타츠오는 가까이에 있는 급수대로 가서 피가 맺힌 상처 부위를 흐르는 물에 씻어 주었다.

상처에 물이 스미는 통증에 더해 곁에는 얼굴이 보통 무서운 게 아닌 중년 남자가 있는 상황. 타츠오는 괜히 아이를 더 울릴 수도 있다고 각오했지만 "괜찮아"라며 상냥하게 미소 짓는 천사 미하루의 등장에 아이는 수줍은 표정으로 고개를 끄덕였다. 역시 미하루 씨야. 나 혼자였다면 이럴 수 없었을 텐데.

안도한 타츠오는 넘어졌을 때 더러워진 아이의 바지를 손으로 깨끗이 털어 준 다음 "이걸 붙이면 금방 나을 거야"라면서 늘 가지고 다니던 반창고를 꺼냈다. 접착 면에서 박리지를 벗겨 소년의 손에 붙이려고 한 순간——

"꺄악——! 우리 애한테 뭐하시는 거예요! 하지 마요, 떨어지세요!"

별안간 몸을 날리며 달려온 아이의 엄마가 아이를 뺏어 들고는 겁에 질려 벌벌 떨면서도 서슬 퍼런 얼굴로 힘을 주어 말했다.

"우, 우리 집엔 아이의 몸값을 댈 만큼 큰돈이 없어요. 그러니 제발 아이를 놓아주세요. 정말이에요, 죄송합니다!"

완벽하게 잘못 짚은 호소를 남긴 그녀는 아이를 안고 사바나를 질주하는 치타와 같은 속도로 달려 도망쳤다. 아연실색한 미하루는 난처한 듯이 웃으며

"유괴범이라는 착각이라도 한 걸까요…….."

"그러게요……. 미하루 씨의 여신 오라에도 저의 조폭 같은 느낌은 씻어 내지 못했던 모양입니다. 공범자로 여겨지시게 해서 죄송합니다."

타츠오가 붙이지 못한 반창고를 손에 들고 고개를 숙인다.

"자상하세요, 키타카제 씨. 분명 전에도 어린아이를 도와주셨었죠? 왜 그때 유원지에서 나무에 걸린 풍선을 내려 주셨었잖아요."

"아아, 그거……. 보셨군요. 아이를 생각해서 손을 빌려 주었는데 이 얼굴 때문인지 아이를 울려 버렸어요……. 웃는 얼굴이 역효과였던 모양입니다. 미련하죠, 저를 무서워할 걸 알면서도 도저히 내버려 둘 수가 없어요."

"왜요? 제가 키타카제 씨라면 누구 다른 사람이 대처해 주기를 기다릴 것 같아요. 아이가 울게 될 걸 알고도 도와주기란 좀처럼 용기가 나질 않아서……."

"저의 경우는 여동생의 존재가 큰지도 모릅니다. 전에도 말씀드렸지만 동생과는 열다섯 살 차이가 나서 동생에게 저는 오빠라기보다는 아버지 같은 존재거든요. 그래서인지 어린아이들에게서 동생의 어린 시절 모습이 자꾸 겹쳐 보여서 도저히 내버려 둘 수가 없어요."

그럼에도 매번 아이들을 무섭게 만드니, 아이들 입장에서는 엄청난 민폐일지도 모른다. 다행이 오늘은 미하루 씨 덕분에 아이가 울지는 않았지만…….

타츠오는 쓴웃음을 지으며 갈 곳을 잃은 반창고로 시선을 떨구었다. ──그러자

"그거, 붙여 주세요."

미하루가 그 가냘픈 손을 살며시 내민다.

"네……? 아무 데도 상처가 없지 않습니까……?"

"아니에요, 마음에 상처를 입었거든요. 모르셨어요? 여기, 마음으로 이어져 있어요."

의도를 이해하지 못하고 곤혹스러워하는 타츠오에게 미하루는 손가락을 들어 손바닥을 가리켜 보였다.

"오해라고는 해도 이렇게 자상한 키타카제 씨가 유괴범 취급을 당했는걸요. 너무 충격받아서 가슴이 아파요. 그러니까 자요, 어서 붙여 주세요!"

"네, 네에……. 이러면 될까요?"

타츠오가 당황하면서도 미하루의 말대로 반창고를 붙이자 미하루는 "덕분에 살았어요"라며 만족스럽게 미소를 짓는다.

"여기, 키타카제 씨의 마음으로도 이어져 있어요. 그러니까 꼭 금방 나을 거예요."

아무래도 아까 일로 상처를 받았을 거라고 생각하는 듯했다. 얼굴 때문에 오해받는 일은 일상다반사이니 까짓 일로 새삼스럽게 마음을 쓰지는 않는다. ──하지만

어서 나아라, 나아라 하며 반창고 위로 부드럽게 손바닥을 쓰다듬는 미하루에게

"감사합니다."

타츠오는 겸연쩍어 하면서도 솔직하게 감사 인사를 했다. 어쩌면 미하루 씨의 손은 정말 내 마음으로 이어져 있을지도 모르겠어.

가슴이 서서히 뜨거워진다. 타츠오는 이제껏 받아 온 상처들이 남김없이 다 치유되어 가는 듯한 기분이 들었다.

두 사람은 돌고래 쇼를 만끽했다. 차고 넘칠 만큼 수족관에서의 시간을 충분히 즐긴 후에는 조금 이른 저녁 식사를 하기 위해 가까운 프렌치 레스토랑으로 이동했다. 이날을 위해 타츠오가 사전에 예약을 해 둔 곳이었다.

흰색을 베이스로 한 깔끔한 느낌이 가득한 레스토랑 안은 타츠오의 나쁜 버릇을 훌륭히 억제해 주었다. 이제부터가 오

늘 데이트의 최고 클라이맥스인데 항균 스프레이를 분사해 대다가는 로맨틱한 분위기가 망가져 버릴 것이다. 오늘 밤엔 모든 항균 제품을 봉인하겠다. 그렇게 결심한 타츠오는 양손을 정갈하게 무릎 위에 얹었다.

"수족관 너무너무 재미있었어요. 물고기도 많이 봤고, 펭귄도 귀여웠어요─. 돌고래의 동그란 눈에 힐링됐고, 해파리도 너무 신비롭고 멋졌어요!"

하나씩 테이블에 놓이는 코스 요리를 맛보며 미하루는 기쁘게 기억을 돌이켜본다.

"키타카제 씨는 수족관에 자주 가시나요? 바다 생물들에 대해서 잘 아시던데."

"아니요, 동생이 어릴 때는 바쁜 어머니를 대신해서 데리고 다녔었지만, 최근 10년 정도는 전혀요. 그래서 저도 토막 낸 생선 외의 물고기를 보는 건 오랜만이었습니다."

"토막 생선이라니……. 정말, 지금은 그런 말 하지 말아 주세요."

미하루는 불만스레 입술을 내밀다가도 무슨 생각이 떠올랐는지 "그러고 보니!" 하며 말을 이었다.

"큰 수조 안에 상어랑 다른 물고기들이 함께 있었잖아요. 그거 괜찮을까요? 작은 물고기들이 모조리 잡아먹혀서 금세 전멸할 것만 같은데 말이에요."

"따로 먹이를 줄 겁니다. 기본적으로 배가 부르면 쓸데없는 살생은 안 할 테니까요."

"그렇구나. 하긴 우리도 마구잡이로 생선을 토막 내는 건 아니니까요. 필요한 양만 감사히 먹는 느낌이겠어요."

"네. 그리고 상어는 어딘가 무서운 이미지가 있지만 온화한 성격을 가진 종류의 상어도 많아요. 오늘 우리가 본 샌드타이거상어도 그렇죠. 험악한 이빨과 삼백안──사람을 잡아먹는 상어로밖에 안 보이는 흉악한 얼굴을 가졌지만 의외로 다정한 녀석이거든요."

"상어도 겉모습만 보고 판단할 수는 없네요. 역시 그 아이, 키타카제 씨를 닮았어요."

후후 작게 소리 내서 웃는 미하루를 보자 타츠오의 가슴이 크게 뛴다. 그 모습에 수족관에서 수조 너머의 상어에게 입을 맞추던 미하루의 모습이 오버랩되자──아아, 안 돼. 날뛰는 마음을 억누를 수가 없어.

원래 계획은 식사를 마치고 한숨 돌릴 때쯤에 할 생각이었는데…….

타츠오가 의자에 걸쳐 두었던 코트 주머니에 손을 넣는 모습을 본 미하루는 장난스러운 미소를 짓는다.

"아, 또 세균 퇴치인가요? 여기에서도 걱정이 되세요?"

"아니요, 아닙니다. 오늘은 미하루 씨께 드리고 싶은 물건이 있어서요. 밸런타인데이의 답례……라고 말하면 좋을까요."

"다, 답례는 됐어요! 정말 마음만으로 충분해요! 왜냐하면 그 초콜릿은…… 뭐라고 해야 할까요. 그렇게 대단한 거 아니었어요. 싸구려이기도 하고, 그리고…………."

왜인지 미하루의 표정이 굳어 간다. 뭘 그리 사양하는 걸까.

"가격 따위는 상관없습니다. 그 초콜릿은 제게 있어 가격을 따질 수 없는 물건이니까요. 다 먹어 버린 지금까지도 여전히 혈액과 같이 제 몸속을 순환하며 이 생명을 끝없이 태워 주고 있어요."

"아니요, 그게 말이죠……. 그 초콜릿엔 사정이 좀 있는데……. 키타카제 씨가 들으시면 절 경멸하실지도 모르지만 사실은──."

"그러면 안 됩니다, 미하루 씨. 당신이 아주 신중한 분이란 건 알지만 과하게 겸손한 태도는 좋지 않아요."

미하루를 자상하게 타이른 타츠오는 어머니의 유품이 든 상자를 꺼내 천천히 그 뚜껑을 연다.

"제가 드리고 싶은 건 이겁니다."

"키타카제 씨, 이건……."

상자 안에서 빛나는 것은 다이아몬드 알이 박힌 반지──약혼반지다.

놀라 휘둥그레진 미하루의 두 눈이 타츠오를 빤히 바라본다.

"어머니의 유품입니다. 그 멋진 초콜릿에 무엇으로 답하면 좋을지 대단히 고민했는데, 역시 이것밖에 없다는 생각에──. 돌아가신 어머니께서 바라신 일이기도 하고요."

"어머님의……?"

미하루가 이상한지 고개를 갸웃한다. 미하루의 말에 고개를 끄덕인 타츠오는 "어머니는 말기 위암을 앓으셨어요——"라는 말로 운을 뗀 후, 생전 어머니의 기억을 떠올리며 이야기를 시작했다.

"당신의 죽음을 예감하신 어머니는 살아 계신 동안에 유품 정리를 시작하셨습니다. 저와 여동생을 걱정하셨던 거죠. 아버지께서 사고로 갑자기 돌아가셨을 때, 여러 모로 힘들었거든요——."

입원 중이던 어머니에게 병문안을 갔을 때, 어머니는 꺄르르 웃으며 이렇게 말했다.

"아빠 때는 너무 갑작스러웠잖니? 그래서 아무런 마음의 준비도 없이 맞이한 슬픔과, 믿을 수 없는 얼떨떨함과, 앞으로 어쩜 좋지 하는 불안이 뒤섞여서 한꺼번에 덮쳐 오는 바람에 도저히 유품 정리를 할 기력이 없었어. 그 부분을 이번에는 미리 준비할 수 있으니 다행이지 않니——? 불행 중 다행이랄까?"

어머니는 아무 말도 하지 못하고 우두커니 서 있는 타츠오에게 침대 위에서 이런저런 지시를 내렸다. 돈 관련한 서류는 책상 서랍에 넣어 두었으니 수속을 잘 부탁한다. 빨간 상자에 정리해 둔 건 확인하지 말고 태워 주렴, 살짝이라도 훔쳐보면 천국에서 벌하러 올 거야 등 꽤 구체적인 지시들이었다.

그중에서도 특히 타츠오에게 몇 번씩 다짐을 받은 것이 어머니의 보물——두 개의 반지의 처우에 관한 것이었다.

"결혼반지는 나와 함께 묻어 주렴. 유령이 되어서도 아빠와는 이어져 있고 싶으니까. 하지만 약혼반지는 안 돼. 그거 꽤 좋은 반지거든. 아빠가 열심히 일해서 사 준 거야. 엄마, 엄청 사랑받았었단다!"

그렇게 말하고는 넉살 좋게 아버지와의 연애사를 자랑하던 어머니의 얼굴은 비쩍 말라 있었지만 소녀처럼 사랑스러웠다.

그런 고로 약혼반지는 매장하지 말고 따로 빼서 가지고 있어 주렴. 혹시 곤란한 일이 생긴다면 팔아서 보태 주면 좋겠구나. 갑자기 진지한 표정으로 그렇게 말한 어머니는 "그렇지만 가장 좋은 건 말이야──"라며 이번에는 꿈을 꾸는 소녀 같은 표정으로 말을 시작했다.

"언젠가 타츠오가 평생 함께하고 싶다는 생각을 하게 하는 사람이 나타난다면 그 사람에게 전해 주면 기쁘겠어. 리이나는 언젠가 리이나가 받을 테니까. 그러니까 엄마의 약혼반지는 타츠오가 타츠오의 소중한 사람에게 주면 좋겠다. 그러면 아빠도 기뻐하실 거야. 아빠와 엄마의 사랑이 너희들에게 이어지는 셈이잖니. 설령 육신은 사라진다 해도 우리 둘은 언제나 너희를 지켜보고 있으마. 타츠오와 타츠오의 소중한 사람을, 늘 곁에서 지켜 줄게. 어때, 멋지지 않니?"

어머니는 깊은 애정을 담아 말했다. 그러나 타츠오는 "그렇게 할게"라는 대답을 하지 못했다.

그것이 있을 수 없는 일이란 걸 알고 있었기 때문이다.

가족들에게밖에 이해받지 못할 정도로 흉악한 얼굴과 모자란 말주변을 가진 남자인 자신이 다른 누군가와 부부가 된다는 건 불가능했다. 반지를 받을 사람 따위 앞으로도 평생 나타나지 않을 거라 생각한 타츠오는 침대에 누운 어머니에게 고개를 가로저었다.

　아직 죽을 거라고 단정 짓지 마, 재수 없는 소리도 하지 말고. 걱정 안 해도 반지는 안 태워. 때가 오면 잘 팔아서 리이나의 결혼 자금에든 어디든 보태 줄 거야. 그렇게 농담처럼 말하고 말았다. "그래" 하며 아쉽다는 듯 중얼거리던 어머니의 얼굴이 지금도 가슴에 사무친다.

　"바보 같지요. 그럴 때는 거짓말로라도 알았다고 해 두면 될 일이었는데. 그랬더라면 어머니를 안심시켜 드릴 수도 있었을 텐데 그러지 못했어요. 약해진 어머니 앞에서 지키지 못할 약속 따위 해서는 안 된다고 생각했습니다. 어머니의 마음이 절절할 정도로 전해져 왔기 때문에 더더욱 그 상황만 넘기기 위한 거짓말을 할 수는 없었어요."

　타츠오의 이야기를 미하루는 그저 조용히 듣고 있다. 상냥하게 지켜봐 주는 듯한 따뜻한 시선이 어머니의 그것과 겹쳐 보여 타츠오의 안에서 이루 말할 수 없는 그리움이 솟구쳤다.

　"그날은 밸런타인데이가 가까웠던 때라 집에 돌아갈 때 어머니가 초콜릿을 주셨습니다. 아마 병원 매점 같은 곳에서 사셨을 겁니다. 매년 있는 일이었어요. 단걸 잘 못 먹는 저도 먹을 수 있도록 항상 비터 초콜릿을 준비해 주셨죠. 이제 어린애도 아니니 그만하시라고 아무리 말씀드려도, 그해에도 당연한 일인 것처럼 꺼내셔서는 그러시는 거예요. 언젠가 타츠오가 멋진 여자한테서 진심이 담긴 초콜릿을 받는 날까지 이건 나의 역할이니 절대로 그만두지 않을 거고, 누구에게도 양보하지 않을 거라고——."

내심 어머니가 그만해 주기를 바랐다. 스스로가 한심해서 견딜 수 없었던 것이다. 초콜릿이건 반지건 '언젠가' 같은 건 평생 오지 않을 텐데, 어머니의 기대는 타츠오를 괴롭게 만들 뿐이었다. 제발 그런 말을 그만해 주길 바라는 심정으로 당시 타츠오는 순순히 초콜릿을 받지 못했다.

"질 떨어지는 아들이지요. 감사 인사 하나 없이 여동생에게 주라고 말하고는 집에 와 버렸어요. 이내 반성하고 화이트데이에 어머니가 좋아하시는 꽃을 사서 사과하러 가려고 했었는데——."

그 전에 어머니는 숨을 거두고 말았다.

"말도 안 되는 불효를 저질러 버린 걸 아직까지도 후회하고 있습니다. 마지막까지 저를 사랑해 주셨던 어머니께 왜 더 다정한 말을 해 드리지 못했을까, 후회하고 후회하고 후회하고…… . 모든 걸 나중으로 미뤄 두기만 했죠. 어머니가 돌아가신 후로 더 이상 그런 애정이 담긴 초콜릿을 받는 일은 두 번 다시 없을 거라는, 그만큼까지 저를 받아들여 줄 존재는 다시 나타나지 않을 거라는 제 마음은 전에 없이 완강해졌습니다."

안 보이는 곳에서 누가 어떤 소문을 퍼뜨리든 상관할쏘냐. 이제 어머니 같은 이해자는 나타나지 않을 테니 뒤에서 무슨 말을 듣든 그저 조용히 일만 하며 여생을 보내자. 그렇게 생각했었다. 그리고 남겨진 동생—리이나의 성장을 지켜보기만 하면 된다고, 자신의 삶은 딱 그 정도의 인생이라고 생각하면서 그다지 재미도 없는 흑백의 세계를 살아왔다.

"그러던 때였습니다, 업무로 미하루 씨와 엮이게 되었던 건. 저를 앞에 두면 다들 겁에 질려 위축되곤 했는데, 당신만은 나뭇잎 사이로 비치는 햇살처럼 따스한 미소를 저에게 향해 주셨습니다. 어머니를 닮은 강인하고 늠름한 모습, 자애로 넘치는 상냥함을 겸비한 당신에게 저는 점점 끌리게 되었죠. 나잇값도 못하고 사랑을 해 버렸습니다. 여덟 살이나 차이가 나는 당신을……."

그렇지만 결코 분에 넘치는 허황된 바람을 가질 생각은 없었다. 미하루처럼 멋진 여성이 타츠오를 돌아봐 줄 리가 없다고 생각했었다. 애초부터 포기한 사랑이었다.

영화관에 앉아 아름다운 영화를 감상하듯 색이 없는 어두운 세상에서 머나먼 그녀를 그저 지켜보는 것, 그걸로 충분했다.

"하지만 미하루 씨. 당신이 주신 애정 넘치는 초콜릿이 흑백이던 저의 세상을 선명한 색채로 다시 물들여 주었어요. 그 이후로 저는 그제까지 필사적으로 억눌렀던 당신을 향한 마음을 멈출 수 없게 되었습니다. 그저 먼발치에서 바라보는 걸 넘어서 더 곁으로 가고 싶고, 쭉 함께 있고 싶다고…… 그렇게 생각하게 되었습니다."

더 이상 불가능할 정도로 허리를 꼿꼿이 세운 타츠오는 반지가 든 상자를 미하루에게로 슥 내밀었다.

"앞으로의 인생을 함께 걸어 주실 수 없겠습니까? 천국에 계신 어머니도 분명 축복해 주고 계실 거라 생각합니다. 부디 받아 주십시오."

긴장한 탓에 조금 목소리가 떨렸지만 전하고 싶었던 마음은 전부 고백해 냈다.

이제 남은 건 그녀의 대답을 기다리는 일뿐이다. 꿀꺽. 타츠오는 침을 삼키고 침묵에 몸을 맡겼다.

"기뻐요."

눈동자를 적신 미하루가 기어들어갈 듯한 목소리로 말했다. 그리고—

"하지만 ⋯⋯⋯⋯⋯⋯ 없어요."

눈물에 젖은 목소리는 잘 알아들을 수 없었다. 다시 한 번 물을까 생각한, 그때였다.

슬픈 미소를 머금은 그녀는 다시 또렷한 목소리로 말했다.

"죄송해요, 받을 수 없어요. 저는 이 반지를 받을 수 없어요."

한 줄기 눈물이 미하루의 뺨을 타고 흘렀다.

☆

어떡해, 어떡해, 어떡해. 일이 이렇게 될 줄은 몰랐

어………….

키타카제와의 데이트를 마치고 집으로 돌아온 치사는 어두운 현관에 털썩 주저앉는다. 혼자서는 도무지 마음속을 정리할 수가 없다. 가방 속을 더듬어 스마트폰을 꺼낸 치사는 떨리는 손으로 에리코에게 전화를 건다.

"무슨 일이야? 너희도 오늘 데이트잖아?"

"아, 그렇구나……. 에리코, 지금 남자 친구랑 같이 있구나……. 화이트데이니까……."

자기 생각만으로 머리가 가득했던 치사는 에리코의 상황은 생각도 하지 못했다. 서둘러 전화를 끊으려는 치사를 "잠깐만" 하며 부르는 에리코의 목소리가 스피커를 울렸다.

"지금 남자 친구 편의점 가서 잠깐은 얘기할 수 있어. 너 키타카제 씨랑 무슨 일 있었니?"

이상한 낌새를 눈치챈 에리코가 걱정스레 묻는다. 평소와 달리 위로해 주는 목소리에 팽팽하게 당겨졌던 긴장의 실이 끊기고, 치사는 "에리코오……" 하며 눈물을 터뜨렸다.

"야, 울지 마. 괜찮아? 설마 키타카제 씨가 억지로 덮치기라도 한 거야? 그놈 자식, 그냥 얼굴만 무섭게 생긴 아저씨가 감히 나의 치사를!"

"아니야! 전혀 그런 거 아니고, 잘못한 건 나야…………."

치사가 실은…… 하며 프렌치레스토랑에서 벌어진 일을 에리코에게 털어놓자

"캬하―, 갑자기 프러포즈라니 역시 마흔 즈음의 남자는

하는 게 다르네."

에리코는 기막힘 반, 감탄 반으로 한숨을 내뱉은 후 물었다.

"왜 거절했니? 진심으로 키타카제 씨를 좋아하게 된 거 아니었어?"

"좋아해, 너무 좋아. 오늘 이야기를 듣고 더, 더 좋아졌어."

"그럼 받지 그랬어. 어머니의 유품이란 건 좀 부담스럽지만."

"못 받아, 그럴 자격이 없어. 난 키타카제 씨가 생각해 주고 있는 그런 사람이 아니니까. 그 사람은 나를 멋진 어머니와 겹쳐 봐 주고 있는 것 같지만, 그런 어머니와 닮았단 건 당치도 않을 만큼 부족한 여자야, 난…………."

아직 사귀기 전에 키타카제를 웃는 낯으로 대했던 건 어른으로서 만만하게 보이지 않겠다는 허세를 부렸기 때문일 뿐, 내심 다른 사람들과 마찬가지로 그를 무서워만 했었다. 게다가—

키타카제의 뜨거운 시선을 떠올리자 가슴속 깊은 곳이 욱신 아려 온다.

"그날 내가 준 초콜릿은 키타카제 씨가 어머니께 매년 받았던 초콜릿처럼 애정이 넘치는 그런 초콜릿이 아니었어. 그 사람은 그 초콜릿에서 얼토당토않을 정도의 의미를 발견해 주었지만, 그건 진실이 아니야……. 그런데 내가 아무것도 모르는 얼굴로 그 반지를 받는다는 건—키타카제 씨와 어머니의……, 그 두 사람의 순수한 사랑을 짓밟는 거나 마찬가지인 그런 일……. 난 못해…………."

울먹이는 목소리로 호소하는 치사에게 "그렇게 스스로를 탓할 필요 없대도"라는 에리코.

"왜냐면 그건 사고였잖아? 키타카제 씨가 이상한 오해를 하게 만든 걸 따지자면 애초에 내 책임이지, 너는 아무 잘못도 없어. 그 사람을 속이려고 작정했던 것도, 놀리려던 것도 아니었으니까."

"그야 그렇지만, 그래도 찜찜해. 그 사람이 오해했다는 걸 안 시점에 바로 제대로 설명했으면 좋았을 거잖아, 그런데 난…………."

정말 질 떨어지는 인간이야. 빨리 진실을 털어놔야 했었는데. 얼굴 생김새와 소문만으로 타인을 판단하고 혼자 겁에 질려서 아무런 말도 꺼내지 못했다. 적어도 키타카제를 좋아하게 된 걸 자각했을 때에는 똑바로 털어놓고 사과를 했어야했다. 그런데도 진실이 들통나면 그에게 경멸을 당할까 봐, 이번에는 다른 의미로 겁에 질려서 어물쩍 넘겨 버렸다.

"그럼 어떻게 할 건데? 이제 진실을 말할 거야?"

"말하는 게 나을 것 같아. 하지만 진실을 알면 키타카제 씨, 분명히 상처받을 거야……."

이제 난 그 사람이 더 이상 상처받지 않기를 바라는데 ―.

손바닥에서 느껴지는 반창고의 감촉이 더더욱 치사를 몰아붙인다.

"게다가…… 바보처럼 성실한 사람인걸. 이런 불성실한 나를 더는 용서해 주지 않을 거야…………."

　난 정말 저질이야. 그 사람에게 지독한 짓을 했으면서 여전히 미움받기 싫다는 이기적인 생각 때문에 결국 오늘도 진실은 밝히지 못했어. 이젠 사과를 하기에도 완전히 늦어 버렸어. 변명의 여지도 없어.

　"네가 너무 어렵게 생각하는 거라니까. 시작이야 어쨌든 이제는 서로 마음을 확인했으니 됐잖아. 말 안 하면 돼, 진실 같은 거. 우리가 입 다물면 그게 사고였단 걸 들킬 일은 없으니까 그냥 그 초콜릿이 진심이었던 걸로 해 버려."

　"하지만 그럼 정말로 그 사람을 속이게 되잖아. 그건 안 돼!"

　"바보 같긴, 거짓말도 하나의 방편이라고들 하잖아. 남에게 피해를 주는 것도 아니고, 뭐든 다 솔직하게 이야기하는 게 꼭 좋기만 한 것도 아니야. 키타카제 씨한테 미안한 마음이 든다면 더 이상 그 사람이 상처받지 않도록 앞으로도 어머니처럼 좋은 여자인 척을 계속할 수밖에 없지. 그 사람 곁에 있고 싶다면 말이야. 그건 그렇고 프러포즈 거절한 건 괜찮았어?"

　"불편해지긴 했어. 그래도 싸우고 헤어지진 않았지만 대화다운 대화는 더 할 분위기가 아니었어……."

　치사가 반지 받기를 거부한 뒤, 조금 넋이 나간듯 굳어 있던 키타카제는 "죄송합니다"라며 고개를 숙이고 사과해 왔다. 사과해야 할 사람은 오히려 치사였음에도—.

　그다음부터는 서로 아무 말 없이 무거운 침묵 속에서 식사를 이어 갔다. 마치 모래알을 씹는 것처럼 불편한 식사를 마친 후에는 레스토랑을 뒤로했다. 전철역 앞에서 헤어질 때, 어두운 표정의 키타카제는 "오늘은 죄송했습니다"라고 다시금 고개를 숙이고 떠나갔다.

"뭐야, 그럼 문제없네. 월요일에 평소처럼 말을 걸면 어때? 처음엔 조금 어색하더라도 점점 자연스럽게 이야기할 수 있게 될……. 아, 미안. 남자 친구 왔다!"

에리코는 치사에게 감사 인사를 말할 새도 주지 않고 전화를 뚝 끊어 버렸다. 재빠른 전환 속도에 기가 막힐 정도였지만, 에리코 덕분에 아까보다는 좀 진정이 되고 있다.

현관에 주저앉아 있던 치사는 비슬비슬 일어나 겨우 불을 켰다. 느릿느릿 집 안으로 들어가 테이블을 보자 시야에는 빨간색 전통 종이로 만들어진 아름다운 수제 두루마리가 들어온다.

이걸 받았던 그 대관람차 안에서 모든 걸 고백했다면 이렇게 되지는 않았을 텐데……. "이건 의리 초콜릿이에요"라고 처음부터 잘라 말했더라면 그에게 헛된 기쁨을 주지 않을 수도 있었을 텐데……. 뒤늦은 후회가 치사의 가슴속을 뒤덮는다.

아아, 하지만 그랬다면 키타카제 씨와 사귀는 일도, 키타카제 씨를 좋아하게 되는 일도 없이 지금도 여전히 살인 청부업자 같은 무서운 사람이라고 오해하고 있었겠지─.

"그건, 싫어…………."

테이블 앞에서 참회하듯 무릎을 꿇은 치사는 손에 든 두루마리를 살며시 품에 끌어안았다. 이것을 만들어 준 그 까슬까슬한 손을 지금 당장이라도 부드럽게 감싸고 덥혀 주고 싶다.

——하지만 나에겐 그럴 자격이 없어…….

밀려드는 죄책감에 치사는 그저 고개를 숙일 수밖에 없었다.

☆

"으악! 타츠오, 있었어? 뭐야아, 틀림없이 러브러브 데이트 연장전하겠네 싶어서 친구랑 밤새 노래방 달리고 왔는데——."

거실 소파에 힘없이 늘어지듯 누운 타츠오를 본 리이나가 놀라 말한다. 밤을 새워 놓고 방금 귀가한 듯한 리이나는 "노래를 너무 많이 해서 목이 얼얼하다——"라며 냉장고에서 꺼낸 페트병 주스를 꿀꺽꿀꺽 소리 내며 마시기 시작한다.

야, 입 대고 마시지 마. 병 속에 세균 퍼지잖아. 게다가 젊은 여자애가 이 시간에 귀가라니, 비상식에도 정도가 있지.

평소라면 이렇게 엄하게 일렀겠지만, 지금 타츠오에겐 그럴 기력이 없다. 그저 생기를 잃은 눈동자만 리이나를 향해 부라릴 뿐이다.

"우와, 웬일——. 타츠오가 어제랑 같은 옷을 입고 있네. 그렇게 맥이 다 빠질 만큼 분위기가 좋았어? 딱 그거네—, 타츠오도 아침에 들어왔네—. 오늘은 나한테 설교하지 마라—."

웬일로 잔소리를 하지 않는 오빠를 보고 제멋대로 오해한 리이나는 "첫 기념일인데 더 천천히 있다가 와도 좋았을 걸—" 하며 닫혀 있던 커튼을 착착 열어젖혔다.

"하지 마……! 지금 아침 해를 받으면 난 녹아 버릴 거야. 아니, 녹아 버리고 싶다!"

쏟아져 들어오는 눈부신 햇살에 타츠오는 한쪽 눈을 찡그린다.

"크아아아, 이 빛은 그건가? 저세상에서 날 데리러 온 마중? 종말 시기 조절로 환부됐던 행복을 다 써 버렸으니 이제 난 여기서 끝인 거야—?"

그래, 그렇겠지. 그렇고 말고……. 모든 행운은 그 수족관에서 다해 버렸구나. 안녕, 내 인생……. 털썩. 배터리가 나간 것처럼 고개를 푹 숙인 타츠오에게

"에에엥. 뭐야, 그 말? 타츠오, 미하루 씨랑 잘된 거 아니었어—?"

놀란 리이나가 휘둥그레진 눈을 끔벅거린다.

"어, 그럼 어제 차여서 집에 온 다음에 계속 거기서 쓰러져 있었던 거야? 그 깔끔쟁이 타츠오가 옷도 안 갈아입고? 아—아, 유감이네—!"

"으으…… 으으으…………."

제발 부탁이니 더 이상 상처를 후벼 파지 말아 다오. 타츠
오가 아무 대답도 못하고 그저 좌초당한 바다표범처럼 굳어
있으니 리이나는 계속해서

"에—, 그럼 미셸 로잘리의 펌프스는 어떻게 되는 거
야—? 그거 신상이었는데 이러다 신상이 아니게 되겠
어—. 세일 때까지 남아 있겠냐구—."

죽기 직전인 오빠보다 구두 걱정이 앞서다니 너도 참 너다.
혼자서도 강하게 살아가야 한다, 리이나……. 더는 말을 할
기력도 없어서 타츠오는 가만히 하늘의 마중을 기다린다.

"그래도 마침 잘 됐어! 나 내일부터 아르바이트할 거라고
했었잖아? 그게 말이야……."

뭐라고? 의식이 몽롱해서 무슨 말인지 잘 안 들려. 아르바
이트한 돈으로 구두를 사겠다는 건가? 그래, 너도 다 컸구나.
이제 오빠도 걱정 없이 여행을 떠날 수 있겠어…….

"그러니까………… 그래서…………했단 말이야. …………
기도 하고, 미하루 씨도 한번 보고 싶고!"

무슨 소리를 하는 건지. 리이나, 넌 미하루 씨를 만날 수
없어. 만약 미하루 씨가 반지를 받아 주었더라면 너의 새언
니가 되어 얼굴을 마주할 수도 있었겠지만, 그런 일은 이제
없어. 반지는 수취 거부를 당하고 돌아와 버렸으니까.

뭐가 잘못됐던 걸까. 내가 너무 서둘렀나? 반지 디자인이
마음에 들지 않았나? 설마 날 중증 마마보이라고 생각했을
까? 그것도 아니면, 더 이상 나를 좋아하지 않게 된 건

가—?

타츠오는 프러포즈를 거절당한 이유를 이것저것 떠올려 본다. 그 자리에서는 얼이 빠지는 바람에 원인 규명에 이르지 못했다. 그리고 그녀 역시 아무 말도 하지 않았다.

지금 생각하면 얼마나 어리석었던가. 반지를 받아 줄 거라고 철석같이 믿었었다. 수족관 데이트에서 분위기가 좋다고 느꼈지만, 사실 그것은 착각이었고 미하루는 순수하게 데이트가 아닌 수족관을 즐겼던 모양이다.

언제부터였을까, 그녀의 마음이 내게서 멀어진 것은. 권태기……라기엔 너무 빠르지 않나? 아무리 이런 초고속 시대라고는 해도. 밸런타인데이 무렵에는 좋아해 주었으나, 막상 사귀어 보니 이미지와 달랐던 걸까. 그래서 싫어하게 된 건가?

애초에 그녀는 나에게 어떤 이미지를 품고 고백했던 것일까. 전에 대관람차 안에서도 나의 어디가 좋으냐고 물었던 적이 있는데, 미하루는 결국 대답을 어물쩍 넘겨 버렸다.

"그래서 있잖아—, 내일……. ……니까 말이야."

아직도 리이나는 뭔가를 이야기하고 있다. 하지만 귀에는 들어오지 않는다.

반지를 받을 수 없다고 말하던 미하루는 울고 있었다. 그 눈물에는 어떤 이유가 있었던 걸까. 생각만 해도 가슴이 아프다.

어쩌면 미하루는 계속 헤어지고 싶었는지도 모른다. 그러고 보니 예전에도 몇 번인가 골똘히 생각하는 얼굴로 무언가를 전하려 했던 것 같은 기분이 든다.

그랬어. 그녀는 이미 이별을 결심했던 것이리라. 그런데 프러포즈 같은 걸 당해 버렸으니 더욱 말을 꺼내기가 어려워져서 눈물까지 흘린, 그런 거였군. 미하루 씨는 상냥한 사람이니까…….

아아아, 괴로워, 가슴이 부서질 것만 같이 괴로워!

온갖 방향에서 감당할 수 없는 절망감이 밀려든다. 마치 파쇄당하는 고철처럼 납작하게 찌그러져 버릴 것만 같은데 저세상으로부터의 마중은 좀처럼 도착할 줄을 모른다.

에에잇, 대체 뭘 하고 있는 거야! 길이라도 막히나? 답답해진 타츠오가 눈부신 햇빛이 내리쏟아지는 창가로 시선을 향하자—아아, 이게 무슨 일이야! 창가의 화분 선반에 놓여 있던 아름다운 카틀레야가 말라 버린 것이 아닌가! 아까까지 볕이 들지 않았던 탓인지 곁에 놓인 함수초조차 기운이 빠져 보인다.

괜찮은가. 타츠오는 휘청거리며 일어나 화분 선반을 향해 다가간다. 함수초는 아직 잠이 덜 깨서 이파리를 닫고 있을 뿐이었다. 그것이 함수초의 단순한 취면 운동이란 걸 머리로는 이해했지만, 옆에 있는 카틀레야와 함께 자신을 싫어하게 되어서 메말라 버린 건 아닐까 하는 피해망상적인 기분이 타츠오의 머릿속을 온통 지배했다.

미하루에게도, 화초들에게도 미움을 받고 있어.

아, 차라리 흔적도 없이 녹아서 사라져 버리고만 싶다—.

봄날의 아침 치고는 강렬한, 업화와 같은 햇살 속에서 타츠오는 그런 생각을 한다.

그런데도 저세상에서 보낸 마중은 전혀 도착하지 않은 채로 월요일이 찾아왔다. 신은 아직은 투수 교체를 해 줄 생각이 없으니 그냥 계속 던지라고, 그렇게 말씀하시는 듯했다.

아무 일도 할 마음이 들지 않지만, 그렇다고 일을 쉴 수는 없는 노릇이다. 타츠오는 무거운 마음을 안은 채 어찌어찌 준비를 마치고 회사로 향한다. 슈트 안주머니에 든 것은 새빨간 수첩—토요일 데이트 중에 미하루에게서 돌아온 물건이다.

정신이 나가 있는 바람에 오늘 아침까지 확인을 잊었던 일기를 펼치자 거기에는 수족관이 기대된다는 내용과, 데이트 때 솔직히 고백하고 싶은 중요한 말이 있다는 내용이 적혀 있었다. 그것이 타츠오에게는 받아들이기 힘든 사실일지도 모르나, 부디 나쁘게 생각하지 말아 주기를 바란다—고도.

아아, 역시 그랬어. 이제 미하루 씨의 결심이 뒤집힐 일은 없을 테지……

체념한 타츠오는 떨리는 손으로 지금까지 적었던 대답 중 가장 짧은 답을 적었다.

'당신이 솔직히 고백하고 싶었던 말은 이별하자는 이야기입니까? 만약 그렇다고 하더라도 저에게는 거절할 권리가 없습니다.'

이 일기를 건넨다면 정말로 모든 것이 끝나 버릴 것이다.

한 달 동안 꾸어 왔던 긴 꿈에서 눈을 떠야만 할 것이다—.

괴로운 현실 앞에 회사로 향하는 발걸음은 무거워져서, 타츠오는 늘 타던 시간대의 전철을 놓치고 말았다. 그래도 아직 이른 시간이어서 지각할 걱정은 없이 타츠오는 뒤이어 온 전철에 몸을 실었다. 하나 다른 시간대에 잘못 탄 것만으로도 전철 안은 승객들의 얼굴도, 혼잡도도 꽤나 달랐다. 당연하다면 당연한 일이지만 긴장하고 있는 탓인지 그런 별 상관 없는 차이마저도 불안하게 느껴졌다. 어딘가 다른 차원의 세계에 홀로 떨어진 듯한 기분이 들었던 것이다.

그런 불안은 회사로 향하는 역에 도착한 후에도 계속되었다. 타츠오는 평소에는 본 적 없는 사람들의 등을 쫓으며 어딘가 초조한 마음으로 회사 건물로 향했다. 타츠오의 앞을 걷는 두 명의 남자는 아마도 영업부 소속이었던 것 같은데. 이름은 모르지만 사내에서 그 옆얼굴을 본 기억이 있다.

아직 젊은 그들은 기운이 남아도는지 아침부터 큰 소리로 대화하며 걷고 있어서, 그 대화가 타츠오의 귓가에도 또렷이 날아들었다.

"그러고 보니까 오늘 난죠 에리코한테 밥 사야 되는 날이야. 초콜릿 받은 답례로 화이트데이 런치."

"아하하, 나도 저번 달에 샀어. 에리코 씨, 매년 대단해. 밸런타인데이 바로 다음 날부터 매일 누군가가 답례 런치를 쏘게 만들더라고."

호오, 저런저런. 세상에 대단한 여성이 다 있군⋯⋯. 솔직히 큰 관심은 없었지만 미하루를 생각하며 우울해하기보다는 실없는 이야기로 머릿속을 채워 버리는 편이 좋을지도 모른다는 생각에 타츠오는 두 남자의 대화에 귀를 기울인다.

"근데 말이야, 난죠 에리코도 올해는 좀 힘들었던 모양이라고. 우리한테 뿌릴 의리 초콜릿을 주문하면서 0 하나를 더 붙이는 바람에 초콜릿을 500개나 샀다더라고?"

"아—, 그거. 나도 저번에 점심 쏠 때 본인한테 들었어. 남은 건 거의 다른 데 팔았대. 근데 그걸 샀던 미하루 씨가 엄청난 꼴을 당한 모양이던데? 그 왜, 해외 사업부 직원."

—미하루 씨……? 왜 여기서 미하루 씨의 이름이 나오는 거지?

큰 소리로 웃으며 이야기된 이름에 타츠오의 가슴이 술렁인다.

"무슨 엄청난 꼴?"

타츠오의 마음을 대변하는 듯한 남자의 물음에 다른 한쪽 남자가 몰랐냐는 듯 말을 이었다.

"우리가 받은 초콜릿에 감사의 메시지가 박혀 있었잖아? 언제나 고마워요 같은 거. 근데 에리코 씨가 거기에 진심을 고백하는 메시지를 넣은 초콜릿을 딱 하나 섞어 넣은 것 같더라고, 장난삼아. '사랑해요'였을걸, 아마……. 그걸 산 미하루 씨가 그런 줄도 모르고 의리 초콜릿으로 줬다고 하더라고. 근데 그 상대가 하필—!"

날카로운 칼이 단숨에 심장을 푹 찔러 온 듯한 느낌이었다.

남자의 입에서 튀어나온 지나칠 만큼 익숙한, 잘 아는 이름에 타츠오의 몸이 얼어붙는다.

─왜지, 왜 여기에서 내 이름이 나오는 거지…………?!

믿을 수 없어, 믿고 싶지 않아……. 시공이 뒤틀린 것처럼 타츠오의 시야가 비틀리고 일그러진다.

불과 몇 초 전까지 잘 포장된 길을 걷고 있었는데, 갑작스레 발 디디던 자리가 무너져 내리고 발밑에는 나락이 보였다.

아아, 역시. 여긴 다른 차원의 세계가 아닌가……?

낯설던 아침 풍경은 점점 더 일그러지고, 끝내 타츠오의 눈앞에는 혼돈스럽고 지옥 같은 세상이 펼쳐졌다.

☆

"늦네, 곧 업무 시간이 시작될 텐데……."

출근 후 휴게실로 직행한 치사는 기도하듯 두 손을 모으고 키타카제가 오기를 기다리고 있다. 토요일에 그렇게 헤어지고 처음 보는 것이라 마주할 얼굴이 없지만, 그래도 에리코의 조언대로 아무 일 없었던 것처럼 대해 보고자 다짐했다. 지금은 마음이 불편하지만, 분명히 진실을 털어놓을 수 있는 최고의 타이밍이 찾아올 테니까─.

그렇게 생각하며 기다렸지만, 가장 중요한 키타카제가 오질 않았다. 1분만. 딱 1분만 더 기다리자.

치사는 눈싸움이라도 하는 것처럼 벽시계를 노려보며 기다렸지만 벌써 시간은 업무 시작 3분 전이다.

아무래도 안 오려나 보다……. 포기하고 휴게실을 나온 치사는 서둘러 부서로 향했다.

괜찮아, 전철이 조금 늦게 왔나 보지. 게다가 오늘은 내게 이 아이가 붙어 있잖아.

피어오르는 불안을 불식시키듯 치사는 걸어가면서도 흘긋 발을 바라본다. 오늘 신고 온 것은 라이트핑크색 에나멜 펌프스—수리를 맡겼던 미셸 로잘리의 하이힐이다.

애초에 모든 건 이 구두에서 시작되었다. 키타카제 씨와 나를 연결해 준 이 아이가 틀림없이 우리 둘을 행복한 미래로 이끌어 줄 거야. 그렇게 믿고 부서 방향으로 이어지는 복도를 돌았다. 그러자—

펌프스의 효력이 바로 든 모양이다.

"키타카제 씨! 좋은 아침이에요!"

치사는 사무실 입구에서 그의 모습을 발견하고 소리쳐 그를 불렀다. 키타카제는 그 목소리를 듣고 잠시 멈칫 발을 멈췄지만, 슬쩍 고개를 숙이고는 치사를 돌아보는 일도 없이 먼저 조용히 들어가 버렸다.

—설마, 지금 날 피한 거야……?

평소답지 않은 키타카제의 반응의 치사의 가슴이 술렁인다.

그런 거 아니지? 까딱 잘못하면 지각할 수 있는 시간이니까 서두른 거겠지? 여기는 남들 눈도 있으니까 그걸 걱정해서 간 걸지도 몰라. 쑥스럽기도 하고, 공사 구분도 해야 하니까…….

자리에 도착해 컴퓨터를 켜면서도 치사는 내내 키타카제의 태도가 마음에 걸렸다.

토요일 일로 화내고 있는 걸까—?

건너 건너편 경리부 쪽을 바라보니 키타카제는 진지한 표정으로 컴퓨터 화면을 바라보고 있었다. 조금 표정이 무서워 보이는 건 평소와 같은 듯도, 다른 듯도 한데……. 원래 워낙 무섭게 생긴 얼굴이기 때문에 이 위치에서는 판단을 내리기가 쉽지 않았다. 아무래도 신경이 쓰인 치사는 청구서 작성 의뢰서 다발을 들고 경리부로 향했다.

딱히 지금 부탁할 필요는 없지만, 어차피 부탁해야 할 일이니까 이상하게 보이진 않겠지?

"키타카제 씨, 여기, 청구서 작성을 부탁드리고 싶은데요……."

키타카제의 책상에 도착한 치사는 업무 모드로 말을 걸었다. 생긋 지어 보인 미소에는 영업용 미소 이상의 마음을 담아서—. 그러나 키타카제는 그런 웃음은 알아보지도 못하고

"알겠습니다. 서류 거기에 두세요."

컴퓨터 화면만 응시하며 냉담하게 대답했다. 말주변이 좋지 않아서 무뚝뚝하게 대답하는 분위기도, 공사 구분을 위

해 엄격한 태도를 내보이는 분위기도 결코 아니다.

　　―틀림없어, 나를 피하고 있는 거야.

　확신이 든 순간, 심장이 꽉 죄어들듯 아팠다.

　"네……에…………."

　간신히 대답을 짜낸 치사는 책상에 서류를 남기고 힘없이 자신의 자리로 돌아간다.

　키타카제 씨가 나를 피할 이유라면 역시 반지를 받지 않았기 때문이겠지? 하지만 그건 키타카제 씨가 싫어서가 아니라 나 자신에게 문제가 있기 때문인데―.

　치사의 머릿속에 밝힐 수 없는 비밀이 빙글빙글 맴돈다.

　안 돼, 바쁜 주초인데 일에 집중해야지! 치사는 머릿속에 낀 뿌연 안개를 물리치고 업무에 몰두한다. 시멘트 속에 갇힌 것 같은 무거운 마음으로 간신히 오전 업무를 마치지만, 점심시간이 되자마자 먼저 시선이 향하는 곳은 경리부에 앉은 키타카제의 모습이다.

　저 사람의 자리가 저렇게 멀었었나…….

　전에 없던 거리감이 느껴져 또다시 가슴이 멘다.

　이대로는 안 돼! 전화기 옆에 놓인 내선 번호표를 손에 든 치사는 키타카제의 내선 번호를 확인한 다음 바로 전화를 걸었다.

　뚜르르, 뚜르르. 내선 호출음이 수화기 안쪽에서, 그리고 키타카제의 내선 전화기 양쪽에서 울렸다.

　얼굴을 마주하고 싶지 않은 거라면 적어도 전화로나

마……. 떨리는 손으로 수화기를 움켜쥔 치사는 평소보다 멀게 느껴지는 키타카제를 빤히 바라본다. 낯선 내선 번호에 살짝 고개를 갸우뚱한 그는

"……네, 키타카제입니다."

"저, 죄송해요. 미하루입니다……."

말한 순간, 시선을 올린 키타카제와 눈이 마주쳤다. 오늘 그 날카로운 눈동자에 비친 건 아마도 지금이 처음일 것이다. 그저 그뿐인 일에 조금씩 가슴이 뜨거워진다.

하지만 그것은 아주 잠시의 기쁨이었다. 금세 눈길을 돌린 키타카제는 차가운 목소리로 말했다.

"무슨 일이십니까?"

반지 일 때문에 기분이 상했다면 우선은 사과하고 싶었다. 그렇게 생각했는데, 예상외로 냉담한 반응에 말문이 막혔다.

"—키타카제 씨, 중요한 일 잊지 않으셨나요? 오늘의 일기장, 아직 못 받았는데요?"

대화의 돌파구가 되기를 바라며 은근히 밝은 목소리로 말을 꺼냈다.

최악의 경우 직접 고백하지 못하더라도 일기장의 힘을 빌리면 어떻게든……. 그렇게 생각한 치사였으나 그 한 줄기 희망은 키타카제의 한마디로 무참히 산산조각 났다.

"이제, 그만합시다."

일방적인 종료 선언 후 들려온 것은 수화기가 내려놓이는 차가운 소리다.

그만합시다라니, 교환 일기 말인가? 아니면, 우리의 관
계—?

식사라도 하러 가는 것일까. 전화를 끊은 키타카제는 아무
일도 없었던 사람처럼 자리에서 일어나 치사 쪽을 한번 돌아
보지도 않고 사무실을 나갔다.

—차였어. 모든 진상을 털어놓지 못한 사이에 완전히 차
여 버렸어.

"선~배. 왜 그러세여? 얼이 빠져 계시네여. 점심 드시러
안 가세여?"

치사가 멍하니 굳어 있자 이상하게 여긴 모모하라가 말을
걸어왔다.

"응, 좀……. 밀린 일이 있어서 그거 다 정리한 다음에 먹
을게."

"아, 네. 그럼 먼저 밥 먹고 올게여~! 뭐 도울 일 있으면 나
중에 말씀해 주세여~."

모모하라에게 걱정을 끼쳐 버렸네. 많이 성장했구나, 모모
하라……. 그런 생각이 들자 스스로가 한심해졌다.

일이 밀려 있긴 하지만, 모모하라 덕분에 전보다는 훨씬 여
유롭다. 그럼에도 일을 우선하고 싶은 까닭은 지금 치사에겐
점심 식사를 즐길 여유가 없기 때문이다. 시간적으로가 아니
라 정신적으로—.

일로 도망쳐 버리면 쓸데없는 생각은 안 해도 된다. 아, 겉
으로는 열심히 일하는 척하지만 사실은 얼마나 불순

한지―.

자조하면서도 치사는 홀로 컴퓨터 화면을 마주했다.

일하자, 일! 지금은 일에 집중하는 거야! 사적인 감정 같은
건 가지고 들어오지 말자!

결국 점심을 먹지 못한 치사는 작성한 통관 서류를 확인하
면서 스스로를 강하게 타이른다. 점심시간 동안 더욱더 어지
러워진 마음과, 자꾸만 키타카제 쪽을 흘긋흘긋 엿보게 되는
까닭은 비단 치사가 너무 미숙하기 때문만은 아니었다.

"있잖아, 타츠오~. 이거 어떻게 하면 좋을까~?"

경리부 쪽에서 낯선 목소리가 울려 퍼진다. 아까부터 키타
카제 주변에서 알짱거리며 떠나지 않는 애교 넘치는 목소리
의 여자가 있다. 아기 다람쥐를 연상시키는 사랑스러운 생김
새의 그녀는 산뜻한 오렌지색 깅엄체크 원피스에 데님 재킷
을 걸친, 회사에 오는 차림 치고는 너무 캐주얼한 옷차림을
하고 있다. 한눈에 봐도 여대생 느낌인데, 혹시……?

"저기, 저기에 있는 여자애 혹시 4월에 들어올 신입 사원이
야? 선배 이름을 저렇게 막 성까지 빼고 부르는 게 요즘 애들
한테는 당연한 일인가?"

엉겁결에 모모하라에게 묻고 말았다. "넹?" 하며 경리부 쪽
으로 고개를 돌린 모모하라는

"아―, 쟤는 아마 신입 사원이 아니라 임시 아르바이트생
일 거예여. 기간 한정으로 배송 업무 같은 잡무를 할 사람을

투입할 거라고 경리부 친구가 얘기했었거든여. 연말이라서 일이 이거저거 바쁜가 보더라구여. 봄방학 중인 대학생 아닐까여—?"

역시 대학생이었어. 이렇게 멀리서 봐도 피부가 반짝반짝 탱탱하더라니…….

잃어버린 반짝거림을 부러워하면서도 "저기저기, 타츠오. 이쪽은—?" 하며 여전히 허물없는 태도로 키타카제에게 바짝 다가가는 여자를 보니 짜증이 치솟았다.

"대단하네여, 쟤. 사신이 무섭지도 않은가 봐여."

키타카제를 사신이라고 부른 모모하라가 경리부의 모습을 엿본다.

"최고의 강적을 자기편으로 만드는 처세법인가—. 경리부 사신, 저렇게 무서운 얼굴을 하고서도 싱싱한 어린애한테는 약하네여—. 전혀 화를 낼 눈치가 없어 보이지 않나여?"

으으, 듣고 보니 키타카제 씨 왠지 기뻐 보여. 아무리 아르바이트라도 저런 태도는 좀 더 주의하는 게 좋을 것 같은데……. 멀찍이에서 치사가 한 치의 예의도 보이지 않는 수수께끼의 여대생을 뚫어지게 관찰하고 있으려니—어머, 눈 마주쳤다!

치사의 시선을 알아차린 여대생은 살며시 싱긋 웃더니 무슨 생각을 했는지 잰걸음으로 다가왔다.

어, 뭐야? 마음속으로 비난한 게 들통났나? 당황하는 치사 앞에 선 여대생은 "흐응, 그쪽이 미하루 씨군요"라며 평가하는 듯한 눈빛을 보냈다.

"어, 저기……. 무슨 용건이죠……?"

치사가 어쩔 줄 몰라 엉겁결에 자리에서 일어나자 여대생
은 "아―앗!" 하고 치사의 발을 손가락으로 가리키더니

"그거 미셸 로잘리 신상 펌프스죠―?! 예쁘다―!"

그렇게 말하고 치사 주변을 빙글빙글 돌며 전방위적으로
펌프스를 바라보기 시작했다.

"어? 근데 힐 부분이 조금 달라! 따로 주문 제작한 건가요?
스물일곱 살은 그런 부분에까지 아낌없이 돈을 쓸 수 있게 되
는군요―. 부럽다~!"

"저, 저기, 창피하니까 그렇게 빤히 보지 말아 줄래요?"

주문 제작처럼 멋있는 게 아니라 굽이 부러지는 바람에 울
며 겨자 먹기로 수리했을 뿐이야. ……근데 얘가 어떻게 내
나이를 알지? 아까도 날 아는 사람처럼 말하더니…….

"에헤헤. 실은 저도 그 펌프스를 노리고 있거든요. 타츠오
에게 조르던 참이에요―!"

얘, 얘 마성의 여자야……! 젊음과 귀여움을 무기 삼아 남
자에게 금품을 뜯어낼 셈이로군? 도망쳐요, 키타카제 씨! 속
으면 안 돼요―!

파렴치한 소악마에게 경악하는 치사. 마성의 여대생은 킥
킥 웃다가 말을 이었다.

"그러니까, 미하루 씨가 잘 해 주지 않으면 곤란해요―.
타츠오와의 관·계! 제대로 해 주지 않으면 재촉하고 싶어도

재촉할 수가 없단 말이에요 ― ."

― 대체 무슨 소리지……? 키타카제 씨가 벌써 너한테 나와의 관계를 주절주절 털어놓은 거니? 그래서 넌 지금 날 견제하러 왔고? 모처럼 잡은 봉이니까 헤어질 거면 어서 헤어지란 소리야? 미련스럽게 내선 전화 같은 거 걸지 말란 얘기지 ― ?

동요한 치사는 말문이 막혔다. 설마…… 그런 건 아니겠지……?

치사가 도움을 청하듯 키타카제를 바라보자 그는 곧바로 알아차리고 얼굴색을 바꾸더니 ―

"리이나!"

치사가 아닌 여대생의 이름을 불렀다.

순간 귀를 의심했지만 틀림 없었던 것 같다. "리이나, 돌아와"라며 다시금 여대생의 이름을 부른 그는 재빠른 손짓으로 리이나인지 뭔지를 불렀다.

"네 ― 에" 대답하고 돌아가는 그녀와 키타카제 사이에는 도무지 오늘 처음 만난 타인들의 것이라고는 생각할 수 없는 묘한 연대감이 엿보였다. 치사는 그 순간 겨우 깨달았다.

뭐 ― 야아, 그런 거였어 ― ?

키타카제 씨, 진중한 사람이지만 그런 면으로는 손이 빠른 사람이었네. 젊고 귀여운 여자. 그래, 마음은 이해하지만 아무리 그래도 이건 전환이 너무 빠른 거 아니에요? 그래요, 프러포즈를 거절한 내가 잘못했습니다. 비록 내가 불평할 수 있는 입장은 아니지만 오늘 들어온 젊은 애랑 잘해 보고 싶으니까 교환 일기 같은 거 그만하자는 말은, 그건 아무리 그래도 너무 지조 없는 거 같은데요!

털썩. 자리에 앉은 치사는 책상 서랍을 연다. 그 안을 예쁘게 채우고 있는 것은 키타카제가 찾아다 준 딸기 맛 티롤 초코들이다. 지난주까지만 해도 서랍 안을 볼 때마다 가슴이 두근거렸거늘, 지금은 그저 가슴이 꽉 죄여들 뿐이다.

"선배, 설마 경리부 사신이랑 무슨 일 있으셨어여?"

이상한 낌새를 느낀 모모하라가 미간을 찌푸린다.

"없어. 이제 없어! 전혀 없어!"

경리부 쪽에서 또 응석을 부리는 목소리가 들려오고, 치사의 분노 게이지는 더욱 치솟는다. 기어코 "리이나, 넌 정말······" 하며 여대생에게 사족을 못 쓰는 키타카제의 목소리까지 들려오자 치사의 안에서 무언가가 뚝 끊어졌다.

아―, 됐어. 이런 거 다 먹어 버릴 거야. 먹어 버리겠다고. 다 없어져 버려라!

예쁘게 나열되어 있던 초콜릿을 단숨에 움켜쥔 치사는 연달아 포장을 까며 우걱우걱 입에 넣었다.

"서, 선배. 왜 그러세여? 심지어 죄다 똑같은 초콜릿! 그렇게 드시면 여드름 올라올걸여?"

"이 나이엔 여드름 같은 거 안 생겨. 단순 뾰루지가 나겠지! 더 이상 젊지 않으니까!"

걱정하는 모모하라에게 어른스럽지 못한 화풀이를 해 버

렸다. 그러자 "선배, 무서워여!"라며 입을 댓 발 내민 모모하라에 더해 이번에는 과장까지 참전해 왔다.

"미하루 씨, 화내면 안 되지. 쓸데없는 주름이 더 늘어난다니까! 렛츠 스마일! 스마일!"

"시끄러워요—!!"

치사는 저도 모르게 소리를 질렀다. 정말 바보 같아. 마성의 여대생 따위에 여유를 뿌리째로 빼앗겨 버리다니. 씁쓸한 치사의 입안에 퍼지는 것은 평소보다 더 산미가 강하게 느껴지는 새콤한 딸기 맛이다.

키타카제 씨에게 받았을 때 먹었던 건 훨씬 더 달콤했었는데—.

서랍 속에는 마지막 한 알이 남아 있다. 멀리서 들리는 즐거운 남녀의 목소리를 배경 삼아 '에에잇, 이것도 먹어 버릴 거야!' 하는 생각이 들지만, 그럴 수는 없었다. 이것까지 먹고 나면 키타카제와의 좋은 추억들까지 전부 사라질 것만 같은 기분이 들었던 것이다.

결국 치사는 남은 한 알에는 손을 대지 못한 채 서랍을 닫고, 책상에 널린 포장지를 모아 휴지통에 넣었다. 미련스러운 마음도 함께 버릴 수 있다면 좋을 텐데—.

안 돼, 정신 차려! 이런 이유로 손을 놓고 있으면 모처럼 의욕적으로 일하기 시작한 모모하라에게서 비웃음을 사게 될 거야.

펜을 든 치사는 멈추고 있던 서류 체크를 재개했다.

난 어른이니까 이 정도 일로 마음을 어지럽히면 안 돼. 지면 안 돼!

　스스로를 북돋아 보지만, 눈앞의 글자들은 눈물에 젖어 뿌옇게 흐려져 있었다.

　"아, 진짜 완전 저질. 저질이야. 사람 완전 잘못 봤어! 아무리 그래도 그렇지, 태세 전환이 너무 빠른 거 아니야? 키타카제 씨, 그 후에도 개한테 잘 보이려고 얼마나 자상하게 구는지, 퇴근 시간 다 될 때까지 둘이 계~속 시시덕거리더라니까."

　퇴근 후, 오늘은 마음이 내키지 않는다는 에리코를 억지로 붙잡아 늘 가는 다이닝바로 향한 치사는 주문한 맥주를 단숨에 꿀꺽꿀꺽꿀꺽 위장으로 흘려보낸다.

　"아, 여기요~. 맥주 한 잔 더!"

　"그 키타카제 씨가 이번에는 어린애한테 푹 빠졌다니……. 전처럼 그냥 청부 살인업자였으면 여러 모로 재미있었을 텐데, 실상은 그저 젊은 여자를 좋아하고 얼굴만 무섭게 생긴 무뚝뚝한 변태였다니……. 재미없어!"

　여전히 논점이 어긋난 에리코가 샐러드를 덜며 아쉽다는 듯 푸념했다.

　"진짜 들어 줄 수가 없더라니까! '타츠오~'래, 성도 빼고 이름만 덜렁 부르는데도 좋아하면서 '리이나' 하고 자기도 성 빼고 이름만 부르는 거야. 사람이 진중하지 못하게 말이야, 업무 시간 중에 그렇게 철썩 붙어서!"

꿀꺽꿀꺽꿀꺽!

"여기—, 맥주 한 잔 더요!"

추가 주문한 맥주잔을 빨리도 비운 치사가 카운터를 향해 소리쳤다.

"첫눈에 반하기라도 했단 거야, 뭐야? 날 부를 때는 한 번도 치사라고 불러 주지 않았으면서! 아—, 진짜 경박해, 경박해! 키타카제 씨 따위, 그 소악마한테 지독하게 뜯겨서 지갑이나 탈탈 털려 버려라!"

꿀꺽꿀꺽꿀꺽!

"여기~요, 맥주 한 잔 더!"

"야, 너 좀. 마시는 속도가 너무 빨라! 월요일부터 이러면 일주일 어떻게 버티려고 그래? 평소에는 그렇게 권해도 출근해야 된다고 주스밖에 안 마시더니, 뭐야."

"괜찮~아, 괜찮~아! 왜냐하면 난…… 어른이니까! 술도 팍팍 잘 마시니깐! 쓴 맥주도 전혀~ 아무렇지도 않으니깐!"

알코올이 돌아 상태가 이상해지기 시작한 치사에게 "아, 네네" 하며 가볍게 대답한 에리코는

"그렇게 구시렁구시렁 불평이 나올 정도면 되찾아 오지 그래? 어린애들에겐 없는 '어른'의 매력으로 말이야."

섹시하게 곁눈질하며 사라락 머리카락을 쓸어 올려 보이는 에리코. 확실히 그 아이도 이런 섹시함을 가지진 못했겠지만, 아쉽게도—치사 역시 가지지 못했다. '조금만 더 컸더라면' 하며 에리코의 풍만한 가슴을 곁눈으로 흘긋 엿보지만,

아니다. 설령 섹시 화보를 장식할 수 있을 만큼 예쁜 가슴을 가졌다고 하더라도 키타카제를 유혹할 수는 없을 것이다. 그 사람과 그 여대생 사이에는 이미 치사가 비집고 들어갈 수 없을 정도의 친밀함이 형성되어 있으니까.

"서로 죽이 잘 맞는다고 해야 하나……. 처음 만난 사이인데 둘이 엄청 친해 보여서 내가 끼어들 틈 같은 건 더 이상 어디에도 없단 느낌이야……."

리이나—. 애정을 담아 부르던 키타카제의 목소리가 머릿속에서 메아리친다.

키타카제 씨 바보……. 아무리 젊고 귀여운 여자라지만 그렇게까지 사족을 못 쓰다니. 늠름한 느낌도 우아한 느낌도 없는, 당신의 어머니와는 전혀 다른 타입의 여자잖아.

설마……. 이제부터 시간을 들여서 자기 취향에 맞춰 키우려는 건가—?

"싫어, 싫어! 그러니까 이제 볼일 다 본 나랑은 자연 소멸을 노리는 거야? 내가 내선 전화를 안 걸었으면 아무 말도 없이 꽁무니를 뺄 작정이었던 거지? 그런 건 똑똑히 말하란 말이야, 어른이잖아! 아—, 진짜! 맥주 한 잔 더 주세요!"

치사는 싹 비운 잔을 탕, 내동댕이치듯 내려놓았다.

"너 있지……. 해야 할 말을 안 하고 있는 건 치사도 마찬가지잖아? 그 초콜릿의 진실까지 말하라고는 않겠는데, 그래도 키타카제 씨한테 솔직한 마음은 전해야 하지 않겠어? 피치 못할 사정이 있어서 반지는 받을 수 없지만 당신을 좋아한다, 그런 어린애 말고 나를 봐라! 이렇게."

"그런 건 어른이 할 행동이 아니야. 게다가 이미 늦었고……."

치사는 새로 나온 맥주잔을 손에 들고 시선을 떨군다.

키타카제는 더 이상 치사 따위 안중에도 없었다. 청구서를 전달했을 때도, 내선 전화를 걸었을 때도 그저 한결같이 쌀쌀맞았고, 눈조차 마주쳐 주지 않았다.

싫어졌다면 싫어졌다고 분명히 이야기해 주면 좋겠지만, 이미 그의 행동만으로도 충분히 대답을 들은 느낌이었다.

"그런데 이제 와서 억지를 부리면서 그 사람을 원하는 건 애들이나 할 짓이잖아? 난 키타카제 씨를 난처하게 만들 만한 일은 하기 싫어. 성가신 여자로 여겨지고 싶지 않아……."

이걸로 끝난 거라면 어른의 모습으로 깨끗이 헤어지고 싶다. 더 이상 미련을 못 버리고 질척대면서 이미지를 무너뜨리고 싶지 않다. 초콜릿의 진상도 밝히지 말자. 그 사람의 멋진 어머니의 발끝에도 못 미치는 꼴사나운 내 모습을 알리고 싶지 않으니까—.

"아……. 그래도 교환 일기 버릴 거면 그냥 나 주면 안 되나……."

키타카제의 답지 않은 동글동글한 글씨를 다시 한 번 보고 싶어. 춤을 추는 듯한 그 글씨를 다시 한 번 짚어 가며 읽고 싶다. 치사는 새빨간 수첩의 기억을 떠올리며 작은 한숨을 흘린다. 처음에는 피에 물든 것처럼 보이던 그 색상이 이제는 닿을 수 없는 따스한 난롯불빛처럼 느껴졌다.

입술을 꾹 깨문 치사는 "술이 부족해!"라며 맥주잔을 단숨에 꺾어 비운 후, 다시 추가 주문을 한다.

"생맥쮸, 이버네는 오백 쟈느로 주세여! 아니네, 이참에 맥쮸 저장통을 함 들고 마셔 보까!"

어른은 횟술 좀 마셔도 돼~! 하며 벌써 혀가 꼬이기 시작한 치사. 그 모습을 본 에리코가 "맥주는 이제 질리지 않아? 이거 마셔 볼래?"라며 옆에 있던 술잔을 손에 건네 온다.

"맛있을걸? 에비앙 얼음이야."

"에뱡 으르음? 위스키는 안 마시는데……. 뭐 함 마셔 보까아—!"

치사는 선뜻 술잔을 받아 입에 대고 홀짝거린다.

"이거 좀 물 같다? 끝없이 드러가네."

솔직한 감상에 에리코는 "훗, 바보 주정뱅이"라고 중얼거리며 소리 죽여 작게 웃었다.

"뭐~라고? 에리코, 또 무슨 이상한 말을 했니이이~?"

"머리 식히란 소리야. 어른은 횟술 좀 마셔도 돼— 그런 발상 자체가 어린애인 거라고, 너. 어른이니까 이러쿵저러쿵하는 핑계 대는 거, 이제 좀 그만두는 게 어때?"

"핑계 같은 거……."

"안 대고 있다고 단언할 수 있어? 저기, 너 전혀 어른 아니야. 나이는 먹을 만큼 먹었지만 아직도 마음은 소녀고, 지금도 머릿속에선 중고생들이나 공감할 만한 유치찬란한 사랑과 이별의 감성 시 같은 게 마구 흐르지? 가슴속의 아기 고양이가 어쩌고 하는 닭살 쫘—악 돋을 것 같은 그거!"

"윽…… 으으으, 나 공격하지 말아 줘라…………."

허를 찔린 치사는 풀이 죽어 머리를 감싼다.

에리코 말이 맞아. 아까부터 사랑의 아기 고양이는 손톱을 세우고 벅벅 치사의 마음을 긁고 있다. 치사는 '이제 네가 나올 일은 사라졌어. 나는 차였으니까 넌 그만 겨울잠이나 자렴. 잘 자라'라고 말했지만, 아기 고양이는 귓등으로도 듣지 않고 외로운지 냐— 냐— 울어 댄다. 지금 겨울잠에 들면 두 번 다시 봄은 오지 않을 거라며 귀엽고 동그란 두 눈으로 치사를 빤히 바라본다.

키타카제 씨 같은 사람, 또 없잖아요? 전 세계를 찾아봐도, 우주로 나가 봐도 아무 데서도 찾을 수 없단 말이에요. 그렇게 필사적으로 호소하면서—.

"맞아, 아무 데도 없어……. 그렇게 별나고, 그렇게 순수하고, 그렇게 다정한 사람은 아무 데도 없어. 다시는 그런 사람을 절대 만나지 못할 거야…………."

눈물을 뚝 떨어뜨리는 치사의 어깨를 에리코가 툭 친다.

"후회한다? 어른인 척하느라 중요한 사람까지 포기해 버리면."

"이상해……. 내가 키타카제 씨를 진심으로 좋아하게 되었다고 했더니 그만두라고 반대하던 게 넌데."

"지금도 난 반대야. 그런 아저씨보다 좋은 남자는 썩어 넘칠 만큼 많으니까! 하지만 아무리 좋은 남자라도 너한테 좋은 남자가 아니라면 의미가 없잖아. 그리고 난 네가 후회하는 모습을 보고 싶지 않아. 친구니까."

"에리코……. 고마워."

"뭘 새삼스럽게. 앞으로도 또 '그때 그랬더라면' 하고 계속 하소연할까 봐 싫은 것뿐이야. 빨리 기운을 차려야지, 안 그러면 내 술맛까지 떨어지니까."

흥 하고 코웃음을 친 에리코는 "내수 경기를 위해 하나 더 주문한다"라며 메뉴판을 펼친다.

에리코의 말과 대단히 물 같은 위스키 덕분에 치사의 머릿속이 말끔해진다.

정말 그래, 이대로 끝내면 분명 평생 후회할 거야. 이렇게 이도 저도 아니게 우울해하느니 나잇값 어쩌고 하는 핑계 따위는 그만 때려치우고 차라리 어린애처럼 솔직해지는 게 나을지도 몰라. 내 가슴속의 아기 고양이만 믿고—.

"결심했어. 나 내일 키타카제 씨에게 다 이야기할 거야. 진짜 내 마음. 그리고 그 초콜릿에 대해서도 전부 다—."

결과적으로 아무것도 얻지 못할 수도 있겠지만, 어차피 포기할 거라면 제대로 결말을 지은 다음에 포기하는 게 나을 테니까.

그렇게 생각했는데—.

6장 초콜릿보다 더 달콤한 것

"술래잡기는 끝났어요, 미하루 씨!"

분노가 폭발한 거겠지. 탕탕탕. 난폭하게 문을 두드리는 소리가 들려온다. 고막을 쾅쾅 울리는 것은 귀에 거슬리는 금속음이다.

"나오세요, 미하루 씨! 당신에게 할 얘기가 있습니다. 그 밸런타인데이 초콜릿 말입니다!"

탕탕탕탕! 탕탕탕탕! 끊임없이 두들겨지는 문. 그 진동 때문에……가 아니라, 목숨의 위기를 느끼고 있는 탓에 치사의 온몸이 파르르르 떨린다.

어떡해, 무서워! 무서워! 너무 무섭다고!

어젯밤의 취기도 전부 사라진, 작은 새들이 지저귀는 상쾌한 아침. 그러나 치사는 회사 탈의실, 그것도 좁은 로커 속에 틀어박힌 채 키타카제가 휘두르는 죽음의 둔기 어택을 피하고자 얼음처럼 굳어 있었다. 어쩌다가 이렇게 되었는지를 따지자면, 그것은 이 위기적 상황의 불과 조금 전——.

"역시 너무 일찍 왔나……."

금요일도 아닌데 업무 시간보다 두 시간이나 일찍 출근한 치사는 벽시계를 확인하면서 책상에 앉는다. 가슴에 하나의 결의를 품고서.

오늘 밤, 키타카제 씨에게 모든 걸 고백할 거야——.

이렇게 일찍부터 출근한 것도 그것을 위해서다. 지금부터 열심히 일을 처리하고, 업무 종료와 동시에 그에게 말을 걸 것이다. "혹시 괜찮으시면 저녁이라도 함께하시지 않을래요?"라고.

곤란하다고 하면 잠깐이라도 좋으니 이야기를 할 시간을 내달라고 한 다음, 분명히 고백할 것이다. 그 초콜릿의 진실과 키타카제를 향한 거짓 없는 진심을——.

잘 이야기할 수 있을까? 퇴근 시간 후 다가올 가장 중요한 도전을 앞두고 치사의 가슴은 벌써부터 두근거림이 멈추지 않았다. 스멀스멀 불안감이 고조되자 치사는 책상 서랍을 열고 그 안에 남은 마지막 티롤 초코 위에 살며시 손을 얹는다.

"내가 벽이 부딪쳤을 때 용기를 주렴."

그렇게 중얼거린 치사는 부적을 대신해 재킷 주머니에 티롤 초코를 몰래 넣었다. 그때——.

아무도 없다고 생각했던 사무실 안에서 소리가 들렸다. 의아해 고개를 들자 경리부 방향 입구에 웬걸, 키타카제가 서 있었다.

——말도 안 돼. 이 시간에 왜? 설마…… 운명일까……?

하는 소녀 같은 생각이 떠올랐지만, 달콤한 예감은 순식간에 감쪽같이 사라졌다. 키타카제 주변으로 범상치 않은 수상한 낌새가 가득 차 있었던 것이다.

"키타카제 씨……?"

머뭇머뭇 말을 걸지만, 치사의 존재를 알아차린 키타카제는 섬뜩한 침묵과 함께 고요히 서 있을 뿐이다. 뭔가 분위기가 이상해. 이 불온한 공기는 뭐지—?

치사가 방어 태세를 취한 순간, 키타카제가 번쩍 눈을 떴다. 희번덕. 붉게 충혈된 두 눈동자가 치사를 가둔다. 눈이 마주친 순간 치사의 등줄기에는 오싹한 오한이 퍼졌다.

—아아, 이런 거 SF 영화에서 본 적 있는데. 이거 그거잖아, 목표를 발견하자마자 묻지도 따지지도 말고 암살하라고 프로그래밍된 살인 로봇 같은 거 기동하면 나오는 장면. 설마, 지금 저 사람 주변에 풍기는 거, 살기인가……?

내가 뭐 화나게 한 거 있나? 반지 일은 이제 와서 화를 내기엔 너무 늦은 거 아니야? 게다가 자기는 이미 젊은 아르바이트생한테 푹 빠져 있잖아. 난 그 밖엔 달리 살의를 품게 할 만한 일은…….

"무, 무슨 일 있으세요? 오늘은 굉장히 일찍 나오셨네요."

당황하면서도 치사가 묻자 키타카제는 "—미하루 씨" 하며 간신히 입을 연다.

"저에게 주신 그 초콜릿 말입니다—."

더없이 낮은 목소리로 말을 꺼낸 그는 한 걸음을 내디뎠다.

초콜릿? 설마 그게 진심 초콜릿이 아니란 걸 안 건가—?

치사는 탐색하듯 키타카제를 바라본다. 자신을 속인 데 대한 복수심에서일까, 평소보다 훨씬 더 시퍼렇게 날을 세운 날카로운 삼백안이 번쩍번쩍 신비로운 빛을 낸다.

우와아, 화났어. 완전, 완전 화났어—!

도르르. 바퀴를 굴려 의자에 앉은 채로 후퇴, 도망치려 하는 치사에게로 예사롭지 않은 기백을 내뿜는 키타카제가 여태껏 본 중 가장 위압감이 풍기는 얼굴로 한 걸음, 또 한 걸음 다가온다.

　어떡해, 잘 보니까 손에 뭔가 들고 있는 것 같아. 검은 천에 가려져 있긴 하지만……. 멀리서 눈을 찡그리고 살펴보니 아무래도 갈색에, 천 밖으로 빠져나와 있는 저건 — 엑, 화분……?

　"살해당하겠지, 너."

　그에게 준 초콜릿이 사실은 진심 초콜릿이 아니라 잘못 전달한 의리 초콜릿이었다는 걸 알아차린다면 — 언젠가 들었던 에리코의 말이 되살아난다.

　설마 그 화분, 흉기로 쓸 생각인가요? 그럼 저는 이제부터 그걸로 얻어맞아 죽게 되는 건가요, 키타카제 씨?!

　등이 오싹 얼어붙는다. 아냐, 아닐 거야. 진정해. 그럴 리 없어. 괜찮을 거야. 겉모습은 조금 무섭지만 사실은 아주 자상한 사람이잖아. 그래, 마음을 진정시켜 보자. 그런데…… 온화한 성격의 사람일수록 화가 나면 더 무섭다고 하잖아 — ?

　"미하루 씨, 긴히 할 얘기가 있습니다."

　위압적인 표정은 그대로 유지하면서도 속도를 높여서 다가

오고 있는 키타카제를 보자 치사는 저도 모르게 자리에서 벌떡 일어섰다.

바들바들 떨리는 두 다리. 순간 치사의 뇌리에는 정오 뉴스 속보가 스친다.

'서른 즈음의 여사원, 사내 연애 끝에 치정 갈등으로 업무 시간 전 사무실에서 타살 추정'

그런 자막이 뜬 화면에 보도되는 거야, 나? 매스컴의 취재에 응한 모모하라가 어이없다는 표정으로 "확실히 요새 이상한 분위기가 있긴 했어여. 나이도 꽉 찬 아저씨 아줌마 둘이 대체 뭣들 한 건지 모르겠네여~" 이런 인터뷰를 하고, 막……?

그래, 그 초콜릿에 대해 제대로 설명하자……! 그런 결심과 함께 치사는 과감하게 말을 꺼내려 했으나, 둔기를 들고 훅 훅 거리를 좁혀 오는 키타카제의 모습은 아무리 좋게 표현해도 '귀신 강림!'이란 느낌을 주는 엄청난 박력이었다.

"어……, 그러니까……. 죄송합니닥!"

이건 도주 본능이야. 유전자가 '위험해, 도망쳐!'라고 외치고 있어!

키타카제에게서 등을 돌린 치사는 전력 질주로 경리부와는 반대 방향의 출입구를 향해 부리나케 달렸다. 살의를 품을 정도로 격앙된 상태가 아닌가. 지금 그에겐 무슨 말을 해도 들리지 않을 것이다.

미안해요, 키타카제 씨. 하지만 있죠, 지금은 좀 진정해 줘요. 그 분노가 가라앉으면 그때 다시 이야기해요, 네? 치사는 그렇게 생각했지만 키타카제는 "왜 도망칩니까!"라고 화난 목소리를 높이며 치사의 뒤를 쫓았다.

"왜냐뇨, 키타카제 씨가 쫓아오니까요! 왜 쫓아와요!"

"당신이 도망치니까요! 왜 도망치는 겁니까?!"

"왜냐뇨, 키타카제 씨가 쫓아오니까요! 왜 쫓아와요!"

도주 중에도 같은 대화가 끝없이 반복됐다. 도움을 청하고 싶은 마음이 굴뚝같지만 업무 시간이 시작되려면 아직 두 시간이나 남은 시점이다. 누구도 출근할 낌새가 전혀 없는 지금, 자신의 몸은 스스로 지킬 수밖에는 없었다.

우뚝 발을 멈춘 치사는 "크윽, 여긴 못 올걸!" 하며 액션 영화 속 한 장면처럼 옆에 놓인 의자를 쓰러뜨리거나 책상 위에 놓인 서류들을 흩뿌려 가면서 키타카제의 발을 멈추게 해 도주를 위한 시간을 벌었다.

하지만 경이로운 도약 능력, 머리끝까지 치밀어 오른 분노로 도통 흥분이 가라앉지 않는 눈치인 키타카제는 주행 속도를 더욱더 높여 뛰어넘고 또 뛰어넘고, 의자도 책상도 복사기까지도 뛰어넘고는

"거기 서~! 거기 서~!"

지하 요괴처럼 소리치며 바싹 쫓아온다. 어느새 범인 역에 잔뜩 몰입한 눈치다.

뭐야? 키타카제 씨, 왜 저래!

"안 서요! 서면 다 끝이에요!"

타살당할 나도, 체포당할 당신도 인생 끝이라고요! 그런 건 너무 싫어어! 사무실 밖으로 빠져나간 치사는 복도를 폭주한다. 따각따각따각. 믿을 수 없는 속도로 하이힐 소리가 울린다.

"거기~ 서~! 거기~ 서~! 절대로~ 놓치지 않겠다~!"

불온한 협박 문구와 함께 더욱 힘차게 뒤를 쫓는 키타카제. 어디로 도망쳐야 한담?

치사는 달리면서도 필사적으로 머리를 굴린다. 밖으로 나가려면 엘리베이터나 계단인데, 엘리베이터는 올 때까지 시간이 걸리니 아웃. 그럼 계단으로 갈까? 생각했지만 오늘 신은 구두는 하필 안정성이 떨어지는 핀힐이다. 달리는 것만도 위태로운데 끝없이 이어지는 단차를 전력 질주하기란 불가능하다. 게다가 아까 본 키타카제의 도약 능력을 생각하면 한 계단씩 밟는 것이 아니라 모든 계단을 한 방에 오르내리며 쫓아올 것만 같았다.

그렇다면 이제 남은 선택지는 농성뿐이지! 결심한 치사는 가느다란 힐로 가녀리게 달려 복도 끝 여자 탈의실 안으로 뛰어들었다.

탈의실에는 잠금 장치가 있으니까 일단은 안심이다! 생각했지만 예상치 못한 대위기!

—이 문, 잠금 장치가 없잖아…………!

통한의 선택 미스. 여자 화장실로 들어가야 했어. 한탄하지만 이미 때는 늦었다. 탈의실 바로 옆에서 "거기~ 서~"하며 키타카제가 이를 가는 소리가 들린다.

뭐든 방패가 될 만한 거……, 둔기를 막을 수 있는 방어구가 없을까? 지푸라기라도 잡고 싶은 심정으로 실내를 둘러보지만, 방 안에는 회색 로커가 나란히 놓여 있을 뿐이다.

그렇다면 이 안에라도 들어가 있어야겠어. 치사가 자신의 로커 안에 반쯤 들어갔을 때

"더는 안 놓칩니다, 미하루 씨!"

노크도 없이 탈의실 문을 열고 들어온 키타카제가 둔기를 든 채 치사를 응시했다. 그도 지쳤는지 하아하아 어깨를 들썩이며 숨을 몰아쉬고 있지만, 그 삼백안만은 더더욱 날카로운 날을 세우고 있었다.

로커 안에서 얼굴만 빼꼼 내민 치사는 남자 출입 금지라는 규칙을 무기 삼아 떨리는 목소리로 주의를 준다. 그러나 키타카제는 조금도 동요하지 않고

"지금은 우리밖에 없어요. 그래도 마음에 걸린다면 밖으로 같이 나갈까요?"

"그럴 순 없어요! 그 어떤 듣기 좋은 꽃노래를 부른대도 절대 넘어가지 않을 거예요!"

그렇게 소리치고 다시 로커 문을 쾅 닫은 치사는 작은 성 안에서 농성을 결행한다. 그 안에 걸려 있는 코트에 눌린 채로 키타카제가 포기하고 떠나가 주기만을 필사적으로 기다렸다.

왜 일이 이렇게 되어 버린 걸까. 오늘 저녁에 모든 진실을

털어놓고 사과할 생각이었는데. 그리고 아무 소용이 없더라도 한번 부딪쳐 볼 각오로 키타카제 씨를 향한 마음을 고백하려고! 그랬는데 뭐냐고, 이 호러 전개는!

"술래잡기는 끝났어요, 미하루 씨!"

분노가 폭발한 걸까. 탕탕탕. 난폭하게 문을 두드리는 소리가 들려온다. 고막을 쾅쾅 울리는 것은 귀에 거슬리는 금속음이다.

"나오세요, 미하루 씨! 당신에게 할 얘기가 있습니다. 그 밸런타인데이 초콜릿 말입니다!"

탕탕탕탕! 탕탕탕탕! 끊임없이 두들겨지는 문. 그 진동 때문에⋯⋯가 아니라, 목숨의 위기를 느끼고 있는 탓에 치사의 온몸이 파르르르 떨린다.

"지, 진정하세요, 키타카제 씨! 우, 우선 제 얘기부터 듣고⋯⋯!"

히익! 치사가 전혀 나갈 낌새를 보이지 않자 안달이 나는지 키타카제는 로커 문을 열기 위해 온 힘을 다해 문을 당겨 왔다.

꺄악─! 하지 마, 하지 말라고! 치사는 문 안쪽에 달린 우산꽂이를 꽉 잡고 필사적으로 버텼지만

"미~하~루~ 씨~!"

더욱 힘을 주어 문을 잡아당기는 키타카제. 조금씩 비틀리며 열려 가는 문 틈새로 칼날 같은 삼백안이 희번덕, 그 안을 들여다본다. 그 공포스러운 모습에 "히익⋯⋯!" 외마디 비명

을 지르며 몸을 움츠리느라 힘이 빠진 찰나——치사가 꽉 잡고 매달려 있던 문이 바깥쪽으로 훅 열리고, 그 덕에 치사는 기세 좋게 로커 밖으로 튕겨 나가는 꼴이 되었다.

"아셨군요, 그 초콜릿의 진실을——."

더는 어쩔 도리도 없어 체념한 치사가 대치한 키타카제에게 묻자 그는 "네"라고 단답했다.

"화…… 나셨죠……?"

치사가 머뭇머뭇 물었다.

"네."

또다시 단답한 키타카제의 표정은 분노보다는 깊은 슬픔으로 가득 차 있었다.

☆

타츠오는 화가 났다. 미하루가 아닌 자기 자신에게.

선물 받은 초콜릿의 진실도 모른 채 잔뜩 들떠서는 미하루 씨를 우스꽝스러운 장단에 맞추게 해 버린 어리석은 스스로에게 화가 나고 후회가 되어 견딜 수 없었다.

그 초콜릿은 진심 초콜릿이 아니었다——출근 도중 우연히 진실을 알게 된 타츠오는 막대한 충격을 받았지만 동시에 묘하게 납득도 갔다.

생각해 보면 그 미하루 치사가 자신을 좋아한다는, 도저히 말도 안 되는 사태를 그때는 왜 납득해 버린 것일까. 스스로의 짧은 생각에 웃음이 나올 정도다.

결국 왜 마음도 없으면서 자신과 사귀어 준 것인지, 미하루의 진의는 알 수 없었다. 보기 안쓰러울 만큼 착각에 빠진 피에로가 불쌍해 보여서 꿈의 세계를 살짝 맛보게 해 주었던 걸까. 아니면 단순히 나를 놀리는 것이 즐거워서 사귀는 척을 했던 건가? 아니면, 리이나의 말처럼 사기 같은 음모를 숨기고 있는 것일까.

하지만 그래도 상관없다. 설령 거짓이었더라도 미하루와 사귈 수 있어 영광이었다. 그런 생각이 들 만큼 분수에 맞지 않는 연애였다.

미하루 씨와의 추억 따위는 빨리 잊어 버려야 해. 초콜릿을 받기 전, 틀에 박힌 듯했던 일상으로 돌아가면 될 뿐이야. 쉬운 일이지.

머리는 이미 그런 결론을 내렸지만, 마음은 고개를 가로저었다.

일시적인 행복 따위 맛보지 않았더라면 나 홀로도 걸어갈 수 있는 삶이었는데, 그녀의 다정한 손길과 온기를 몰랐다면 고독도 견뎌 낼 수 있었을 것을——.

그냥 흑백의 세계로 다시 돌아가면 될 일이었다. 그러면 여동생의 행복만을 바라며 판에 박은 듯한 나날을 담담히 살아낼 수 있었을 터다. 하지만 아무리 잊으려 해도 과분할 만큼 즐거웠던 미하루와의 한 달이 선명하게 되살아났다. 남자답지 못하게. 그녀를 떠올리면 떠올릴수록 타츠오는 점점 더 생기를 잃어 갔다.

이대로는 도저히 살 수가 없겠어. 허탈감에 휩싸인 타츠오는 어젯밤, 부모님의 위패를 모신 방에서 리이나에게 고백했다.

"리이나, 이렇게 힘든데 여전히 하늘에선 나를 맞이하러 오질 않아. 그렇다면 차라리——출가를 하려고 하는데, 어떻겠니? 그렇게라도 하지 않으면 난 도저히 평화로운 마음으로 살아갈 수 없을 것만 같다. 아마도 수행이 부족한 탓일 거야……."

폐인 같은 상태로 허락을 구하는 타츠오에게 리이나는 차갑게 대답했다.

"결국 그렇게 또 도망치는구나."

"도망친다고? 내가……?"

"응. 타츠오는 언제나 앞질러 생각하고, 변명하고, 도망만 쳐. 얼굴도 무섭게 생겼고 말주변도 안 좋으니까 어차피 다들 타츠오를 오해할 거라고 여기잖아. 아무 것도 해 보지 않았으면서 지레 포기하고, 남들에게 이해받기 위해서 먼저 해야 할 노력을 방치하고. 미하루 씨와의 일도 그래. 미하루 씨에게 이해받기 위해서 타츠오는 뭘 했어?"

"노력이라면 나도 했어. 다른 사람들이 다 나를 알아주지 않더라도 미하루 씨만은 나를 알아주길 바라는 마음에서 교환 일기도 시작했고, 나에 관한 괴상한 소문들의 진상도 밝혔고, 어머니와의 일도……."

"그건 그쪽에서 먼저 다가와 줬으니까 할 수 있었던 거잖

아. 그 초콜릿을 받지 않았으면 아직도 그냥 멀리서 보고 있기만 해도 행복해—하면서 포기했었을 거면서. 남이 나를 좋아한다는 보험이 없으면 타츠오는 아무 얘기도 못하는 거야?"

"그건…… 미하루 씨가 싫어할 것 같아서……. 좋아하지도 않는 사람이 너무 개인적이고 무거운 이야기를 꺼낸다면 듣는 입장에서도 민폐로 느낄 테고……."

"아니, 타츠오는 상처받을 게 두려워서 도망칠 준비부터 하는 거야. 그래서 그 초콜릿의 진실이 뭔지는 직접 물어보지도 못했지? 또 혼자 앞서 나가서는 어차피 난 안 될 거라고, 상대방의 마음을 확인하지도 않고 멋대로 포기했어. 타츠오는 기개가 없어!"

리이나의 신랄한 말에 타츠오는 한마디도 되받아치지 못했다. 반론도 할 수 없을 만큼 정확히 타츠오의 마음을 간파해 왔기 때문이다.

미하루가 반지를 받아 주지 않은 이유는 타츠오를 싫어하게 되었기 때문이 아니라 애초부터 사랑을 하지 않았기 때문이라는 사실을 당연한 일이라고 홀로 인정할 줄은 알았어도, 미하루의 입으로 직접 듣는 일만은 피하고 싶었다. 그 아름다운 목소리에 마음이 산산조각 나느니 흐지부지 진실을 덮은 채로 끝내고 싶었다.

그래서 타츠오는 일방적으로 미하루와 거리를 두었다. 멋대로 교환 일기를 중단했고, 쌀쌀맞은 태도를 보임으로써 정면에서 내려질 준비를 하고 있던 사형 선고를 회피했다. 리이나의 말대로 그저 끊임없이 도망만 쳤던 셈이다. 무언가를 이야기하려 했던 미하루를 일부러 무시하면서까지 ─.

"제대로 대화하고 오는 게 어때? 타츠오의 솔직한 마음을 숨김없이 다 털어놓으면 돼. 그 초콜릿이 진심이 아니었대도 타츠오는 미하루 씨를 좋아한다는 걸 알려 줘. 그 사람이 타츠오를 사랑하지 않는다고 하면 앞으로 좋아하게 만들면 되잖아! 지금 출가 타령할 여유가 어디 있어!"

"살면서 너에게 혼이 나는 날이 올 줄이야. 오빠, 부끄럽구나……."

언제까지나 어린애일 줄만 알았는데, 모르는 사이에 쑥 자라 있었구나……. 마땅히 기뻐해야 할 일인데 조금 숙연한 기분이 든다.

"괜찮아. 미하루 씨, 오늘 보니까 타츠오를 싫어하는 느낌은 아니었어. 게다가 타츠오는 내 자랑스러운 오빠인걸. 얼굴은 조금 무서워도 어디에 내놔도 부끄럽지 않은 남자야. 기필코 괜찮을 거니까…… 그러니까…….."

질리는 일도 없이 "펌프스 사 줘"라고 조를 거라고 생각했는데, 리이나는 불안한 듯 어깨를 떨며 말을 이었다.

"나 혼자 남겨 두지 마. 타츠오까지 나만 두고 가 버리지 말아 줘……. 출가도 싫고, 아빠 엄마 곁으로 가 버리는 건 진짜 아니야. 알았지……? 하늘의 부름이네 뭐네, 농담이라도 그런 말 하지 마…….."

정말이지 얼마나 어리석은 오빠란 말인가. 나만의 불행으로 머릿속을 가득 채우느라 동생에게 쓸데없는 걱정을 끼쳐 버렸다니.

"미안하다, 이상한 소리를 해서. 오빠가 잘못했어."

리이나의 등을 통통 부드럽게 토닥이며 타츠오는 결심 했다.

"내일 제대로 결말을 짓고 올게. 그게 어떤 결과로 마무리 되든, 반드시 집으로 돌아올게."

솔직히 장렬히 전사할 거란 예감밖엔 안 든다. 그래도 마냥 도망치기만 해서는 지금까지 격려해 준 리이나에게 본보기가 되어 주지 못할 것이다.

엉뚱한 착각으로 미하루를 한 달이나 괴롭게 만든 것을 사 과하자. 그리고 그런 후에 내 마음을 남김없이 다 고백하자. 그렇게 각오한 타츠오는 다음 날 아침, 만반의 준비를 하고 회사로 향했다. 그리고 기합을 너무 넣은 나머지 두 시간이 나 일찍 도착하고 말았다.

그랬더니 이게 웬 떡인가! 이른 아침 시간인데도 아직 사무 실에 있을 리가 없던 미하루의 모습이 보였다. 그러나 이거 야말로 운명이라고 느낀 타츠오가 어서 마음을 전해야 한다 는 생각에 미하루에게 다가가던 중, 왜인지 그녀는 도망을 쳐 버렸다. 왜 도망치는 거냐고 묻자 타츠오가 쫓아오기 때 문이라고 대답했다. 그리고 거기에 더해 왜 쫓아오느냐고 되 묻는 미하루의 목소리 ─.

진전 없는 대화만 반복되던 사이, 타츠오는 번뜩 미하루의 말 뒤에 숨은 의미를 깨달았다. 네가 진심이라면 기죽지 말고 나를 쫓아오라는, 너의 정열을 모두 보여 달라는 그런 말이 틀림없어—!

자신의 진심이 어느 정도인지 시험당하고 있다는 걸 눈치챈 타츠오는 "거기 서~! 거기 서~!"를 외치며 최대한 열심히 제 역할을 다하며 그녀의 뒤를 따라 달렸다. 봄날의 들판에서 술래잡기를 하는 것 같은, 최고로 로맨틱한 기분이었다. "나를 잡아 보라지, 우후후후후" 하며 화려한 스텝으로 쉼 없이 도망가는 미하루를 따라 끝내는 여자 탈의실에까지 발을 들이고 말았다.

그리고 즐거웠던 술래잡기도 끝이 나고, 미하루는 진지한 표정으로 그 초콜릿에 대한 이야기를 꺼냈다. 그녀와 진지하게 마주해야만 하는 때가 온 것이다.

"화…… 나셨죠……?"

의미심장한 표정으로 물어 오는 미하루에게 타츠오는 "네" 하고 수긍했다.

이제껏 저지른 어리석은 일들을 되돌아보면 스스로를 향한 짜증이 치밀어 오른다.

그러나 이제 그런 과거는 상관치 않겠다. 지금 여기에 있는 것은 예전의 키타카제 타츠오가 아니니까. 나는 더 이상 도망치지 않으리라! 아아, 전해져라, 마이 러브!

손에 들고 있던 화분에서 천을 벗겨 낸 타츠오는 "우오오오오오오!" 에너지를 끌어모아 미하루의 마음을 사로잡기 위한 승부에 나섰다.

☆

"우오오오오오오!"

드디어 죽음의 둔기 어택이 시작되는 건가! 분노에 휩싸인 키타카제가 평소의 그라면 있을 수 없는 우렁찬 외침을 지르며 손에 들고 있던 화분을 번쩍 휘둘러 올린다.

"와와와! 죄송해요, 죄송해요! 속이려던 건 아니었어요. 사과할 테니까 제발 그것만은 참아 주세요!"

꺄아악─! 나 때리지 마, 죽이지 마! 자리에 주저앉은 치사는 양손으로 머리를 감싸 안고 필사적으로 몸을 웅크렸다. 그러나 쨍그랑 소리와 함께 정수리를 울리는 충격은 전혀 없었다.

조심조심 고개를 들자 키타카제는 몸을 반쯤 숙인 엉거주춤한 자세로 위로 들었던 둔기를 치사의 머리……가 아닌 눈앞에 쓱 내려놓더니

"미하루 씨, 이건 당신을 이미지한 꽃입니다!"

"네, 네에…………?"

몸을 웅크리고 앉은 채로 치사는 둔기─가 아닌 화분을 천천히 살펴본다. 화분에는 꽃이 아닌 풀이 심어져 있었다. 뭐지? 이파리가 신기하네. 작은 이파리들이 여럿 모여 하나의 큰 이파리를 이룬 모습이 마치 새의 날개 같다. 하지만 이

파리들은 병에 걸린 것처럼 기운 없이 반으로 접힌 채 껍질 콩처럼 축 늘어져 있었다.

"이거…… 시들었잖아요. 이 힘없이 처진 느낌이 제 이미지라고요?"

좀 더 다른 꽃은 없었나 싶어 치사는 입술을 삐죽 내민다.

"아아, 이건 잠들어 있어서 그래요. 이러다가 곧 활짝 이파리를 펼칠 겁니다. 지금이 밤이라고 착각하고 있는 거죠. 추위에 약한 품종이라서 바깥 공기에 닿지 않게 하려고 천을 씌워 왔습니다."

손에 든 수수께끼의 풀을 부드러운 눈빛으로 바라보는 키타카제는 이어서

"이거, 함수초입니다. 어릴 때 갖고 놀아 보신 적 없습니까•? 밤이 되면 어디에 닿지 않아도 자연스럽게 잠이 드는 화초여서 '잠자는 풀'이라고도 불리죠."

"그러고 보니 초등학교 다닐 때 과학 시간에 배웠던 것도 같고……. 그런데 왜 제 이미지가 함수초인 거죠?"

"예전에는 카틀레야라고 생각했습니다. 늠름하게 꽃을 피우면서도 청초하고 사랑스러운 면이 있어서 미하루 씨를 빼닮았다고 생각했어요. 하지만 오늘 아침에 알았습니다. 미하루 씨는 이쪽이란 걸—."

왜 난 카틀레야면 안 돼? 원치 않았던 평가 하락에 납득이

• 함수초의 길쭉한 이파리를 건드리면 날개가 접히듯이 이파리가 반으로 접힌다.

가지 않았던 치사는 키타카제가 가져온 함수초를 콕콕 찌르지만, 이미 늘어진 이파리는 꿈쩍도 하지 않는다.

"혹시 저를 쉽게 좌절하면서 회복은 느린 여자라고 놀리시는 건가요?"

치사가 자포자기한 심정으로 축 처져 있는 이파리를 쿡쿡 찔러 대자 키타카제는 "앗, 조심하세요!"라며 제지해 왔다.

"함수초, 무해해 보이지만 줄기에 가시가 있습니다. 찔리면 아파요."

"뭐예요, 그 말은! 제 성격이 가시 돋친 것처럼 까칠하다고 말하고 싶으신 건가요? 그럴 거면 차라리 예쁜 장미에 비유해 줘도 괜찮잖아요! 왜 하필이면 함수초죠? 설마 제겐 꽃이 없다고 비웃기 위해서 풀을 고른 거……."

"아니요, 단언컨대 그런 의미가 아닙니다! 미하루 씨를 비웃을 생각 같은 건 털끝만큼도 없습니다. 이 함수초로 어떻게든 제 마음을 전하고 화해•할 수 있다면 좋겠다는 생각에……."

"젊은……? 역시 젊은 애가 좋다는…… 그런 말이에요? 그 젊은 아르바이트생과 더 가까운 사이가 되고 싶다는?"

"그런 말 안 했습니다, 안 했어요! 그럴 리가 없잖습니까. 게다가 함수초에도 꽃은 핍니다. 작고 동그란 핑크색 폼폼 같은 꽃이요."

• 일본어로 '화해和解'와 '젊다若い'라는 뜻의 형용사는 모두 '와카이'라고 읽는다.

"정말이요……?"

다정한 목소리로 차분히 설명하는 키타카제의 말에 고조되었던 기분이 살짝 누그러진다.

"네, 미하루 씨를 닮아 아주 귀여운 꽃이 피었었어요. 진지는 꽤 됐지만."

꽃이 졌다고 — ?

키타카제의 쓸데없는 한마디에 진정되고 있던 마음이 다시금 분화를 시작한다.

"역시 이거 비웃는 거 맞네요? 꽃은 이미 진 지 오래됐고, 이파리도 시들어 버린 그런 여자라고 말하고 싶으신 거죠, 저를! 그래서 젊은 애한테로 갈아타겠다고!"

"그러니까 아니라고 말하고 있지 않습니까! 왜 그러십니까, 오늘 미하루 씨 뭔가 이상하군요. 게다가 처음 후보였던 카틀레야도 얼마 전 꽃은 끝났는데……."

"끝났다고요? 그야 당신은 이미 그 아르바이트생에게 푹 빠져서 나와의 관계 따위는 다 끝났다고 생각하는지 몰라도, 그렇다고 이렇게 괴롭히다니 너무해요!"

뭐야, 지금 내가 그 초콜릿의 진실을 밝히지 않고 불성실하게 대응했다고 복수하는 거야? 너 같은 건 그 탱탱한 여대생에 비하면 별 대단할 것도 없다고 철저히 멸시한 후에 때려죽이려는 거냐고? 그런 건 너무하잖아!

분노가 폭발해 자리에서 일어난 치사는 활짝 열려 있던 로커에 화풀이를 하듯 쾅 소리를 내며 문을 닫았다.

"키타카제 씨 바보! 그야 나도 당신이 화를 내는 것도 당연한 일을 했지만, 그렇다고 화분으로 꽝이 인간으로서 할 짓인가요? 그렇게까지 해서 그 여자애랑 알콩달콩 애정 뿜뿜하고 싶은 거예요?!"

"저, 화분으로 꽝이 뭐죠, 미하루 씨……? 게다가 그 아르바이트생에 대해서 뭔가 오해하신 모양인데, 저와 그 친구 사이에 연애란 건 천지가 뒤집혀도 있을 수 없는 일입니다."

여전히 평온한 척하는 키타카제가 속이 빤히 들여다보이는 거짓말을 해 왔다. 방심하게 만든 후 갑자기 꽝 때려 올 생각일지도 몰라. 왜냐하면, 왜냐하면……!

치사의 머릿속에 어제 보았던 키타카제와 마성의 여대생이 친밀하게 굴던 광경이 떠오른다.

기억 속에서마저 서로에게 다정하게 구는 두 사람을 보자 잔뜩 쌓였던 불만이 단숨에 폭발한 치사는 크게 한번 숨을 들이쉰 다음

"키타카제 씨, 이 거짓말쟁이! 그렇게 러브러브한 모습을 보란 듯이 과시하더니 이제 와서 아무 것도 아니라는 말을 참 잘도 하네요! 근무 중에 서로 성도 빼고 이름을 부르질 않나, 의미심장한 아이콘택트를 날리질 않나, 어떻게 그래요! 점잖지 못하게! 경박해! 불결해! 나는 진실을 털어놓고 사과하려고 이렇게 아침 일찍부터 준비하고 있었는데, 터미네이터처럼 추격해 와서는 건드리면 처진다는 둥, 꽃이 없다는 둥, 젊은 애가 더 좋다는 둥. 자기 하고 싶은 말은 마음껏 다 하

고 기어코 꽝! 필살의 일격으로 끝내 버리다니, 사람이 매정한 데도 정도가 있어요!"

팡팡팡! 로커를 때려 쇠붙이 소리를 내면서 동시에 성난 파도처럼 미친듯이 소리를 지르는 치사를 보고 키타카제는 "지, 진정해요, 미하루 씨!"라며 기가 막혀 어쩔 줄을 몰라 한다.

"진정하라고……? 이번엔 또 나이도 먹을 만큼 먹었으면서 침착하지 못하다는 비난이에요? 여대생이라면 몰라도 서른 즈음의 여자가 꺅꺅 소란을 피우는 건 볼썽사납다 이거예요? 우와아—, 아까까지 그렇게 날 멸시하더니 그걸로도 부족했나요? 그렇게까지 걔가 좋아—? 뭐야, 난 지금도 당신을 이렇게 좋아하는데……. 이렇게 좋아하게 만들어 놓고 미련 없이 잘라 내 버리다니……. 아니, 구타까지 해서 버리다니, 와아아아아. 정말, 너무해, 너무해, 너무해! 키타카제 씨 이 바보야아아악!"

이미 착란 상태다. 어른스럽지 못하게 발을 동동 구른 치사는 쏟아 낼 곳 없는 격정을 로커에게로 향한다. 팡팡팡 있는 힘껏 로커를 마구 때리자—

"미하루 씨, 위험해요……!"

충격이 연타로 이어지자 로커 위에 쌓여 있던 종이 상자가 치사를 향해 쏟아져 내렸다.

어느 부서에선가 파티에 썼던 것인지, 기울어진 상자에서는 철 지난 크리스마스 장식 용품들이 떨어졌다. 다채로운 색상의 보블(bauble)들과 반짝반짝 빛나는 캔디 오너먼트, 새빨간 삼각 모자와 루돌프 머리띠 등등——계절은 다르지만 어딘가 마음을 들뜨게 만드는 물건들과 함께 은백색 먼지가 가루눈처럼 화악 흩날렸다.

와아, 예뻐…………라고 한순간 감동했지만, 결국은 먼지였다. 치사는 위에서 떨어져 내리는 크리스마스 장식품들을 툭툭 맞는 동시에 목을 덮친 불쾌한 텁텁함 때문에 콜록콜록 연신 기침을 해 댄다.

고개를 드니 치사를 감싸 주었던 걸까, 상자를 멋지게 캐치……하는 데 실패한 키타카제가 머리에 종이 상자를 푹 눌러쓴 상태로 서 있었다.

"아, 앞이 안 보여……!"

시무룩하게 종이 상자를 벗은 키타카제의 머리에는 산타클로스 가발이 아주 적절한 위치에 얹혀 있었다. 하지만 바닥에 내려 두었던 둔기를 다시금 손에 든 그의 형상은 다정한 산타클로스라기보다는 광기에 사로잡힌 클래식의 대가 같은 불온한 느낌이었다.

"미하루 씨!"

무슨 생각을 했는지 갑자기 불쑥 한 손을 내밀어 오는 키타카제.

뭐야? 설마 때려죽인 걸로 꾸미고 목을 졸라 죽일 작정인가——?

"와와왁, 하지 마세요! 바하 키타카제의 살인 교향곡이라니 안 돼요! 제, 제제제, 제발 그 손은 아름다운 음악을 연주하는 데에…………어, 어라?"

"누가 바하 키타카제입니까……."

기가 막히다는 듯 탄식한 키타카제는 치사의 어깨에 붙은 먼지를 삭 털어 냈다.

"오늘 정말 왜 그러시는 겁니까, 당신답지 않게."

키타카제는 그 말을 하고는 가발을 벗은 머리를 붕붕 저어 털었다.

"왜 그러냐뇨, 딱히 그러고 말고도 없어요. 게다가 저다운 건 뭐죠?"

치사는 그의 말에 반론했지만 스스로도 '하긴 이 사람도 내가 왜 이러나 싶긴 하겠지'라는 생각을 했다.

이러려던 건 아니었는데……. 진실을 고백하고 사과하고 싶었을 뿐인데, 그러기 위해서 밤새 할 말도 생각하고 정리해 왔는데. 그런데 왜일까? 키타카제를 앞에 두니 냉정함을 유지할 수가 없다. 이래선 안 된다고, 잘 빠진 핀힐에 시선을 떨어뜨려 보지만, 도저히 어른인 척을 해낼 수가 없었다.

"당신 때문에 여유를 가질 수가 없어요……. 지금보다 더 여유를 가져야 한다는 걸 차고 넘칠 만큼 잘 아는데, 그런데 키타카제 씨를 생각하면 여유 같은 건 어디론가 사라져 버려서 늠름이든 뭐든 할 수가 없게 돼요……."

함수초처럼 풀이 죽어 고개를 숙인 치사는 한마디, 한마디씩 진심을 털어놓기 시작한다.

"그렇지만 이게 저예요. 당신의 어머니껜 훨씬 못 미치는,

어린애 같은 여자죠. 초콜릿만 해도 그래요. 제 생각만 하느라 결국 말도 꺼내지 못하고……."

"다행입니다. 그 얘길 들으니 안심이 되네요."

"네, 네……?"

예상치 못한 반응에 놀라 고개를 들자 키타카제는 정말로 안도한 눈치였다.

"확실히 늠름한 미하루 씨는 멋져요. 하지만 당신에게 그런 모습만 있는 게 아니라는 걸, 저는 이제 압니다."

그렇게 잘라 말한 키타카제는 진지한 눈빛으로 말을 이었다.

"이 한 달 동안 당신은 제게 여러 가지 얼굴을 보여 주었지요. 일 때문에 무리를 하고 고집을 부리는 모습이나, 딸기 맛 초콜릿에 대해 열변을 토하는 모습, 그리고 수족관의 물고기들을 보며 들떠서 돌아다니는 모습까지 ─. 늠름한 면도 좋았지만 있는 그대로의 미하루 씨는 더욱 매력적이어서, 당신을 알면 알수록 점점 더 눈을 뗄 수가 없어졌어요. 그래서 더 쇼크였습니다. 프러포즈를 거절당했을 때, 그리고 그 초콜릿의 진실을 알아 버렸을 때 ─."

목소리의 톤이 한층 낮아진 키타카제는 계속해서

"왜냐하면 저는 미하루 씨가 마음을 열고 본래의 모습을 보여 주었던 건 상대가 연인인 저였기 때문이라고 생각했으니까요. 그게 단순한 착각이었다는 걸 깨닫고 나니 제가 느꼈던 건 뭐였던 걸까, 허무하고 슬퍼서…… 당신을 이해하지 못한 스스로에게 절망했습니다. 하지만 당신이 방금 한 말을 듣고 제가 봐 온 것들이 허상이 아니었다는 걸 알게 됐어요. 그래서 저도 모르게 안심이 됐습니다."

"……저한테 화 안 나셨어요?"

"화는 저한테 났습니다. 미하루 씨는 뒷전에 두고 혼자 난리를 쳤던 스스로가 용서가 되지 않아요……. 하지만 그 초콜릿이 진심 초콜릿이 아니었다는 걸 안 지금, 다시 말하게 해 주시겠습니까."

크게 심호흡한 키타카제가 치사를 똑바로 바라본다.

"미하루 씨를 좋아합니다. 당신이 늠름하지 않아도, 그 초콜릿이 진심이 아니었다고 해도ㅡ. 이제 그 대관람차를 탔을 때처럼 잘 설명할 수는 없지만, 그래도 그날보다도 당신을 더 좋아합니다. 설령 당신이 저를 놀린 거였더라도, 괴상한 항아리를 강매하려고 했던 거였더라도 그래도 좋아합니다! 오히려 저에게 더 많이 팔아 달라고 하고 싶을 만큼 당신이 좋습니다!"

"하, 항아리요……?"

"네, 대량으로 사들이고 싶을 만큼 좋아합니다. 물론 항아리가 아니라 당신을요! 저의 인생은 이미 당신으로 물들어 있어서 아무리 떨치려고 해도 떨칠 수가 없어요. 지워지지 않습니다, 지울 수 없어요! 그 미소가, 목소리가, 온기가, 향기가, 다양한 당신이 제 안에 각인되어서 머릿속에서 떠나질 않습니다! 당신은 아무런 변화도 없는, 색채가 없는 세계에서 저를 구해 준 천사예요!"

그렇게 말하고 키타카제가 내밀어 온 것은 아직도 고개를 들지 않은 함수초 화분이다.

"자, 이 이파리를 보세요! 천사처럼 보이지 않습니까? 새벽녘에 아직 이파리를 내리고 있는 이 함수초를 보고 아아, 저기 미하루 씨가 있구나! 그렇게 생각했어요. 천사가 날개를 쉬고 있는 모습 같아서요!"

흥분한 모습으로 함수초를 응시하는 키타카제. 듣고 보니 천사처럼 보이……보이나? 작은 이파리들이 좌우대칭으로 붙어 있는 모습은 새의 날개처럼은 보여도 천사의 날개는 너무 나간 것 같은 기분이 들었다. 그러나 키타카제는 공손히 함수초 화분을 앞으로 내밀며 말했다.

"받아 주십시오. 고전적이지만 사랑 고백에는 꽃이 있어야지요."

키타카제 씨, 이 타이밍엔 화분이 아니라 꽃다발을 내밀어야 할 것 같은데요?

역시 어딘가 별난 사람이야. 치사는 순간 쓴웃음을 지었지만 날카로운 눈동자를 소년처럼 반짝반짝 빛내는 키타카제의 모습이 눈이 부셔서 얌전히 화분을 받아 들었다.

"감사해요……. 아니, 이건—!"

날개를 쉬고 있는 함수초 옆에 번쩍 빛나는 반지가 있었다. 키타카제의 어머니가 남긴 유품이다.

"그 반지는 미하루 씨가 가지고 계셔 주세요. 그리고 다시 한 번 이걸 시작하고 싶습니다. 제가 먼저 그만하자고 말해

놓고 너무 제멋대로긴 하지만——."

슈트 안주머니에서 새빨간 사랑빛 수첩을 꺼낸 키타카제는 최신 페이지를 펼쳐 치사의 앞에 들어 보였다.

'당신이 솔직히 고백하고 싶었던 말은 이별하자는 이야기입니까? 만약 그렇다고 하더라도 저에게는 거절할 권리가 없습니다.'

생기 없이 축 처진 글씨로 엮인 일기에는 위로 두 줄이 그어지고, 내용 정정 도장이 찍혀 있었다. 그리고 그 아래에 새로 적힌 문장은——

'다시 한 번 기회를 주십시오. 반드시 당신이 돌아보게 만들 테니까!'

뜨거운 결의로 넘치는 동글동글한 글씨가 생기 넘치게 춤을 춘다.

"미하루 씨가 저를 사랑하지 않는다는 건 이제 알아요. 그래도 다시 한 번만 기회를 주시겠습니까. 그래도 안 된다면 그때는 반지를 돌려주셔도 괜찮으니까요."

어? 설마 키타카제 씨, 내가 자기를 좋아한다는 걸 눈치채지 못한 건가……?

아까 얼떨결에 고백해 버린 거, 못 들었나……. 게다가——

"전 키타카제 씨가 마음이 변하셨다고 생각했어요. 그 젊은 아르바이트생을…… 좋아하게 되신 게 아니었나요?"

"아아, 걘 제 동생입니다."

"동생이라니, 그렇게 나이 차이가 나는 여동생이 있을 리가…………."

거기까지 말하자 겨우 기억이 떠올랐다. 언젠가 점심시간에 함께 식사를 하면서 그가 이야기해 주었던 걸. 여동생, 아마 키타카제 씨랑 열다섯 살 차이라고 했지……?

"저, 전혀 안 닮으셨네요. 그렇게 귀여운 여동생분이 있으셨다니……. 얼굴이 너무 달라서 피가 섞인 가족이라고는 요만큼도 생각하지 못했어요……."

"자주 듣습니다. 저도 여동생처럼 애교 있는 얼굴로 태어났더라면 의도치 않게 남들을 위협할 일은 없었을 텐데, 아쉽게도 이 모양이라서……."

"그런 말 마세요. 저는 좋아해요, 키타카제 씨의 얼굴. 비록 오늘 아침의 소름끼치던 표정은 아무래도 좀 무서웠지만……."

"좋아……한다고요…………?"

눈썹을 움찔한 키타카제는 턱에 손을 대고 무언가를 떠올리려는 듯 일시 정지하더니 이내

"미하루 씨, 아까 저를 좋아한다고 말씀하지 않았습니까?"

"네, 좋아해요. 키타카제 씨의 얼굴."

"얼굴이 아니라 그 전에! 더 전에요! 로커 위에서 상자가 떨어지기 전에 와악하고 이성을 잃었던 미하루 씨가 혼란을 틈타서 저를 좋아한다고 말씀하셨죠? 박력이 엄청나서 무심코

흘려듣고 말았는데, 분명히 말씀하셨죠? 저를 좋아한다고!"

"호, 혼란을 틈타다뇨……."

예상치 못한 표현에 저도 모르게 쓴웃음이 삐져나온다. 그러나 냉정히 생각해 보면 정말 얼마나 심하게 이성을 잃었던가. 여러 가지 의미로 부끄럽다.

치사가 민망해 어쩔 줄 몰라 다시금 함수초처럼 고개를 숙이자

"제, 제 착각이 아니라 정말로 좋아하는 겁니까? 당신이 저를? 우와아, 좋아하시는 겁니까, 정말로? 미하루 씨, 저를 좋아하십니까?"

"아이참! 몇 번씩 말하게 하지 마세요, 정말 좋아하니까요!"

"어떻게……? 그게, 이상하지 않습니까? 당신이 준 초콜릿은 진심이 아니었잖아요?"

"그, 그땐 그랬지만……. 하지만 지금은 진심으로 끌리고 있어요! 교환 일기와 데이트를 거듭해 가는 사이에 키타카제 씨의, 좀 별나지만 진중한 성격을 알게 되면서……. 있는 그대로의 저를 자상하게 받아들여 주는 당신에게 언제부터인가 푹 빠져 있었고, 더는 어쩌지도 못할 만큼 좋아하게 되어 버렸어요!"

"미하루 씨……. 그 말, 정말입니까…………?"

키타카제는 예상하지 못한 고백에 당황했는지 꼼짝없이 서 있었다. "네" 하고 수줍은 듯 긍정한 치사는 부끄러워하면서도 "글쎄 뭐랄까요, 어쩌면 순서가 좀 이상했던 것뿐일지도

몰라요. 확실히 그 초콜릿에 적힌 메시지는 의도치 않았달까……, 쉽게 말하면 사고였지만 결과적으로는 진실이 된 셈이네요!"

"사……고…………?"

치사의 말에 키타카제의 표정이 순식간에 어두워진다.

"그 초콜릿이 진심이 아니었다는 건 이제 이해했습니다. 하지만 사고라고 단언하시니 역시, 역시나 충격이……!"

크윽 하며 고개를 위로 들고 한 손으로 얼굴을 덮은 키타카제는 "의도치 않은…… 사고…… 의도치 않은…… 사고, 사고, 사고…………"라며 꿍얼꿍얼 같은 단어를 반복해 중얼거린다.

어, 뭐야. 설마 우나? 그런 표정 하면 나 죄책감이 엄청 커지는데요! 비탄에 빠진 키타카제를 가만히 두고 볼 수 없어진 치사는

"아, 아무런들 어때요. 이제 와서 그런 거! 중요한 건 지금 현재의 마음! 그렇죠?"

타이르듯, 위로하듯 키타카제를 바라본다. 그러나 그는 "아무런들 어떻지 않아요!"라며 강하게 항의했다. 그러더니 갑자기 비참한 표정으로

"저에겐 중요한 일이었단 말입니다! 그 초콜릿으로 제 인생은 180도 변했고, 겨울밖에 찾아오지 않던 세계에 봄의 여신이 강림했어요. 그 당시 저는 하늘에라도 날아갈 듯한 기분이었는데……. 그런데 그 초콜릿이 사고였다니……. 사고 물

건이었다니⋯⋯⋯⋯!"

"저기—, 그렇게까지는 말 안 했거든요⋯⋯?"

꾹, 꾹. 치사는 완전히 절망 모드에 빠진 키타카제를 현실로 데리고 돌아오기 위해 팔을 찔러 본다. 그런데도 그는 "으으으⋯⋯" 하며 그저 슬픔으로 몸을 떨 뿐이다.

"아, 정말. 고작 초콜릿 하나로 그렇게 우울해하지 말아요. 아, 맞다⋯⋯!"

함수초를 바닥에 내려놓은 치사는 주머니에서 티롤 초코를 꺼냈다. 부적으로 삼기 위해 가지고 온 마지막 한 알이다.

"새로 드릴게요. 이번 건 틀림없는 진심 초콜릿이에요. 사랑이 가득 담겨 있답니다!"

치사는 키타카제의 손바닥 위에 "자요" 하고 초콜릿을 올려놓았다.

이걸로 만사 해결이죠? 하고 미소를 짓지만, 키타카제의 표정은 여전히 밝지 않았다.

"진심 초콜릿이라니, 이거⋯⋯ 제가 전에 드린 거 아닙니까? 심지어 그중에서 먹다 남긴 것⋯⋯⋯⋯."

"먹다 남긴 거 아니에요! 제겐 소중하고 소중한 초콜릿인데⋯⋯."

나야말로 이 초콜릿에 얼마나 휘둘렸는지 알아요? 기뻤다가 슬펐다가, 책상 서랍을 열 때마다 내 마음은 혼돈의 도가니였다니까?

아무리 해도 원망을 떨치지 못하고 토라져 있는 키타카제를 보다가 도리어 더 토라진 치사는 "키타카제 씨는 의외로 속이 좁은 남자네요"라며 미니 초콜릿을 탈환해 포장지를 벗긴다.

"흥! 됐어요! 제가 먹어 버릴래요!"

"와악! 돌려줘요, 미하루 씨! 그건 이제 저의……!"

"키타카제 씨, 단거 싫어하잖아요. 먹다 남긴 초콜릿 같은 거 원하지 않잖아요?"

"원합니다! 미하루 씨가 주시는 거라면 뭐든지! 모래 한 알이라도 원해요!"

"흐~응."

치사가 그 말을 듣고서도 개의치 않고 초콜릿을 훅 입에 넣자

"우와아아아아! 나의, 나의 초콜릿이이이이이이…………!"

마치 이 세상의 끝을 목격한 듯한 얼굴로 키타카제는 맥없이 자리에 무릎을 꿇는다.

먹다 남긴 거라고 불만스러워하던 것에 비해 꽤 오버스러운 반응이다.

풀이 죽어 어깨를 떨군 모습은 무시무시한 얼굴과는 어울리지 않는 아주 한심한 모습이지만, 그렇지만 그런 어린아이 같은 그가 견딜 수 없이 사랑스럽다—.

"괜찮아요, 아직 남았으니까."

맥없이 주저앉은 키타카제의 앞에 엉거주춤하게 선 치사는 녹기 시작한 초콜릿을 살며시 그의 입안으로 옮긴다.

"—맛있어요? 아니면 역시 초콜릿은 싫은가요?"

감았던 눈을 천천히 뜨자 키타카제는 얼이 빠진 것처럼 눈을 깜박이고 있었다.

　"저, 저기, 저기……. 너무 갑작스러워서 맛을 잘 못 느꼈는데, 그……. 다시 한 번…… 괜찮겠습니까?"

　키타카제가 진지한 표정으로 진심인지 농담인지 모를 질문을 던졌다.

　"초, 초콜릿은 더 없어요. 방금 그걸로 완전히 녹아 버려서……."

　나도 참, 무슨 대담한 행동을 한 거람. 그것도 이렇게 아침 일찍부터……. 자신의 행동이 극심히도 부끄러워진 치사는 두 손으로 얼굴을 가리며 자리에서 일어섰다.

　"다, 다음에 제대로 된 초콜릿을 사 올게요! 키타카제 씨도 먹을 수 있는 카카오 99%로……. 아니, 그렇게까지 진해야 하면 차라리 열매를 사 올게요, 카카오 열매!"

　내가 저지른 당혹스러운 행동을 부정하기 위해 제안하긴 했는데, 카카오 열매 같은 건 어디서 팔지? 백화점 지하……? 아니, 예상외로 채소 가게? 애초에 카카오 산지가 어디였더라? 열대지방일 텐데. 아마존…………? 하얏! 혹시 모 쇼핑 사이트에서 팔지 않을까ㅡ?

　"자, 잠깐 책상에 가서 검색하고 올게요!"

　"기다려요!"

　번쩍 뛰어나가려고 하는 치사의 손을 키타카제가 잡아끈다.

　"그, 그러니까…… 없……어도………."

"필요 없으세요? 카카오 열매는 좀 그런가요? 조리하기도 수고스러울 것 같으니까, 그럼 역시 무난하게 비터초콜릿을……."

"아뇨, 카카오 열매도 초콜릿도 필요 없습니다. 그러니까, 그………… 초콜릿이 녹아든 몸을, 다시 한 번 부탁할 순 없을까요?"

"음, 그건…… 그러니까…………."

말뜻을 이해한 순간 화아아악 얼굴이 새빨갛게 달아오른다. 희번덕 빛나는 사랑스러운 삼백안이 부끄러운 듯 웃음을 짓는다.

"괘, 괜찮을까……요?"

아아, 정말이지. 사랑의 아기 고양이가 바르르 몸을 떨잖아. 빨라지는 심장 소리에 분명 함수초도 함께 두근두근하고 있겠지.

"그, 그런 거…… 하나하나 묻지 마세요. 부끄러워……요……."

"네, 네! 그럼, 그……. 실례하겠습니다!"

한순간이었다. 닿을 듯 말 듯 조심스러운, 하지만 다정함이 넘치는 서투른 입맞춤.

입술을 뗀 키타카제의 얼굴은 삶은 문어처럼 새빨갛게 익고, 그 열에 치사까지도 물이 든다. 아, 어떡하지. 귀 끝까지 뜨거워—.

시선을 돌리자 바닥에는 여기저기에 흩어져 있는 크리스마스 용품들과 함수초가 보인다. 함수초는 어느새 고개를 들고 두 사람을 다정하게 바라보고 있었다.

"죄송합니다, 그……. 괜찮다면…… 한 번만 더………."

"묻지 말아요."

순간, 누가 먼저랄 것도 없이 서로에게로 이끌린 입술은 도저히 한 번으로는 멈추지 못했다.

한 번 더, 다시 한 번—미안, 덤으로 한 번만 더.

어색하게 이어지는, 작은 새들이 나무를 쪼는 것 같은 입맞춤—어른의 여유 따위는 요만큼도 없는 어설픈 키스. 요즘은 애들도 이것보다는 잘하지 않겠냐고 비웃음을 살 정도로 서툴지만, 또다시 입술을 포개며 다시 한 번—.

서로에게 닿은 입술에서는 지금까지 먹어 본 어떤 초콜릿보다도 다디단, 녹아내릴 것만 같은 맛이 났다.

—끝—

저자 후기

갑작스럽지만, 여러분은 방울토마토가 찌부러진 것을 보신 적이 있으신지요? 네, 방울토마토요. 때로 도시락 속 장식으로도 사용되는 그것이 도마 위에서도 입안에서도 아닌 막 구입한 플라스틱 케이스 안에서 찌부러진 모습을, 말입니다.

저는 있습니다. 그것은 작년, 8월도 막바지에 가까워지던 그날의 일이었지요. 늘 주문하는 채소 택배 상자를 열었을 때, 감자 밑에 깔린 방울토마토들이 케이스 안에서 아주 볼 만하게 찌부러져 있었습니다. 빨갛고 동그란 깜찍한 형상의 그들(?)이 노란색 씨가 뒤섞인 젤 형태의 물질로 변화해 있었지 뭡니까.

쇼크였습니다. 저는 저도 모르게 그 자리에 주저앉았습니다. 태어나서 처음 보는, 케이스 안에서 무참하게 찌부러진 방울토마토라는 것에 스스로도 놀랄 만큼의 충격과 상처를 받았던 것이지요. 왜냐하면 그전에는 투명한 케이스 안에서 예절 바르게 나란히 줄을 선 그들의 모습밖에 몰랐기 때문입니다. 그런데……!

상상도 하지 못한 토마토의 모습에 업체에 항의 전화도 하지 못할 만큼 우울함이 밀려왔습니다. 바로 그때였습니다.

비탄에 빠진 저의 휴대전화가 울렸던 것은.

바로 감이 왔지요. 이건 택배 업자가 사과 전화를 한 게 틀림없다, 택배가 배달된 다른 곳에서도 같은 참사가 벌어져서 그날 토마토를 배달한 모든 집들에 확인 차 전화를 하고 있는 걸 거라고—.

아, 그렇구나. 먼저 전화를 주었으니 가볍게 주의만 주는 걸로 갈무리해 볼까? "다 뭉개진 토마토 때문에 나는 매우 몹시 킹왕짱 화가 났소잉!(사어)" 하는 가벼운 느낌으로!

그런 생각을 하면서 휴대전화를 받았더니 그 전화는 택배 업자로부터의 사과 전화……가 아닌, 이게 웬일입니까, 이 소설이 전격 소설 대상(電擊小說大賞)의 최종심에 남았다는 연락이었습니다.

귀를 의심했습니다. 실은 전격 대상에서는 과거 세 번 정도 참패한 적이 있었던지라 올해도 연락이 없으니 또 안 됐다 보나—하며 완전히 포기하고 있었거든요.

그러던 때에 갑자기 전화가 온 겁니다. 너무 놀라서 "앗싸—!" 같은 기쁨의 말은 나오지도 않고 "하하하하우하우하우우우……" 하는 의미 불명한 소리밖에는 나오지 않았어요.

흥분한 나머지 심호흡 상태에 빠진 거죠, 습습 하하—! 이런, 아기가 나올 것 같아요!

……라는 뭐, 토마토 쇼크로 시작된 믿을 수 없는 낭보에 과장 없이 졸도 직전까지 갔습니다.

결국 택배 업자에게서는 연락이 오지 않았지만, 이 소설은

제22회 전격 소설 대상 — 미디어웍스 문고상이라는 멋진 상을 받을 수 있게 되었습니다.

그러므로 이렇게 말할 수 있게 해 주시겠어요? 최종 선고 잔류 알림은 까먹었을 즈음에 찾아온다. 찌부러진 방울토마토는 길한 소식이 찾아올 전조다. 라고요 —.

늦었지만 처음 뵙겠습니다, 세이소 나츠메(星奏なつめ)라고 합니다.

이 작품은 토마토 크라이시스를 무사히 극복한 후에 출판이 결정되었는데요, 이야기의 무대는 투고 당시인 2015년입니다. 쇼와 63년에 태어난 여 주인공 치사의 나이가 한 살 어리다거나, 밸런타인데이가 토요일이라는 등 이 책이 출간된 2016년•과 어긋나는 점이 있는 건 그 때문입니다.

개고를 하는 과정에서 고칠 수도 있었지만 고작 1년, 그러나 1년. 단 1년 동안에도 사물을 바라보는 주인공의 사고방식에는 큰 차이가 생길 수 있지 않을까 싶어 담당 편집자님과 논의 후 투고 당시의 설정을 그대로 사용했습니다. 나이만 보면 충분히 어른이지만 내면적으로는 어른이 되지 못한, 아직 조금 어린 면이 남은 치사의 모습을 즐겨 주신다면 행복하겠습니다.

지면의 끝이 가까워지고 있네요. 감사의 말씀을 드리겠습니다. 전격 대상 심사에 관여하신 모든 분들, 이 책의 발간에

• 이 책은 일본 현지에서 2016년 3월에 출간되었다.

힘을 써 주신 모든 여러분께 진심으로 감사 말씀 올립니다.

바쁘신 중에 표지 그림을 담당해 주신 카스야 나가토(ｶｽﾔ
ﾅｶﾞﾄ) 님. 스케치 단계에서 보여 주신 화려한 일러스트에 아
주 큰 힘을 얻었습니다! 실은 스케치를 보여 주셨을 당시에
저는 실의의 구렁텅이에 빠져 있었는데요(아니, 이때는 토마토 때
문은 아니고요……!), 그래서 카스야 님의 일러스트를 보고 구원
을 받은 듯한 느낌이었습니다. 진심으로 감사드립니다!

추천문을 써 주신 아야사키 슈운(綾崎 隼) 님. 저야말로 두
발이 바동바동거릴 만큼 멋진 말씀에 감동의 눈물이 멈추지
않아 눈 밑이 댐 방류 상태입니다. 방바닥에 홍수 날까 걱정
입니다! 그런데 이렇게 토마토토마토거리는 수상한 녀석을
추천하셔도 괜찮으신지요? 그것만이 걱정입니다! 추천문에
누를 끼치지 않도록 더욱 정진하겠습니다!

언제나 적확한 조언으로 도와주시는 편집자 아라키(荒木)
님, 후지와라(藤原) 님, "저자 후기에 감사 인사 안 넣어 드릴
거예요!"라고 말씀하셨지만 굳이 말씀드리겠습니다. 감사합
니다! 왜냐하면 늘 정말로 신세를 끼치고 있으니까요! (결코 글
자 수를 채우기 위함이 아닙니다. 네, 아무렴요(결단코)……!)

저를 뒷받침해 주는 가족, 친척, 친구, 택배 업자 여러분,
그리고 이 기회에 방울토마토도, 모두 고마워요! 늘 폐만 끼
쳐 미안합니다. 제가 이렇게 있을 수 있는 것도 다 여러분의
도움 덕분이에요.

그리고 무엇보다 이 책을 선택해 주신 당신께도 최대급 감

사를 보냅니다! 흠잡을 곳이 잔뜩인 소설이지만 조금이나마 즐겁게 읽어 주셨다면 기쁘겠습니다.

　토마토 하나에 동요해 버리는 저이지만, 앞으로도 모쪼록 잘 부탁드립니다. (참고로 찌부러진 토마토들은 스크램블 에그의 재료로 사용했습니다)

　그럼 다시 만나 뵐 날을 진심으로 고대하며!

세이소 나츠메

역자 후기

초콜릿보다 달콤한, 토마토보다 싱그러운

빛바랜 세계 속에서 오랜 세월 홀로 몸을 웅크리고 살아온 남자가 있다. 북풍과도 같은 서늘함이 풍기는 생김새 때문에 연애라고는 꿈도 꾸어 본 적 없는 30대 중반의 키타카제 타츠오. 인파 속에 설 때면 본의 아니게 늘 바다를 가르는 기적을 행하는 위협적인 외모 탓에 인생의 거의 반절 가까운 세월 동안 자신을 드러내는 일이 타인에게는 민폐에 다름없다는 생각에 갇혀 고요히 살아온 인물이다. 가족 외 인간관계는 거의 단절 수준, 친목은 화초들과 도모할 정도이니 하물며 연애는…….

그러던 그의 흑백 세계에 여신처럼 자애롭고 야무진 미하루 치사가 등장한다. 남몰래 짝사랑하던 아름다운 여신에게서 밸런타인데이 초콜릿을 받은 그날, 타츠오의 세계에는 쨍할 만큼 선명한 색들과 눈부실 정도로 밝은 빛이 돌아왔다.

같은 시기, 여신은 혼란에 빠졌다. 안 그래도 성별의 벽, 나이의 벽, 세대의 벽 등 본연의 자아와 사회적 자아를 일치시킬 수 없는 현실을 꿋꿋이 살아 내면서도 슬슬 한계에 부딪치고 있던 차였는데, 하필 그런 때에 과거 청부 살인업자로 활약했다는 소문을 가진 남자가 수줍게 삼백안을 빛내며 접근해 온 것이다. 어두운 타츠오의 흑백 세계에 밝은 빛이 새어 든 순간, 밝게 빛나던 치사의 세계에는 어둠이 드리웠다.

얼핏 추리, 범죄, 서스펜스 소설에서 쓸 만한 비극의 서막처럼도 보이지만, 아니다. 이것은 날카로운 외모 뒤에 순둥함과 조신함을 갖춘 남자와 모든 것이 똑소리 나 보이지만 남몰래 치열하게 버티는 중인 헛똑똑한 여자가 만나 오해를 거듭하며 연인으로 함께 성장해 가는 모습을 그린 싱그러운 러브 코미디 소설이다. '나이도 먹을 만큼 먹어서' 연애만은 서투른 풋내 나는 어른들의 오해와 좌절, 갈망을 담아낸 발랄한 혼종이다.

오해로 시작된 관계는 남녀가 점점 서로의 진짜 모습을 알아 가면서 진정한 연인 관계로 발전한다. 당당한 어른의 하이힐에서 내려온 치사가 예상외로 단신이었던 것처럼, 소설 속 주인공 캐릭터들은 진짜 모습과 겉모습 사이에 꽤 매력적인 간극을 가진다. 이렇게 연애소설의 전형적인 틀을 쌓은 다음 방울토마토가 찌부러진 모습에 깊은 충격을 받는 작가의 여린 감수성을 더한 코미디를 첨가하니 오, 《초콜릿 컨퓨전》이 탄생했다.

《초콜릿 컨퓨전》은 젊은 엔터테인먼트 소설 작가들의 등용문인 전격 소설 대상(電擊小説大賞)에서 〈미디어웍스 문고상〉을 수상하며 데뷔한 세이소 나츠메의 데뷔작이다. 임상 심리사를 지망했었다는 작가는 모 서평 잡지와의 인터뷰에서 사람들을 웃게 만드는 소설을 쓰고 싶다는 포부를 밝혔는데, 놀랍게도 이 소설 전까지 단 한 번도 러브코미디를 써 본 적도, 여성 시점에서 이야기를 풀어 본 적도 없다고 한다(때문에 치사의 시점으로 이야기를 풀면서 꽤나 고생했던 모양이다). 해당 인터뷰에 따르면 직전에 등장인물들이 꽤 많이 죽는 어두운 소설을 썼기 때문에 반동으로 밝은 이야기를 써 보자 한 것이《초콜릿 컴퓨전》으로 완성되었다고 하는데, 이 밝음의 정도로 보아 대체 전작에서 등장인물들을 얼마나 죽인 것인지 궁금하지 않을 수 없다.

전반적으로 유쾌한 흐름이 이어지는 이야기를 읽다 보면 어쩐지 소설의 무게 중심이 타츠오에게로 살짝 쏠린 듯한 느낌도 받게 된다. 캐릭터 자체가 워낙 독특한 매력과 서사를 지닌 인물이기 때문이기도 할 테지만, 또 다른 주인공인 치사를 묘사하는 내용이 대부분 사랑에 빠져 허우적거리는 타츠오의 시점에서 꾸밈은 없으나 한껏 과장된 표현으로 이루어지기 때문이 아닐까 싶다. 실제로 작가는 이 소설을 구상하던 초반에 타츠오의 시점으로만 이야기를 풀어 갈 생각이었다고 말했는데, 타츠오와 비슷한 나이인 친오빠 덕분에 캐릭터를 이미지하기가 쉬웠다고 한다. 여기에 여담이며 아주 개인적인 감상을 덧붙이자면, 인터뷰에 실린 작가의 사진에서는 놀랍게도 한 얼굴에서 둥글둥글한 리이나와 날카로운 타츠오를 모두 찾을 수 있다.

일본에서 출간된 속편 소설《초콜릿 셀러브레이션》에서는

타츠오와 치사 커플 외에도 치사의 부모님이 추가로 등장해서 이야기를 끌어간다고 하니, 더 새로운 치사의 이야기를 만나 볼 수 있지 않을까 기대된다. 그리고《초콜릿 컴퓨전》과《초콜릿 셀러브레이션》사이에 (역시 일본 현지에서) 출간된 또 다른 인물들의 이야기인《해피 레볼루션》속에도 닭살 돋는 애정 행각을 벌이는 타츠오와 치사의 모습이 살짝 비친다고 하니 치사와 타츠오 커플의 더 많은 모습이 궁금한 독자라면 일독해 보는 것이 어떨까?

2016년 8월, 무감하던 흑백 여름의 한가운데에서 나는 이 책을 만났다. 도무지 웃을 일이 없던 시기에 정말이지 오랜만에 웃게 해 주었던 고마운 책이다. 당시 완독하자마자 득달같이 저작권 확인과 출간 제안까지 마쳤지만, 어쩐 일인지 이 책은 끝내 1년 반 가까운 시간 동안 어딘가를 조용히 헤매다가 그야말로 어느 날 갑자기 돌아왔다(소미미디어 감사합니다). 만날 인연은 어떻게든 만난다더니, 우리가 그런 인연이었구나. 눈부시게 빛나던 이 책과 무채색이던 내가 서로에게 맞추어 조도의 밸런스를 조정한 번역 작업이 모쪼록 유쾌하고 편안한 결과물로 당신에게 닿을 수 있기를 바란다.

사방이 가로막혀 무감하던 타츠오의 세계에 치사가 밝은 빛을 내려 온기를 느낄 수 있게 만들어 준 것처럼, 사방이 열려 지쳤던 치사의 세계에 타츠오가 어둠을 내려 비로소 쉴 수 있는 그늘을 만들어 준 것처럼. 부디 이 책이 도통 웃을 일이 없던 당신에게 웃음과 설렘을 가져다줄 수 있기를, 초콜릿보다 달콤하고 방울토마토보다 싱그러운 그들의 연애사가 당신의 메말랐던 마음에 빛과 색을 다시 물들여 줄 수 있기를 바란다.

윤재

초콜릿 컨퓨전

2019년 2월 10일 1판 1쇄 인쇄
2019년 2월 14일 1판 1쇄 발행

저　　　자 세이소 나츠메
옮 긴 이 윤재
발 행 인 유재옥
본 부 장 조병권
편　　　집 김다솜
편 집 부 김민지 정영길 조찬희 이문영 김혜주
내부디자인 강혜린 박은정
라이츠담당 박선희 오유진
디 지 털 최민성 박지혜
발 행 처 ㈜소미미디어
제 작 처 코리아피앤피
등　　　록 제2015-000008호
주　　　소 서울시 마포구 토정로222, 403호(신수동, 한국출판콘텐츠센터)
판　　　매 ㈜소미미디어
마 케 팅 한민지 한주원
물　　　류 허석용 최태욱
전　　　화 편집부 (070)4164-3962, 3963 기획실 (02)567-3388
　　　　　　판매 및 마케팅 (070)4165-6888, Fax (02)322-7665

ISBN 979-11-6389-231-1 03830